地の日 天の海 下

内田康夫

角川文庫
17167

目次

第十二章　滅ぶ者と興る者　五
第十三章　果てなき夢　六四
第十四章　会津の秋　一〇四
第十五章　大坂本願寺攻め　一三七
第十六章　孤独と不信と　一八五
第十七章　随風駆ける　二一八
第十八章　中国攻め　二五八
第十九章　凶　兆　二九五
第二十章　天が下知る　三三一
第二十一章　旭日と落日と　三六一
あとがき　三八九
参考文献　三九四

第十二章　滅ぶ者と興る者

1

元亀《げんき》三年（一五七二）十月、信玄《しんげん》は、騎馬軍団を主力とする二万数千の大軍を率い、甲府を進発した。

その少し前、信玄は躑躅ケ崎《つつじがさき》の館に随風《ずいふう》を招き、宣告するように言った。

「随風殿、こたびはゆるゆると京の地まで参ろうと思う。ついては、そこもとに陣僧として同行してもらいたい」

「拙僧が、でございますか」

さすがの随風も驚いた。

「拙僧には戦場に立った経験がありませぬ。さなきだに、平和を祈願いたすことこそが僧の務め。陣僧などというお役目には、およそ向きかねると存じまする」

「そのことよ、随風殿。わしは何も、そこもとに戦えと申しておるわけではない。むしろ、戦わずして進むべき方策を、そこもとに頼みたいのだ。細作《さいさく》の報告によれば、家康も三河《みかわ》の兵どもも、戦意は盛んなものがあるという。迷惑なことではある。蹴散《けち》らして通ればよいのだが、双方に無益な犠牲が生じるであろう。そこでだ」

信玄は身を乗り出して言った。

「随風殿に頼みたいのは、前もって家康と会い、こたびは甲州に馳走《ちそう》（味方）せよと勧めてもらいたい。調略が及ばざる時は、われに害意のないことを伝え、三河の地をしずしずと通させるだけでもよいとな」

「さようなことが……」

できるはずがない——と随風は呆《あき》れた。

信玄は「ゆるゆると」「しずしずと」などと言っているが、上洛の目的は物見遊山ではない。将軍義昭《よしあき》の呼びかけに応じて、信長を叩《たた》き、織田の支配を駆逐しようという腹だ。信長と同盟関係にあり、独立心旺盛《おうせい》な家康が、そんなことを許す道理はなかった。それを許すということは、降伏するに等しい。

「難しいが、無駄にはなるまい。無用な戦をして、むざむざ多くの者どもを死なせるは、仏門にあるそこもとて、望むところではあるまい」

信玄は無表情な目を随風に向けている。随風もその目を見返して、思案した。

その時、随風は信玄の目の底に覇気が薄いことに気がついた。心のどこか、体のどこかに屈託したものが存在する——と思った。

横山城で竹中半兵衛《はんべえ》に会った時と、同じような感覚であった。それも、相手が勇猛と聞く信玄だけに、その落差ははげしい。

（病んでおられる——）

そう思った。それも、尋常ではない重い病をかかえている。「ゆるゆると」「しずしずと」は、その屈託から出る言葉かもしれない。

「かしこまりました。何ほどのことができるか、はなはだ心許《こころもと》なきものがございますが、拙僧の成しうるかぎりのことはいたしましょう」

「それは重畳《ちょうじょう》。さればというわけではないが、わがこと成れば、叡山《えいざん》の再興のこと、及ばずながら尽くし申そう」

「かたじけないことでございます」

その報告を豪盛《ごうせい》と亮信《りょうしん》に伝えた。二人とも陣僧や調略のことには難色を見せたが、叡山復興に尽力してくれると聞いて、考えが変わった。

「ならば、随風殿にはご苦労ですが、よしなにお働きのほど、お願いいたす」

ちなみに、信玄の叡山復興にかける意欲は本物だったと見ることができる。そのこともあって、比叡山《ひえいざん》は七月二十六日、信玄を権僧正《ごんのそうじょう》に任じていた。

出発に先立って、随風は信玄の帷幕《いばく》にある穴山信君《あなやまのぶきみ》と会った。随風は信君に信玄の体調について、懸念のあることを囁いたが、信君は無言で首を振った。そのことについては、触れないほうがいいという意味だ。

九月なかば、随風は半三《はんぞう》を供にして浜松へ急いだ。

武田軍の侵略を予測して、浜松城は殺気だっていた。すでにいくつかの前線で、武田の様子見の兵とのあいだで小競り合いがあり、多少の損害が出ている。きたるべき決戦を前に、戦意と恐怖がない混ざったような緊張状態だ。

そのさなか、黒衣の僧が錫杖《しやくじよう》を手に、小者一人を連れて舞い込んだから、随風はたちまち、槍衾《やりぶすま》に包まれた。随風は臆《おく》することなく、名乗り、例の細川藤孝《ふじたか》からもらってある書き付けを差し出した。

城の外にいた守備隊は酒井忠次《ただつぐ》の手の者で、すぐに忠次のもとへ案内された。むろん面識はなかったが、忠次は随風の名は知っていた。足利将軍に縁ある人物とあって、丁重に応対した。

「ゆえあって、こたびは信玄公の使いを仕っておりますが、もとより僧籍にある身。戦乱は好むところではござりませぬ。徳川様にお目通りして、和議をお図りいたしたいと参上仕りました」

随風が使者の趣を述べ、忠次からその旨を言上《ごんじよう》すると、家康は「会う」と言った。家康は余裕を見せるために、寛《くつろ》いだ平服姿で随風を引見した。この時家康は三十一歳。随風より六歳若い。

「和議と申されるか」

家康のほうから口を開いた。

「御意《ぎょい》にございます。信玄公にはお城攻めのお考えはこれなく、ご上洛の道を粛々と歩みたきのみとのご存念。徳川様との和議が整いますれば、その恩義は肌《きも》に銘じ、必ずや厚く御礼申し上げると仰せでございます」

「ははは……」

家康は笑った。

「それはまた虫のよきことを申すものかな。それがしは信長公とは誓詞を交わしてござる。それを裏切るなど、信義に悖《もと》るがごときは、思いもよらぬこと。さらに、いやしくも遠江《とおとうみ》、三河はわが徳川の地。その地を蹂躙《じゅうりん》され、指を銜《くわ》えて見送れとは、笑止千万ですな。信玄殿がどうであれ、それがしは三河武士の頭領として、及ばずながら一戦仕る覚悟。さよう信玄殿にお伝えあれ」

「確かに承りました」

随風は辞を低くして、「なれど」と言った。

「もし正面切っての戦となりますれば、双方ともに多大の損害が出ることでしょう。信玄公の軍配ぶりは、拙僧ごとき者の目にもまこと、あざやかに映り申す。正面切って戦うは、徳川様にとって、必ずしも得策ではあるまいと愚考いたします」

「武田殿の武勇のほどは存じておる。なれど、戦は損得の計算のみにて致すにあらず。ほどなく織田殿よりの援軍も到着いたす。援軍を戴《いただ》きながら戦わずして侵略軍を見送ったとあれば、武士の一分《いちぶん》が立ち申さぬ」

言い捨て、家康は席を立ちかけた。

「そのことも十分に承知いたしております。なれど、いましばらくのご辛抱でございまする」

随風は意味深長なことを言った。

「いましばらくの辛抱、とは？」

家康はその言葉に引っ掛かった。

「あと少しでございます。ふた月か、長くても三月か。拙僧の観ずるところ、天の運気はまさに動こうとしております」

「どういう意味か？」

家康は坐り直し、訝《いぶか》しげな目で、じっと随風を見た。随風もその目を見返して、平然と「分かりませぬ」と言った。

「分かりませぬが、天文はそう示しております。昨夜、天を仰ぐに、北極星はいちだんと輝きを増し、流星がしきりに墜《お》ちて、近づく戦のありさまを暗示するがごとく。

徳川様にとって、いまは無益な戦をする時ではないと悟りました」

「北極星は信玄殿だと言われるか」

「御意」

「さようなもの、あてにはならぬ。北極星はそれがしやも知れぬではないか」

「恐れながら」

「ははは、存じておるよ。それがしごときは、いまだ北斗七星の一つでござろうな」

「さようには申しておりませぬ。徳川様はさしずめ、明けの明星かと存じております」

「ほほう、それは重畳ですな」

その比喩《ひゆ》を家康は気に入ったらしい。

「して、ふた月か三月で運気が動くとは、いかなる根拠があって、そのように申されるか」

「それもまた、天文の示すままを申し上げたのみでござります」

「さようか。分かり申した。されど信玄殿にはこうお伝え願いたい。この地を攻め、三河の地を掠《かす》め通るとあらば、家康は全軍をもってお相手申すとな」

「畏《かしこ》まってございます。まことに爽《さわ》やかなるお言葉。それでこそ武家の頭領かと存じます」

随風は真面目くさった顔で言った。

「ははは、ご坊は和議の申し入れに参られたのかな。それとも、それがしをけしかけに参られたのかな？」

家康の闊達《かったつ》な冗談に、随風も思わず笑みを洩《も》らした。いまは成り行きで、敵対関係のようにあるが、いつの日にか、この人とは水魚の交わりができるかもしれない——と思った。

その気持ちが伝わったのか、家康も笑顔で言った。

「この後、それがしに武運あれば、また会うこともござろう。ご坊も息災にな」

家康は最後まで笑顔を絶やさず、上機嫌を装っていたが、この時の家康の苦衷は、随風にも推し量れないものがあった。

三河と遠江に君臨するとはいえ、織田と武田に挟まれた徳川の立場はきわめて危うい。だからこそ、いま日の出の勢いの織田に与《くみ》し、同盟を結んでいるのだが、この同盟は徳川にとって負担の大きいものだ。隣接する武田の脅威に常に晒《さら》される、いわば織田にとっては防衛線としての機能を果たすことになっている。信長のほうも、徳川軍を織田軍の前衛として認識しているから、圧倒的な武田軍に対し、無用な抵抗をせず、浜松を退いて岡崎城に籠《こ》もって防衛線を敷くように勧めている。岡崎なら尾張から近く、援軍を送るのにも都合がいいという、家康に対する忠告である以上に、あくまでも織田側の都合のよさに基づいている。

しかし家康は、その勧めを断って、あえて浜松城を動こうとしない。

このことは、家康の勇気と律儀を示すものである反面、信長に疑心を抱かせる危険をはらんでいた。家康が浜松にこだわるのは、信玄の懐柔工作を受け入れる可能性があるとも受け取れるからだ。

実際、武田軍の進撃を前にして、信玄に臣従する道も、家康にはあったはずだ。その道を捨て織田についたのは、迷いぬいた上での結論だった。家康は信長の新鮮さに期待したのである。信長が提示する新しい時代と、信玄に代表され、義昭や朝倉《あさくら》、大坂本願寺などが体現する古い時代とを比較して、若き家康は新時代に与することを決心したのだ。

随風によって示された信玄の提案に従い、戦わずして領地を通過する武田軍を見送れば、確かに徳川軍の損害は避けることができよう。しかし、それは信長にとっては謀叛《むほん》に等しい行動に映るにちがいない。それがあるから、たとえ撃破される危険を冒しても、あえて武田との決戦に臨まざるをえなかったのである。

帰陣して、信玄に交渉の様子を伝えると、信玄はさして落胆の様子も見せない。

「さもあろう、剛直な三河者《みかわもの》のことだからな。ともあれ、家康が戦う覚悟というのであらば、それもよし。当方もそれに備えるばかりである。決戦の場は、三方ケ原《みかたがはら》であるな」

信玄ははるかの地に思いを馳《は》せ、その時点でそう予言した。

九月二十九日、先発隊として山県昌景《やまがたまさかげ》が五千の兵を率いて三河に侵攻した。信玄もすぐに続くはずだったが、病の兆候が出たために遅れ、十月三日になってようやく、北条からの援軍二千を加えた二万二千の主力軍を率いて甲府を進発した。

信濃上伊那《かみいな》から秋葉《あきは》街道を進み、青崩《あおくずれ》峠を越えて遠江に侵入。向かうところ敵なしの勢いで、十日には早くも磐田郡《いわたごおり》の只来《ただらい》城、周智《すち》郡の飯田城を一気に落とし、十二日には袋井《ふくろい》付近に達した。これで天龍川《てんりゅうがわ》以東の遠江の要地は、ほぼ制圧したことになる。

しかし、ここから先、二俣《ふたまた》城にかかったところで、初めて手こずった。

二俣城は、天龍川とその支流の二俣川の合流点にあり、両川に挟まれた岬のような地形に立つ、いわば天険の要害であった。武田勝頼《かつより》以下、典廐信豊《てんきゅうのぶとよ》、穴山信君の主力軍が包囲したが、力攻めに攻めても、なかなか落ちない。

この城を落とさなければ、西進することができない。信玄は城の水の手を止める作戦に出た。天龍川から水を汲《く》み上げる櫓《やぐら》を破壊したために、城内はたちまち枯渇して、二カ月ほど持ちこたえたものの、ついに城将の中根正照《なかねまさてる》以下、将卒は門を開いて落ちて行った。

その間、家康の本隊は浜松城からほとんど出撃しなかった。偵察部隊が武田軍と遭遇しての小競り合いなどがあったのみ。主力の五千が天龍川を渡ったものの、武田の大軍を前に、勝ち目はないと判断、すぐに浜松城内に撤収している。

家康としては、織田の援軍を待って本格的な戦いを挑むつもりだったのだが、援軍が到着したのは十二月半ばになってから。それもわずかに三千を数えるのみだった。指揮官は佐久間信盛《さくまのぶもり》と平手汎秀《ひらてひろひで》。汎秀はかつて、信長を諫《いさ》めようとして切腹した、あの平手政秀《まさひで》の三男である。

信玄も家康も、たがいに相手の出方を窺《うかが》っていた。信玄は家康が攻めかかってくるかを、家康は信玄が浜松城攻撃を仕掛けるかを――である。

浜松城は武田軍西進の道筋から少し南に逸《そ》れている。信玄にしてみれば、浜松城など放っておいて、それこそ「しずしず」と西へ向かいたいのだが、そこへ横槍《よこやり》を入れられるのは困る。かといって、まともに城攻めにかかるとなると、失われる兵力と時間が惜しい。もし戦うなら、速戦即決の野戦に引き込むことが望ましい。

信玄は意表を衝《つ》く戦法を用いた。

全軍がいったんは浜松城へ向かうがごとく見せて、直角に向きを変え、北西へ向かうというものである。浜松城に横腹を見せる、無謀とも思える行軍だ。これには幕下からも危ぶむ声が発せられた。穴山信君でさえ、この策には反対したほどだ。しかし信玄には確信があった。というより、こうしなければ、この長陣に決着をつけることはできないと判断している。軍議というほどの軍議もせずに、各武将にその戦法を授けた。

その様子を垣間見《かいまみ》て、随風は、信玄の仕掛けた罠《わな》に陥らなければいいが——と、家康の若さを危ぶむ気持ちに襲われた。

2

十二月二十一日、武田軍は二俣城を発して、浜松城の北方五、六キロまで迫った。

その情報を得て、徳川方の軍議は紛糾した。家康はむろん城を出ての決戦を主張したが、重臣の多くは決戦回避論で一致していた。

「圧倒的に優勢な敵に対して、わが軍の非勢は歴然としております。しかも敵将は軍略に長《た》けた信玄公。ここは自重あってしかるべきかと」

これに対して、織田からの援軍を率いる佐久間信盛は主戦論を唱えた。彼らとしては、ここで徳川軍が戦いを挑み、武田の戦力を消耗させなければ主命に背くことになる。

「戦わずとあれば、われらが応援は虚《むな》しきものと相成る。かくなる上は、織田の軍のみにても一戦仕る覚悟」

こうまで言われて、家康は苛立《いらだ》った。自分の胸の内を誰にも洩らすことのできない苦悩もあった。

「わが城下を蹂躪して参る敵に、一矢だに報いぬとあっては、三河武士の名が廃《すた》る。信長公に笑われ、お叱りを蒙《こうむ》るであろう。戦の勝敗は兵の多少で決まるものではない。しかも、戦場はわれらが日頃より駆け慣れたるわれらの土地ぞ。台地の起伏、一木一草に至るまで知り尽くしておる。断固として出撃あるのみ」

かくては、もはや反対する者もない。

翌二十二日朝、武田の軍勢は動きだした。秋葉街道を南下して、浜松城を攻めると見せかけ、徳川方が城の内外を固める陣を布くと、向きを変えてふたたび西進を始めた。ただし、後続の部隊の一部はさらに南下の姿勢を見せて、守備側を牽制している。

徳川勢は織田の援軍を含めて一万一千。武田軍の半分にも足りない。できれば全軍をもって敵の主力と激突したいのだが、城の守備隊に千余の兵を割き、残る一万をもって武田軍を攻撃しなければならなかった。

武田軍はすでに三方ケ原台地に登りつつあった。その辺り、地形が狭隘《きょうあい》で行軍の態勢は延びきった形になる。そこが徳川軍にとって、いわば千載一遇の好機ではあった。

だが、それは同時に信玄が仕掛けた誘いの罠でもある。

やむなく家康は全軍に総攻撃を命じた。

徳川軍は三方ヶ原台地の麓《ふもと》で兵を左右に広げ、「鶴翼《かくよく》の陣」をもって台地に駆け上がった。本来、少数の側が採用することのない陣形を取ったのは、武田勢の殿《しんがり》を押し包んで撃破しようと考えたからだ。しかし、台地に上った徳川軍が目にしたのは、整然と「魚鱗《ぎょりん》の陣」を組んで待ち構える信玄の大軍であった。各隊が幾重にも展開して、前線の隊が疲れたと見るや、次陣の隊がそれに取って代わり、たえず新手を繰り出す戦術である。

三河勢はその名に恥じぬ勇猛ぶりを発揮した。左翼の石川数正《かずまさ》、右翼の酒井忠次両軍の勢いを支えきれず、武田軍の前線、小山田《おやまだ》信茂《のぶしげ》、山県昌景の軍は数百メートルも退いた。

だが、それは予定の撤退ともいえる。内藤昌豊《まさとよ》と小幡《おばた》信貞《のぶさだ》の軍が取って代わって前線に出た。さらに加えて、馬場信房《のぶふさ》、武田勝頼の軍も押し出した。戦闘で疲れきった石川、酒井軍は崩れ立ち、あっというまに敗走。それを追撃する武田軍が徳川の本陣まで突入して、大乱戦となった。

こうなると彼我の戦力差がものをいう。もはや徳川軍の敗勢は歴然とした。武田軍の死者四百に対し、徳川方には千三百の死者が出た。しかも織田軍の将・平手汎秀が戦死するという惨敗だ。家康は総退却を命じ、自身も命からがら浜松城に逃げ込んだ。

この時、家康が城門を開け放っておくように命じたという話がある。追撃してきた武田軍がこれを見て、何か奇策があると思い、そのまま引き揚げたというのだが、これはあくまでも「伝説」の域を出ない。

信玄はあえて深追いする愚を犯すことはしなかった。それよりも、損害が少なかったことに満足して、西進を急いだ。完膚なきまで叩きのめした徳川軍が、追走してくることなど、考える必要もなかったのである。

敗れた家康のショックが大きかったことはいうまでもない。家康はいまさらながら、あの随風が予言した言葉を思い出した。ひとり信玄の北極星ばかりが輝き、敗走してくる味方の兵たちが、さながら乱れ落ちる流星のごとく見えた。

家康は後に、敗戦にうちひしがれたわが身を画像に描かせた。徳川美術館収蔵のその画像は、呆然《ぼうぜん》自失の情けない敗軍の将をあざやかに描いている。家康はこれを常に座右に置いて、敗戦の屈辱を忘れないため、自らの軽率を戒めるため、掲げたものと思われる。

それにしても、随風が残したもう一つの予言、「いましばらくの辛抱」とはどういう意味なのかが気になった。「ふた月か、三月か」とも言っていたが、あれは何だったのか。

その疑問に対する答えは、やがて明らかになるのだが、そのことが遠い将来、家康と随風を結び付ける端緒となった。

一方、大勝利を収めた武田軍はその勢いをかって、一気に岐阜まで攻め上るかと思われた。織田軍の背後では、浅井《あざい》・朝倉軍が動いて、織田軍を挟み打ちにする手筈《てはず》だ。この時点では、武田、朝倉のみならず、上杉、北条、浅井といった各地の大名は「反信長」という点では一致していた。

それぞれの領地を持つ豪族が家臣となり、一人の主君を担ぐ——という旧来の構造に対して、兵農分離、商業の重視、家臣に対する絶対君主制、出自を問わぬ人材抜擢《ばってき》——といった、信長が打ち出しつつある新機軸は彼らにはなじまない。そのような「危険思想」が自国にまで蔓延《まんえん》してくるのを、本能的に警戒した。各国とも、それぞれが親密な関係にあったわけではなく、国境での争いは絶えない。しかし「敵の敵は味方」という考え方に立てば、同盟関係を結ぶことに吝《やぶさ》かではないのだ。

三方ヶ原で大勝利したとはいえ、さすがに徳川・織田混成軍の奮闘に、武田勢も痛手を負っていないわけではなかった。その立て直しと、さらなる徳川軍の追撃を警戒して、行軍はしばし停滞した。それと、信玄には家康が折れて、投降してくるのではないかという期待もあった。

だが、その僅かな遅滞が、状況を一変させる。連携作戦を展開しているはずの朝倉義景《よしかげ》が、何を考えたのか、近江から軍を撤収して越前に帰ってしまったという報告が届いた。

　優柔不断の義景らしい行動とも言えるが、義景には彼なりの思惑があった。信玄の行軍が思いの外遅いのは、その目的がじつは遠江の占領のみにあるのではないかと疑ったこと。そして、足利義昭が信玄の西上に狂喜したと伝えられたため、自分こそ反信長陣営の盟主であるという自負をいたく傷つけられたのだ。

　いずれにせよ、義景の変節を聞いて、信玄は「あの馬鹿者が」と怒ったが、この事態には打つべき妙案もない。織田軍相手に、武田軍単独では、さすがに勝算はなかった。

　しかも、信玄自身、体調も気分もすぐれない。一つには長い行軍の疲れが蓄積したためでもあるが、やはり病が次第に進行しつつあることは否めない。重臣たちの諌めもあって、そのまま西上を急ぐことを控え、三方ヶ原の北西にある刑部《おさかべ》という地に滞在、ここで越年して休養を取った。

　それを契機に、随風は当初の予定どおり、会津《あいづ》へ向かうことにした。会津の芦名盛《あしなもり》氏《うじ》が、黒川城内の鎮守、稲荷《いなり》堂の別当として就任してもらいたいと要請してきていたこともある。

　随風は信玄の許しを得、甲府に戻り、豪盛、亮信の二人に別れを告げて会津に向かった。随風としては、信玄の死と、それに続くであろう甲斐武田家の衰亡を見るに忍びなかったともいえた。服部《はっとり》半三の身柄は、会津まで同行した後、その役目を解き、元の鞘《さや》でもある穴山信君に預けることにした。

いっぽう、京都の将軍義昭は武田が徳川に大勝利を収めた情報だけをキャッチ。欣《きん》喜雀躍《きじゃくやく》した。これで一気に信長包囲網は元気づくと思い、各地に打倒信長の檄《げき》を飛ばした。

さらに三月に入ると、あからさまに三好義継《よしつぐ》、松永久秀《まつながひさひで》と結び、信長に断交を宣言した。宣戦を布告したに等しい。

それに応えるべく、信玄が再度、行動を開始、三河の野田城を攻略するが、その頃から容体が急変、野田城を降した後、長篠《ながしの》城に入って病状の回復を待った。しかし、回復の兆しは見えない。四月十日、武田軍は進軍を止め、信玄は急遽、信濃駒場《こまんば》（現長野県阿智《あち》村）まで引き返した。ここには現在「昼神《ひるがみ》温泉」として知られる湯治場がある。信玄はそこで療養する目的だった。それほどまでに重篤な病状に陥ったということだ。

それからわが子勝頼をはじめとする重臣を集めて、遺言を伝えた。自分の死後、三年間はそのことを伏せよ——というものだ。たとえ重病であろうと、信玄がこの世にあると思うかぎり、敵国は甲斐を攻めようとはしないだろう。

さらに、「風林火山」の旗は勝頼ではなく、その子信勝《のぶかつ》（当時七歳）が十六歳になった時に、家督と共に譲る。者どもは信勝を自分同様に重んじ、仕えよと命じた。このことが、後に勝頼の求心力を失わせた原因になっている。

その他、自分の葬儀は無用である。遺体は三年後、諏訪湖《すわこ》へ甲冑《かっちゅう》を着せて沈めること。勝頼は当面、上杉謙信と和議を結ぶべし。謙信は男らしい武将だから、未熟な勝頼を苦しめるようなことはしないだろう。信長が攻めてきたならば、難所に陣を張って、持久戦に持ち込むこと。決して国を出て反撃してはならない――といった、かなり細かいことまで指示している。

「わしが死んだと知れば、信長や家康は圧力をかけて参るであろう。勝頼はそれにじっと耐えよ。耐えていれば、わしの命運が尽きるごとく、いつかあの者たちの命運も終わる。それまで耐え、待つことが肝要である」

そうして元亀四年四月十二日、一代の猛将武田信玄は没した。享年五十三歳であった。

信玄の遺言どおり、その死は三年間、伏せられる。信玄に成り変わり、甲府に帰った「影武者」は、弟の逍遥軒信廉《しょうようけんのぶかど》で、体型や容貌《ようぼう》がよく似ていた。甲冑をつけ、輿《こし》に乗って行く姿は信玄そのもののようだったろう。ちなみに「信玄公像」として一般に知られている一見達磨《だるま》大師のように、小太りで目の大きい画像は、じつは信玄ではなく、能登《のと》の戦国大名、畠山義続《はたけやまよしつぐ》だというのが、最近の定説になってきている。

なお、信玄の遺体が諏訪湖に沈められることはなかった。重臣たちが相談して、それだけは信玄の命令に従わなかったのである。

3

元亀四年二月十三日、義昭は朝倉義景、浅井長政《ながまさ》に対し「織田信長打倒」の檄《げき》を飛ばし、反信長勢力の結集を促したのだが、この義昭の強気はむろん、三方ヶ原合戦で勝利した信玄の軍が、早晩、三河を席巻して、やがて美濃《みの》の織田軍に攻めかかるであろうことを見越した上でのことだ。織田が頼みとする徳川家康は三方ヶ原合戦で大損害を被って、再起すらおぼつかないほどの状態だ。平手汎秀が戦死したことと、佐久間信盛がなすすべもなく敗退したという事実は、改めて信玄軍の強さを印象づけ、義昭は、千載一遇の好機到来とばかりに勇み立った。信玄の病治療のため、武田勢の進軍が停まっていることを知らなかったのか、あるいは軽視したものかもしれない。

その真相のほどはともかく、義昭の檄は各地の反信長勢力を大いに刺激した。三好義継、松永久秀を筆頭に、大坂本願寺系の一向一揆《いっき》勢も活気づき、あるいは動揺したことは間違いない。

いまや信長のお膝元《ひざもと》と言ってもいいはずの南近江においてさえも、鯰江《なまずえ》城で抵抗を続けている佐々木（六角）承禎《じょうてい》だけでなく、山岡景友《かげとも》が石山、今堅田《いまかただ》に砦《とりで》を築いて、義昭側に参じた。この挙兵には、南近江の山本対馬守《つしまのかみ》、渡辺宮内少輔《くないしょうゆう》、さらには明智光秀《みつひで》と親しい磯貝久次《いそがいひさつぐ》らも呼応して、かなりの規模に達した。

一時停滞しているとはいえ、いずれ東からは、武田信玄の精鋭三万が攻め上ってくるという。それを聞けば、いったん引き揚げていた朝倉義景の軍も攻勢に転じるにちがいない。

「信長の威勢も、もはや末は見えたり」

これほどまで義昭が昂《たかぶ》っているのは、将軍でありながら、自らの威令が少しも発信できないことへの不満が募っているためだが、むしろ、先頃、信長から提出された十七カ条の意見書に腹を立てていることのほうが強かった。まるで父親が出来の悪い道楽息子を叱るような内容に、義昭は逆ギレしていた。

これに対して、信長は「意見書」で示した強硬姿勢とはうって変わって、これ以上はないほど、下手に出る提案を申し出た。信長の京都における側近である朝山日乗《にちじょう》、島田所之助、村井長門守《ながとのかみ》の三人を使者として、将軍がお望みになるまま人質と誓紙を出し、今後とも粗略に扱うようなことはしない——という趣旨の、不平等条約に等しい和解案であった。さすがの信長も、四面楚歌《そか》の状態では、見かけだけでも義昭を立て、将軍の威光をもって周辺の不穏な空気を沈静化するほかはなかったのだ。

しかし、驕《おご》り昂っている義昭には、これはむしろ信長の弱気と受け取られ、逆効果だったといえる。

義昭は和解案をあっさり蹴飛《けと》ばして、和解したければ臣下としての礼を尽くせと、意気軒昂《いきけんこう》たるものがあった。

「困ったお人だ」

家臣に対して、信長は苦笑して見せたが、内心は煮えくり返る思いだ。獅子《しし》身中の虫を将軍に仰いでいるという矛盾した状況が、この誇り高い男の神経を逆撫《さかな》でする。

「急ぎ、秀吉を呼べ」

信長は家臣に命じた。

浅井・朝倉勢が勢いづき、反攻に転じそうな状況だというのに、抑えの横山城の守将である秀吉を呼びつけないではいられないほど、苛立《いらだ》ちが募っている。それに、この頃には「窮した時の秀吉」という意識が、信長に定着していた。信長は早くから秀吉が商人時代に培った情報網に目をつけ、いわば秀吉を情報機関の長として扱っている。それに基づく秀吉の献策には期待できたのである。

「武田の先鋒《せんぽう》はすでに足助にまで達したという。三河の岡崎を抜けば、すぐに尾張じゃ。旬日を経ずして岐阜に迫るであろう。その方、何か策があるか」

参上した秀吉は、信長の問いに対して「いささか」と答えた。

「それがし、お屋形様のお言いつけどおり、かねてより甲州に細作《さいさく》を放っておりましたが、腑《ふ》に落ちざるはこたびの武田軍主力の停滞でございます。三方ヶ原の勝利に乗じて、一気に攻め上るかと案じておりましたが、浜松付近にて留まっておるというのは、存外のこと。かようなことは、かつていかなる軍略にも見られぬところでござります。何か、よほどの事情がなければなりませぬ」

「うむ、さればいかなる事情か？」

「一つには、お屋形様のお企てどおり、徳川殿および佐久間殿、平手殿のお働きにより、行き足が鈍ったものと考えられます。なれど、どうやらそのことのみによるものとは思えません」

「よもや、家康の寝返りを待っているのではあるまいな」

「そのご懸念はなきものと存じます。家康殿のお屋形様に対する忠義のお志は疑いがございませぬ」

「ほほう、忠義とな」

信長は秀吉の言葉選びが気に入った。家康が信玄ではなく自分を選び、旗幟《きし》を鮮明にしたことを、その言葉は明確に表している。

「武田軍の停滞のもう一つの理由は、信玄公の病ではございますまいか。九月、いまだ躑躅ヶ崎の館《やかた》にある頃よりその兆しは見えておりましたが、長陣とあって、その病が重篤になった気配があると、さきほど、細作よりの報告があり、その旨、お屋形様に言上《ごんじょう》に上がる途次でございました」

「そうか、病とな……」

それならば予想外の停滞にも説明がつく。信長はがぜん愁眉《しゅうび》を開き、上機嫌になった。

「秀吉、そちはまこと、頼もしき漢《おとこ》よの。そちの猿面を見ているだけで、勝ったような気になる。だが、それにしてはその方の木下姓は軽い。この際、新しく、重みのある名に変えよ」

「ありがたきしあわせ……」

秀吉はすぐに反応し、まるでかねて用意してあったように、名を告げた。

「されば、羽《は》柴《しば》を名乗らせて戴《いただ》きたく、願い上げます。丹《に》羽《わ》殿の羽、柴田《しばた》殿の柴、ともに由緒あるお名を頂戴《ちょうだい》すれば、それがしにもいささかは重みが加わろうかと存じます」

「ははは、抜け目ないやつよの」

信長は大いに笑って、「以後、羽柴秀吉を名乗るがよい」と許した。

丹羽、柴田という織田家きっての重臣の名にちなんで「羽柴」を名乗り、ご両所の栄光にあやかりたい——という、その話を聞いた当の長秀《ながひで》と勝家《かついえ》はもちろん、ほかの家臣たちも、秀吉一流の追従《ついしょう》であり、人蕩《たら》しであると思いながら、両先輩を立てる言い方をした謙虚さは、認めないわけにいかなかった。

それはともかく、信長に言上した秀吉の予言は正しく、信玄の破竹の進軍がぴたりと止まり、その後に入ってくる情報も、すべて信玄の病重篤を伝えるものばかりであった。かくて天下の形勢は一挙に逆転した。信長は後顧の憂いがなくなったため、ただちに岐阜城を出て上洛《じょうらく》の途に就いた。それまで溜《た》まりに溜まっていたストレスの反動として、義昭に対する怒りで、自己抑制がきかないほどだった。

上洛する信長を、細川藤孝と荒木村重《むらしげ》が、京都の入口である近江逢坂《おうさか》に出迎え、信長への帰順を申し出た。

藤孝はもともと、越前の朝倉家でくすぶっていた義昭を、信長に売り込み、将軍の地位にまで昇らせた功臣であり、いうまでもなく幕府の重臣である。しかし藤孝は早い段階で、古い権威のありように見切りをつけていた。室町幕府の旧体制では、現在の混沌《こんとん》とした群雄割拠を御してゆくことは難しいと判断した。信長の「天下布武《ふぶ》」の思想こそが、いまの時代にはふさわしいと、藤孝なりに理解していた。

まして、信長に対する義昭の謀叛《むほん》など、理想を貫きたい気持ちは分かっていても、とても成功はおぼつかないと、側近たちの中にあって終始、反対を唱えたが容れられず、それをむしろ好機と捉《とら》えて、ついに幕府と訣別《けつべつ》することにした。

村重は摂津《せっつ》の茨木《いばらき》城主で、義昭からしきりに同心の呼びかけをもらい、事実上、誼《よしみ》を通じていた。本来なら義昭側が頼りにしていたはずの人物なのだが、藤孝と相談の上、戦国大名が生き残る道は、旧体制に拠《よ》らず、信長のような覇者と轡《くつわ》を並べてゆくべきであると判断した。

上洛途上で二人の大物に迎えられて、信長は上機嫌であった。ただし、藤孝の心情はかねてより信長も承知していたから、問題なく受け入れられたが、村重については、性根のところはよく分かっていなかった。

豪胆で聞こえた男を試してやろうと、村重が挨拶《あいさつ》にきた時、信長は傍らにあった饅《まん》頭《じゅう》に刀を突き刺し、村重に突きつけ、「信長の芳志だ。十分に味わえ」と言った。

満座の者どもは肝を冷やしたが、村重は少しも驚かず、「頂戴 仕《つかまつ》る」と膝行《しっこう》し、大口を開け、切っ先の見える饅頭を銜《くわ》え、引き下がった。

信長は大いに喜び、村重は「げに日本一の剛の者である。今後は摂津を任す」との言葉を賜った。そして、翌年には摂津守に叙任されている。

四月三日、信長はまず洛外に放火し、翌日には義昭がいる二条城を囲み、幕臣、公《く》家《げ》が多く住む上京《かみぎょう》に放火、西陣《にしじん》一帯を焼き尽くした。これには義昭は震え上がった。いくら何でも、信長がそこまでやるとは考えていなかった。

義昭は慌てふためき、禁裏に信長との和平仲介を願い、信長もこれを受け入れた。

ひとまず和睦《わぼく》が成って、誓書を交わすことを約した。

四月十一日、信長は岐阜に帰城したのだが、その翌日、信玄が没している。しかしむろん、信長はそのことを知らない。

ともあれ、各地に澎湃《ほうはい》として起こっていた、反信長勢力の勢いは沈静化して、束の間の平穏が訪れた。その間に、信長は近江佐和山《さわやま》城の丹羽長秀に命じて、大型船を建造した。琵琶湖の往復を能率的にしようというもので、むろん義昭がふたたび騒動を起こすであろうことを予測している。

案の定、七月三日になると、義昭は立地条件の悪い二条城を出て、宇治川に面した要害の槇島《まきしま》城に拠り挙兵した。いずれにしても、情勢分析を伴わない暴挙ではあった。

義昭の挙兵は、いってみれば信長が待ち受けていたことでもあった。これで義昭を叩《たた》く大義名分が生まれた。信長はほぼ稼働可能な全軍を挙げて包囲網を築いた。義昭軍三千五百に対し、信長軍は七万ともいわれる。文字どおり「隆車《りゅうしゃ》に向かう蟷螂《とうろう》の斧《おの》」である。

城内からは足軽が出撃してきたが、織田軍の猛攻撃に遭い五十余りの戦死者を出して潰走《かいそう》、その一戦だけで、義昭はあっさり降伏した。

信長と対面した義昭は、内心は震えおののきながら、それでも見た目には昂然《こうぜん》として頭を上げたままでいた。側近の者たちは、信長のことだから、どうせ殺されるにちがいない――と観念しているのだが、誇り高い義昭だけはそうは思っていない。かつて将軍を弑《しい》した反逆者が、世の悪評を浴び、あるいは無残な末路を辿《たど》ったことを思えば、信長がその轍《てつ》を踏むことはあるまいと、高を括《くく》っている。

　信長は義昭に床几《しょうぎ》を勧め、現将軍に対してそれなりの礼を尽くした。これは義昭にとってはむしろ意外だったが、信長にしてみれば、そういう姿勢を周囲に見せることで、自らの寛大さや正当性を示している。それに、将軍という名称には、この先、まだまだ利用価値がある。その余地を残しておく必要があった。

　もっとも、弾劾《だんがい》する口調だけは厳しかった。

「いまさら申すまでもないことですが、公方《くぼう》様の仕打ちは、もはや許し難きものがあります」

　信長が静かに言うと、義昭はむきになって反論した。

「余はそうは思わぬ。将軍として、武家の頭領として下知《げじ》を行なったまでじゃ。それを許せぬと申すことのほうが解《げ》し難い」

　義昭の頭には、将軍を頂点とする、幕政の理想的な姿がこびりついて、それに従わぬ信長にこそ非があると信じているのだ。

「そのことは、それがしとしても十分に承知いたしております。それゆえに、公方様のご意向が遍《あまね》く諸国に達するべく、日夜努力を致して参った。なれど、その先々と結んでは、この信長の仕置きを妨げなさる張本人が公方様とあっては、まことに心外と申すほかはあり申さぬ」

「その方は余の意向と申すが、それはそのほうの意向であろう。余の意向など、何一つ取り上げようとはしなかったではないか」

「さようなことはございませぬ。先年、本願寺へ出陣の折は、御大将としてご出馬なされたではありませぬか。なれど公方様を戦塵《せんじん》に塗《まみ》れさせるのは恐れ多いゆえ、その後は御所にて政《まつりごと》に専念されるよう、取り計らって参りました。しかるに何ぞ、公方様自ら兵を率いて謀叛をなさるとは、開いた口が塞《ふさ》がり申さぬ。この信長に歯向かって、勝算ありと思《おぼ》し召しか。何の心づもりもなき戦で、本日も多くの足軽どもが死に申した。それはすべて無駄死にであったことを、武家の頭領たる将軍家として、いかに思し召しか」

　義昭も家臣が戦死する有り様を目の当たりにしているから、さすがに憮然《ぶぜん》となったが、負けん気を見せて言った。

「余のために忠義を尽くしてくれた者どもに、報いてやれなかったことは痛恨のきわみである。なれど、もし、ことが成っていれば、その者どもに存分に褒美いたしたであろう」

「ことが成るとは、この信長を殺すという意味でござるか」

信長は苦笑した。

「そうやも知れぬ」

「ひとたびは父とも仰せあったそれがしを、でござるか」

「両雄並び立たずとあれば、やむを得まい」

「両雄……戦の仕方もご存じなきがごとき公方様と、並び称せられるとは武門の名誉でござるな。ならば有り体に申し上げる。それがしにとって公方様とは傀儡《かいらい》でござった。首をすげ替えればこと足りる、人形でござった。それにお気づきでなかりしが、公方様の愚かしきところでござるな」

そうまで言われて、さすがに義昭は憤然として言った。

「その人形扱いに、我慢がならなかったのだ」

「されば、何がご不満でござったか？　壮麗な御所に住まわれ、美女を侍《はべ》らせ、安穏にお暮らしありながら、何か不足がござったか？」

話すうち、信長は次第に激してきた。

「それとも、一人前に天下に号令して、この国を動かそうとでもお考えなされたか。もしそのようなことをなされれば、この国の民はさぞかし不幸になり申したでありましょうな。一国を動かそうと欲するなら、それと同じ重さの責任を負うことを思わなければなりませぬぞ。その覚悟もなく、そのような器量もない公方様に、なぜにこの国の政を託せましょうや。かかる仕儀に至ったいま、それがしが最も悔《く》ゆるところは、こたびの仕置きがいささか遅かりしことでありますよ」

義昭は沈黙した。一国を動かす覚悟と器量があったかと問われれば、じつのところ自信はないのだ。いまにして思えば、ただただ、信長づれに、ほしいままにされている不愉快が我慢ならなかったのであって、それほど深い思慮があって行動したわけでもなかった。

「軽率ではあった」

ようやく、そう洩《も》らした。これが義昭の口から出た、最初の反省と、詫《わ》びらしき言葉であった。ひょっとすると、謝罪ではなかったのかもしれない。諸国の情勢――とくに信玄の動向を確かめずに旗幟を鮮明にした「軽率」を悔いたという意味だったかもしれない。

しかし義昭は、反省したのも束の間、もしやり直すことができれば、次の機会はうまくいきそうな気がした。そう思ったとたん、猛然と、生への執着が湧いてきた。生きてさえいれば、再び諸公を糾合して起《た》つ秋《とき》もくるであろう――。

「まこと、思慮の足りないことをいたした。この上は、信長殿の仰せのまま、ひたすら恭順の道を歩みたく思う」

義昭はついに頭を下げた。

「恭順の証《あかし》として、余の一子を人質に差し出すゆえ、なにとぞご寛恕《かんじょ》のほど、お願い申す」

義昭の子とは、まだ生後一年にも満たない稚児《ちご》である。そうまでして、生き長らえたいのか——と、信長は砂を嚙《か》むような思いだった。

「公方様ごとき臆病者《おくびょうもの》を殺しても、武門の誉れにはなり申さぬ」

信長は砂を吐き出すように言った。

「おお、されば、お許しくださるか」

義昭は見栄もなく、大げさな身振りで、もういちど低頭した。かつて信長への書状に「父」と崇《あが》めるような一文を認《したた》めた時と同じ追従をさらけ出した。

この時、信長が義昭を殺さなかったことは、大方の目には不思議に映った。生かしておいては、将来に禍根を残すのではないか——と考える者が多かった。

4

じつは前夜、信長は重臣らを集めて、義昭の処遇についていかにすべきかを論じさせていた。

柴田勝家、佐久間信盛、稲葉一鉄《いってつ》などは「弑《しい》し奉るべし」と主張した。

ことに、長島攻めで痛い目に遭っている稲葉一鉄は、浅井、朝倉、武田といった諸公ばかりでなく、一向一揆ら反対勢力のすべてに対して、義昭の策謀の手が及んでいることを指摘し、もし生かし留め置けば、この先、三度四度と謀叛が繰り返されるであろうと述べた。

これに対して、細川藤孝、明智光秀など、かつては義昭の家臣であった者は、きわめて複雑な心境だったにちがいない。

光秀は、「そのことはともかくとしながら」と断った上で、かりにも征夷《せいい》大将軍の地位にある者を殺すことの非を主張した。

「もし将軍家を弑し奉れば、逆臣の誹《そし》りは免れませぬ。しかも、かつて義輝《よしてる》公をご自害に追い込んだ松永殿、三好殿の先例にあるがごとく、こと成就したる後も、天命は味方せず、衰亡の道を辿《たど》ることとあいなり申す。ここはお屋形様のご寛恕あってしかるべきかと存じまする」

「それは違うだろう」と勝家は異を唱えた。

「松永、三好の場合は、明らかに私利私欲から生じた悪心であり暴挙である。それに引き替え、お屋形様が掲げられた天下布武の御旗印は正道を進むもの。天命もまたお味方することは、疑うべからざるものありと存ずる」

賛成派、反対派に分かれ意見が交わされたが、いつまでも両論が対立して決着がつかない。

その間、秀吉はあえて論争には加わらず、じっと耳を傾けている。これを信長が見《み》咎《とが》めて、ついに「秀吉」と声をかけた。

「そのほう、何か存念があろう。申してみよ」

「はは、お尋ね賜りましたので申し上げます。柴田殿、明智殿、ご両所の申されること、それぞれに理あり、いずれをお採りあそばしても、お屋形様のご威勢の前には大過なきかと存じまする。なれど、いかようにいたしましても、その責任はお屋形様の御身にかかって参ることは必定《ひつじょう》。かかる大事は本来、われら家臣の徒輩が思案いたしても詮《せん》なきこと。とどのつまり、この問題はお屋形様ご一人《いちにん》のご存念にてお決めあそばされるほかはござらぬものと考えまする」

「たわけたことを」と、勝家は面白くない。

「それは逃げ口上と申すもの。われら無い知恵を搾《しぼ》って、お屋形様のご下問にお応《こた》え申そうといたしておるものを。思案に余るのであれば、正直にそう申せばよいのだ。すべてをお屋形様に押しつけるとは、卑怯《ひきょう》であろう」

「これはしたり。いかに柴田殿とはいえ、武士たる者に卑怯呼ばわりは承服いたしかねます。謝罪なされい」

「黙れ、秀吉。僭越《せんえつ》であろうぞ」

信長が叱った。

「勝家の申すとおり、そのほう、さしたる意見もなく控えおりしは怠慢である。後刻、余のもとに参れ」

言い捨てると、席を蹴って去った。

秀吉は「はっ」と平伏した。周囲の人間、ことに勝家あたりは、成り上がりで、日頃、取り入ることばかり達者な秀吉が叱責《しっせき》されたことを、小気味よく思っている。

秀吉はしばらくそのままにしていて、お歴々が姿を消したのを見澄ますと、信長の居室に伺候した。廊下に着座し、次の間に控える近習に「秀吉、参上仕りました。お取り次ぎをよしなに」と、必要以上に丁寧に頼んだ。秀吉の抜け目なさは、近習たちに細やかに気を遣うところにも表れる。

近習は「お入りあれ」と、間の襖《ふすま》を開け放った。正面に信長が端座している。

「秀吉、これへ参れ」

「ははっ」と、命じられるまま、秀吉は信長の居室に入った。

「その方、勝家に向かってあのように申したのは、何ぞ存念があってのことであろう」

「は、いささか」

「ならば、なぜその時に申さぬ」

「それは、たとえいかなる妙案がありましょうとも、お屋形様がお採り上げあそばせば、後々、家臣のあいだに凝《しこ》りが生じまする。さらに、あの折、申しましたるごとく、結果につきましては、お屋形様ご一人に、世の誹謗《ひぼう》が集まりますることは、火を見るより明らか。それ故に、それがしの愚見はご遠慮申し上げました」

「ふん、思ったとおりだな。いかにも、姑息《こそく》なそのほうの考えそうなことだ」

信長は満足げに笑って、言った。

「ならばこの場で申せ」

「さればです。このたびは公方様を京より追放あそばされるがよろしかろうと存じまする」

「遠島か」

「いえ遠島も仕置きにござりまする。将軍家を仕置きあそばしては、やはり口さがない京雀《きょうすずめ》の誹《そし》りを受けることは免れませぬ。京よりお出ましいただき、どこへなりと御身を寄せられるよう、仕向けるのが最上の策かと存じまする」

「それも仕置きではないのか」

「違いまする。あくまでも公方様のお気の赴くまま、居心地よき土地をお選びいただくのでございますから、むしろ、お屋形様のご寛大さを世に知らしめることにあいなりましょう」

「なるほど……しかし、生かしておいて、後に禍根を残すことにはならぬか」

「その恐れはもちろん、ござりまする。将軍家のお名は決して軽きものではありませぬ。なれど、それを逆に用いることもございましょう」

「たとえば？」

「公方様を担ぎ、不穏な動きを見せる者あれば、すなわち御敵の旗幟を明らかにしたも同然。世の中の動きがまことに分かり易くあいなります。さらに、大坂本願寺のごとく強情にして、始末し難き相手は、公方様のお名をもって調略いたす方策があるやも知れませぬ」

「ほうっ、公方を利用できると申すか」

「御意《ぎょい》。先に叡山に立て籠もる朝倉との和議を結ぶ際、将軍家と内裏のお力をお借り申しました。使えるものはすべてお使いあそばすのがよろしかろうと存じまする」

「ははは、食えぬ男よのう」

信長は呆《あき》れたが、機嫌は悪くなかった。

そういう経緯を知らない者にとって、信長の採った裁定は意外であり、このところの悪逆ぶりからすると、まことに寛大に思えたことである。

義昭の身柄はその羽柴秀吉が警護して、河内《かわち》の国、若江《わかえ》城まで送り届けられた。

太田牛一の『信長公記《しんちょうこうき》』によれば、その有様は以下のようであったという。

「日比《ひごろ》は輿車美々敷《こしくるまびびしき》御粧《おんよそおい》の御 上臈《じょうろう》達、歩立赤足《かちだちはだし》にて取物も取敢えず御退座。一年《ひととせ》御入洛の砌《みぎり》は信長公供奉なされ、誠に草木も靡《なび》くばかりの御威勢にて、甍《いらか》を並べ前後を囲み、御果報いみじき公方様哉《かな》と諸人敬ひ候キ。此度は引替へ御鎧《よろい》の袖をぬらさせられ、貧報（貧乏）公方と上下指をさし嘲弄《ちょうろう》をなし、御自滅と申しながら哀なる有様目もあてられず」

　秀吉は義昭の輿《こし》に付添いながら、馬上から話しかけた。

「こたびのご不運、ご同情申しあげます」

「おお、そちは秀吉よの。見違えるごとき武将ぶりである。あれから五年にあいなるか」

　義昭が言っているのは、義昭が上洛して間もない頃、秀吉が京都の奉行役として将軍御所の警護役に就いていたことを指すものだ。思えば、わずか五年のあいだの有為転変であった。

「その節、そちには何くれとなく世話にあいなった。光秀も藤孝も、余に歯向かう中にあって、そちのみがこうして供をいたしてくれるとは、かたじけないことではある」

「ははは、それがしとても、こたびの合戦では、お手向かい申しました。合従連衡《がっしょうれんこう》はこの世の常。武士たる者のならいでございましょう」

「さはさりながら、逆境のさなかに、かように親しく語ろうてくれる者のあることは、嬉《うれ》しきものである。この先も余のために、尽くしてもらえないものであろうか」

義昭は秀吉の慰めに笑顔を見せて、言った。

秀吉は呆れた。義昭にしてみれば、敵将である秀吉を、あわよくば味方に引き入れようと画策しているつもりなのだろう。ことここに至ってもなお、太平楽なことを言っている貴族とは、この世の辛酸を舐《な》め尽くしてきた秀吉の目には、まるで別の生き物のように映った。

「それがしは公方様をお届けするまでのお役目。もはや二度とお目にかかることはございますまいと存ずる。差し出がましいことを申し上げますれば、この先は幕府奉公衆、紀伊《きい》亀山城（現和歌山県御坊市）の湯川直春《なおはる》殿など、お頼りになるのがよろしかろうと存じます」

それだけ言って、秀吉は輿を離れた。

こうして追放の身にはなったものの、義昭はこの後、さらに打倒信長と幕府再興の夢を抱きながら、長い流浪の歳月を送ることになる。しかし、十五代二百三十余年続いた足利幕府がこれをもって終止符を打ったわけではない。事実上、力は失ったとはいえ、朝廷の官位制度の上では、足利義昭は依然として征夷《せいい》大将軍の地位にはあった。

足利将軍がいったんは京を離れ幕府を開き、再び上洛した例は、十三代義輝《よしてる》の場合もそうだが、第十代将軍義稙《よしたね》が一度は周防《すおう》の大内氏を頼り、後に大内義興《よしおき》によって将軍職に復したことなど、先例がある。

義昭は秀吉が言ったように、ひとまずは紀伊由良《ゆら》（現和歌山県由良町）の興国寺に逗留《とうりゅう》して湯川氏を頼ったが、その後、毛利家を頼って西国備後《びんご》の鞆《とも》の浦（現広島県福山市）に御所を構えた。天正四年（一五七六）のことである。

義昭の近くには六角義治《よしはる》や内藤如安《じょあん》などの亡命大名なども従って、一応、御所の体裁も整っていた。そこを本拠に、義昭は毛利輝元《てるもと》を副将軍とし、毛利軍を将軍の軍隊つまり「公儀」軍に組織して、やがて信長に対し上洛戦を挑むことになる。

一方、義昭を追放して、一つの目的を達したにはちがいないが、信長は喪失感にも似た、虚《むな》しさを覚えたことだろう。自分が押し立て、苦労して将軍の座に据えた相手から背かれ、今度は逆に、奈落《ならく》の底に突き落とすような仕儀になったのだから、世の中は皮肉なものではある。

信長が「天下布武」の名のもと、将軍義昭を押し立てたのは、あくまでも、自分の力で幕府を復活し強固なものとして、世の秩序を確立しようと夢見たからである。しかし、肝心の義昭が信長の思いのままには動かなかった。と、いうより、足利幕府による旧体制そのものが、すでに制度疲労をきたしていたというべきかもしれない。

ある時期から、こうなるであろうことも、ある程度、信長の胸の内にはすでに折り込み済みだったとも言える。足利幕府が事実上、機能しなくなったばかりか、逆に反対勢力を刺激する方向に作用したのでは、もはや無用の長物以下の存在となっていた。

将軍義昭を追放したとはいえ、信長はまだ将軍の利用価値はあると考えていた。義昭に請われるまま、彼の嫡男（後の義尋《よしひろ》）を預かったこともその証拠である。しかし、いずれにせよ、義昭を廃した結果、織田信長はついに最高の権力者として君臨することになった。その時から権力に対する信長の価値観は一変した。ひそかに「力は正義なり」とでも思ったかもしれない。最大の難敵だった信玄の脅威も消えて、信長は心置きなく浅井・朝倉の討伐に向かうことができるようになった。

5

元亀四年は七月二十八日、「天正《てんしょう》」と改元になった。「元亀」は不吉な年号と信長がかねてより主張し、そのつど義昭に斥《しりぞ》けられていたのが、ようやく実現したものだ。

八月上旬、信長は軍を発して近江に布陣した。

近江攻略軍の編成は織田信忠《のぶただ》、柴田勝家、丹羽長秀、佐久間信盛、羽柴秀吉、明智光秀、佐々《さっさ》成政《なりまさ》、稲葉一鉄、蒲生《がもう》賢秀《かたひで》、前田利家《としいえ》、安藤守就《もりなり》といった、新旧の織田の諸将をほとんど結集した七万の大軍である。

それ以前に秀吉は、竹中半兵衛の働きなどによって、浅井方の重臣クラスを次々に離反させていた。さらに八月八日には、江北《ごうほく》山本山の城主阿閉貞征《あつじさだゆき》が城を明け渡したから、小谷《おだに》城ははだか同然になった。

浅井の急を聞いて、朝倉義景は二万の軍を率いて駆けつけ、国境の向こうにある田部山に陣を布いた。

信長は虎御前《とらごぜ》山《やま》に本陣を置き、ただちに、小谷城の背後にある大嶽《おおづく》城の攻撃に移った。大嶽城の麓《ふもと》にある焼尾砦《やけおとりで》の浅見対馬守はすぐに織田方に寝返り、攻撃の手引きをした。大嶽城もあっけなく降参し、その向こうの丁野山《ようのやま》の砦も退却した。

信長の性格からすれば、皆殺しにするかと思われたのだが、案に相違して、信長は投降した者すべてを放った。

「あの者たちが敗軍を伝えれば、この先の敵兵は必ずや、あいついで脱落し、逃走するであろう」

これが信長の読みであった。信長一流の勝負勘といえる。この日の信長はそれが冴《さ》えに冴え、神経がピリピリするほどの闘争心に燃えていた。

「その好機を逸することなく、急襲して突き崩すのだ。それぞれ心備えを怠るな」

軍議に顔を揃えた部将たちに厳命しておいたのだが、その夜、形勢不利を悟った朝倉義景は、信長の予想どおり、夜陰に乗じて、ひそかに田部山から撤退を開始した。

寝入りばなのような深夜であったが、信長はいち早くそれを察知した。供回りの者数騎を引き連れ、自ら先陣を切って追撃を始め、北国街道を北上しつつある敵の背後から襲いかかった。

信長出陣の気配に最初に気づいたのは秀吉である。このことありと予測していた竹中半兵衛が秀吉の寝所に踏み入って急を知らせた。

「殿、不覚でございますぞ」

半兵衛にしては珍しく、大声で怒鳴った。

「しまった！」

飛び起き、兜《かぶと》をつける間も惜しんで馬に跨《また》がった。それでも信長に遅れること一丁あまり、すでに朝倉勢の殿《しんがり》と乱戦が始まっていた。

「猿、遅い！」

信長は叱咤《しった》した。

「はは、申し訳ありませぬ。なれど、お屋形様、ここはそれがしにお任せあれ」

秀吉は怒鳴り返したが、信長の奮迅はやまなかった。そこへおいおい後続の軍が馳《は》せ参じて、朝倉勢が総崩れに退却するのを、突き伏せ突き伏せして進撃した。夜明け過ぎまでの激戦で、朝倉勢三千余りを討ち取ったが、大将義景はかろうじて越前まで潰走した。

戦闘は大勝利のうちに終わったが、信長の機嫌はすこぶる悪かった。

「あれほど申しておいたものを、汝《なんじ》ら注意を怠って出遅れるとは、言語道断である」

諸将を集めて、頭ごなしに叱った。全員返す言葉もなくシュンとしている中から、佐久間信盛が口惜しそうに、涙を浮かべ、言った。

「お屋形様、そのように仰せになりますが、諸軍は奮戦いたしましてかかる勝利を収めました。これもひとえに、われわれすぐれた家来どもをお持ちになられた、お屋形様のご運と申すものかと」

聞いていて、秀吉は驚き呆れた。いやしくも織田家の長老ともあろう者が、何という無神経なことを言うのだろう——と思った。

案の定、信長は激怒した。

「そのほう、自分の才知がすぐれていると自惚《うぬぼ》れおるのか。去る三方ヶ原の合戦で、平手を見捨て逃げ帰った腰抜けが、賢《さか》しらなことを申すな」

戦場の真っ只中《ただなか》ということもあり、この時はこれだけで収まったが、二度の失態を信長は忘れることはなかった。

戦国時代の大名の家臣は、美濃三人衆のように自立性もプライドも高い。信盛はその立場から主張したのだが、信長は違った。たとえ老臣であっても、特権にあぐらをかく人間は嫌った。実力主義で評価する信長政権下では、重臣の地位すら信長が預けたものであり、いつでも取り上げられると考えていた。これが将来、家臣たちとのあいだに溝を生むことになるのだが、それから数年後、大坂の本願寺攻略軍を指揮した信盛は、さしたる戦も催さず、いたずらに籠城軍《ろうじょうぐん》と対峙《たいじ》するばかりで時を過ごした。その怠慢ぶりを怒った信長は、過去の失点を加えたかたちで、ついに信盛に対して、冷酷無比な判決を下すのである。

諸将が遅れた中で、まだしも秀吉は信長に追いつくのが早かった。かつての草履取り時代、殿様の「急襲」に常に備えていた、その経験がものをいっている。信長は褒めはしなかったものの、秀吉のその心掛けはきちんと認めた。

この追撃戦では、朝倉勢で名の知れた武将たちが多く戦死したが、その中にかつての美濃の国主斎藤龍興《たつおき》が入っていた。龍興は朝倉の客分としてこの戦に参加したのだが、ついに命運尽きた。

八月十二日に行動を起こしてからわずか二日のあいだに、織田軍は大嶽、焼尾、月ケ瀬から、義景の本陣があった田部山、さらには敦賀《つるが》まで、砦や城を十カ所も落としている。

信長は十四、十五、十六の三日間、敦賀に滞在し、英気を養ってから、いよいよ木ノ芽峠を越えて越前に攻め入った。

十八日には府中（現福井県越前市）に入ったが、義景は居城の一乗谷《いちじょうだに》を捨て、大野郡山田庄《やまだのしょう》の賢松寺《けんしょうじ》に逃れた。

追撃は容赦なく、落ち武者はもちろん女房衆から小者に至るまで、逃げるのを追って、片っ端から切り殺した。比叡山焼き討ち以来、信長の戦では、こういう残虐な皆殺しがしばしば起こる。殺された中には、まったく戦闘能力も戦闘意欲もない女性も少なくなかった。

『信長公記』では、そのありさまを語る、次のような話を紹介している。

どことなく気品のある女性を雑兵どもが見つけ、三、四日捕らえておいたところ、ちょっとした隙に、紙に筆で歌を書き残し、井戸に身を投げて死んだ。あとで人びとが書き置きを見ると、

ありをればよしなき雲も立ちかゝる
　　　いざや入りなむ山のはの月

と書かれていた。

生きていれば、月に雲がかかるように、いやなことも身にふりかかってこよう。さあ、山の端に沈もうとしている月のように、私も身を隠して、この世に別れを告げましょう——という意味である。朝倉家の優雅な暮らしぶりと対照的に、滅亡する者の哀れさが、せつせつと胸に迫る。

越前の豪族たちはもとより、朝倉家ゆかりの寺である平泉寺《へいせんじ》の僧たちまでが信長に

恭順を願い出て、義景の逃れる道は閉ざされた。

天正元年八月二十日、朝倉義景は一族の者に詰め腹を切らされ、北国随一を誇った朝倉氏はここに命脈を絶った。

八月二十四日、信長は府中竜門寺の陣で義景の首を検分した後、側近の長谷川宗仁《そうにん》に命じて、その日のうちに京都に運ばせ、さらし首にした。こういう見せしめ的な処刑の仕方は、その当時はごくふつうに行なわれていたが、とくに信長の場合、次第に、その方法に異常性が目立ってくることになる。

こうして越前一国はすべて平定したので、信長は、前年に朝倉から寝返った前波吉《まえばよし》継《つぐ》（後の長俊）を越前の守護代に任じて、八月二十六日、江北《ごうほく》の虎御前山まで凱旋《がいせん》し、ひとまず兵を収めた。

6

虎御前山の砦から小谷城は指呼の距離である。信長は居室に秀吉を招いて茶を供した。控えているのは近習が一人だけである。

すでに秋風が立って、江北の田園は黄金色の秋の実りに色づき始めている。静寂の中で、秀吉の茶を啜《すす》る音がやけに大きく聞こえた。

「明日より三日のうちに、小谷を落とせ」

信長はポツリと言った。

「は、畏《かしこ》まりました」

「そちの手の者のみで致せ」

「は、承知仕りました」

それきりで、会話が途絶えた。近習の目には、信長も秀吉も、相手が口を開くのを待っているように見える。そのうちに、秀吉は目を半眼に閉じて、頷《うなず》くように、かすかに体をゆらし始めた。

居眠りかと思い、「羽柴様」と、近習が声をかけた。

「いま一碗《わん》、差し上げましょうか」

「おお、それはかたじけない。所望申す」

近習が水屋《みずや》にさがるのを待って、秀吉は頭を低くして、言った。

「お市《いち》様のこと、いかが致しましょうか」

「知らぬ」

信長は蠅を追うように、手をひと振りした。

「それがしにお任せ賜りましょうや」

「好きにせよ」

「は、畏まりました」

秀吉が平伏するのを見て、信長は「なれど」と言った。「知らぬ」と言いながら、十分すぎるほど気にはなっている証左だ。

浅井長政に嫁した妹「お市」のことは、浅井攻撃における、信長の唯一最大の弱点であることは間違いなかった。

お市は天文十六年（一五四七）生まれ。この年二十七歳になる。お市が浅井家に嫁したのは、永禄八年（一五六五）とも十年とも、各説があるが、いずれにしても、織田家と浅井家の同盟関係を作るための政略結婚の意味合いが強かった。有り体にいえば、人身御供《ひとみごくう》である。

「そのほうに何ぞ、存念はあるのか」

「は、お屋形様のお叱りを覚悟の上で、いささか差し出がましいことを進めおります」

秀吉は上目遣いに恐懼《きょうく》の体を示しながら、言った。

「ふむ、何といたす」

「城中に、竹中半兵衛の存じよりの者がおりますれば、その者の口より、長政様に道理を説くよう申し伝えさせました」

「道理とは？」

「武士たる者、おなごを楯《たて》にして、命永らえたと聞こえれば、末代までの悪しき語り種《ぐさ》になりましょうと申させました」

信長が妹可愛さに、小谷攻めを逡巡《しゅんじゅん》しているという噂は、現実にあった。本来なら、朝倉より先に落とすべき小谷城を、ただ囲むばかりで歳月を送っているのは、それゆえと思われている。

「その上に、浅井家の血筋を絶やさぬためにも、お市様とお子たちを落とし参らせるべきではありませぬかとも」

「待て、秀吉。長政には嫡男がおる。その者は生かしておくわけには参らぬぞ」

「御意。ご嫡男万福丸《まんぷくまる》様は弑し奉らなければなりますまい。なれどお市様と三人の姫様は、お助けあってしかるべきかと存じます。叡山のこともございますれば、この際、お屋形様のご寛大さを世に知らしめるためにも、よき計らいかと存じ上げまする」

「叡山のことは言うな！」

信長は鋭く言った。

叱りつけられて、秀吉は「はは、申し訳ございませぬ」とひれ伏した。

しかし、信長自身、比叡山焼き討ちに対する非難のあることは承知している。

「だが、長政が承知いたすかな」

そのことが気になった。

「長政様はご承知なさいましょう。問題はご隠居の久政殿《ひさまさ》です。おそれながら、お屋形様のお血に繋がるお市様やお子たちを、道連れにせんと願っております。親孝行の長政様も、そのご意向を無視するわけにいかず、苦しんでおられます」

「さもあろう。あの強情なじじいめ」

信長は口汚く罵《ののし》った。

「それがしには、策がございます」

「それを申せ」

「いま、長政様は本丸に、久政殿は西の小丸に拠《よ》っておられます。それがしはまず、その中間にございます京極丸《きょうごくまる》を落とし、本丸と小丸の連絡を絶ちます。その上で小丸を攻め、久政殿を亡き者にいたします。もはや本丸のみとあいなれば、長政様のお覚悟も定まりましょう」

「いずれに定まると申すか」

信長は秀吉のよく動く口を睨《にら》んだ。

「申すまでもございませぬ。長政様は賢明な御方でござりますれば、御身のお血筋を絶やすがごとき道を、お選びになるはずがございませぬ」

「それはどうか、分からぬぞ。男子なれば血も繋がろうが、おなごばかり三人を遺しても仕方がないと思うかもしれぬ」

「お言葉ではございますが、親の血は男女等しく流れるものと愚考いたしまする。ことに男親にとっては、おなごは一入《ひとしお》可愛いと申すではございませぬか。それに、それがしにはまだほかに策がございます」

「何だ」

「万福丸様を、ひとまずお落とし申します」

「ひとまず、とは？」

「あくまでも、ひとまずです。若君をお落としすれば、長政様もご納得なさるかと存じます」

「つまり、落とした上で殺すのか」

「御意」

「ほうっ……」

信長は口をすぼめて、驚きの声を漏らし、まじまじと秀吉を見た。

「そちも恐ろしき男よの」

「ほかに策もございませぬゆえの、窮余の一策でございます」

秀吉は心底、悩ましげな顔を作った。

「もし、その策をもってしても、ことが成らざる時は、いかがいたす」

「この儀、わが身に代えましても……」

「ならぬ！　それはならぬぞ」

信長は小さく叱った。

「たとえ、こと成らざるとしても、そちの命に代えることは許さぬ。よいか、秀吉」

「はは、肝に銘じましてござりまする」

秀吉は感動して、額を床にこすりつけた。

近習が茶を運んできた。信長は「いらぬ」と言ったが、秀吉は旨《うま》そうに茶を啜って、

「よきお加減でございますなあ」などと言っている。いまのいままで、きわどい会話を交わしていたとは思えない、腹の据わった態度であった。

7

八月二十七日。夜に入ると、秀吉軍は小谷山へ駆け登った。馬の背のような尾根の中央にある京極丸の砦は比較的、脆弱《ぜいじゃく》で、しかも内応する者がいたから、あっけなく攻め落とされた。

翌朝からは小丸を攻めた。本丸との連携を絶たれた小丸は防戦もままならず、見る間に敗勢となり、混乱の中、浅井久政は割腹して果てた。

秀吉は久政の首を虎御前山の信長の元に届け、実検に供した。

その夜、秀吉は単身、本丸に歩み寄った。城内には矢玉も尽きたのか、それとも秀吉の豪胆に敬意を表したのか、矢を射かける者もない。

城門の前に仁王立ちして、「城内に物申す」と大音声《だいおんじょう》で言った。

「織田家中《かちゅう》羽柴秀吉、奥方様ならびに姫君方を、お受け取りに参上仕った。ご門を開けられよ」

しばらく沈黙があって、城門は開かれた。殺気だった髭面《ひげづら》が並び、槍衾《やりぶすま》がひしめくあいだを、秀吉はゆっくり歩いた。

玄関前に着くと、秀吉はどっかと胡座《あぐら》して、まるで座禅を組むように半眼を閉じた。

やがて、鎧姿の長政が現れた。

「久しゅうござる、羽柴殿。こたびの戦ぶり、なかなか天晴《あっぱ》れでござった。お迎え大儀です。よしなにお頼み申す」

「は、不束《ふつつか》ながら、確かに務め参ります」

長政の背後から、お市の方と三人の姫と守役がやって来る。三人のうち二人の姫は幼く、守役に背負われている。長女の茶々はお市の方に手を引かれているが、昂然《こうぜん》と秀吉の顔を睨みつけるようにして、その足取りはしっかりしたものだ。

すでに長政から言い含められ、別れの儀式も済んでいるのだろう。お市と茶々は思ったより動揺の色も見せず、篝火《かがりび》に浮かぶ顔は、むしろ爽やかにさえ思えた。

「されば、それがしのあとについて参られよ」

長政に会釈を送って、秀吉は歩きだした。おなごの脚を考慮して、ゆっくりと歩いた。

左右の兵たちの中から、嗚咽《おえつ》が漏れた。美しい奥方と幼気《いたいけ》な姫たちが、垂れ込める闇の中、城を出てゆく姿は涙をそそる。すべての兵が槍を引き、「頼みまするぞ」と、敵将に声をかける者もいた。秀吉は黙って、何度も頷いた。

門を出て少し行くと、秀吉の部下たちが迎えに待機している。松明《たいまつ》を掲げた護衛の武士たちが、前後左右を固めて山道を下った。

茶々姫には少し過酷な道のりだったが、秀吉が背負おうとすると、きつい声で拒否した。そのまま歩き通して虎御前山の信長の陣屋まで行った。玄関の式台で、秀吉は自分の手で、茶々姫の土埃《つちぼこり》に塗《まみ》れた足を拭《ぬぐ》ってやった。その時は母であるお市の方の美貌には目も眩《くら》む思いだったが、この姫を将来、おのが側室に迎えるとは想像もしていない。

大広間に案内して、休息を取っていると、荒々しい足音とともに信長が現れた。鹿皮の敷物の上に胡座をかくと、居丈高な様子で四人の「客」を見据えた。姫たちは脅え、母親に身を寄せ合っている。

「市か、大儀であった」

それだけ言うと、信長はサッと立ち上がり、そのまま振り返りもせずに奥へ去った。久しぶりに妹に会った照れなのか、それとも、憎《に》っくき長政の妻に対する嫌悪からなのか、秀吉にもそのどちらなのか、判断がつかなかった。

お市と三人の姫はこの後、信長の弟信包《のぶかね》のもとに預けられた。さらにその後は、お市は柴田勝家の室となり、本能寺の変後、勝家が秀吉に敗れた時、夫と共に死ぬ。三人の姫の行く末は数奇な運命を辿ることになる。長女の茶々は豊臣秀吉の側室淀君《よどぎみ》に、次女は京極高次《たかつぐ》の室に、三女は徳川秀忠《ひでただ》の正室になって三代将軍家光《いえみつ》を生む。

じつは、秀吉はお市の方になみなみならぬ関心を抱いていたという説がある。それは彼がまだ藤吉郎と呼ばれ、信長の草履取りをしていた時代のことだ。館の内証に接する機会が多く、お市を垣間見《かいまみ》ることも少なくなかった。当代随一と称される美貌の持ち主であるお市が、藤吉郎の目には女神のごとく憧《あこが》れの存在に映っていた。

むろん、高嶺《たかね》の花どころではない、遠い人だったのだが、織田の部将となったいまは、そのお市様が手の届くところにある。浅井が滅んだ後、信長がお市の処遇をどうするのか、ある種の期待感を抱いたとしても不思議はないだろう。

しかし、お市は勝家のもとに嫁してしまう。命を賭《と》して小谷城から救出した「花」を、あっさり横取りされたような恰好だ。

その口惜しさが、勝家との確執の原因になったというのは、いささか穿《うが》ちすぎかもしれないが、秀吉の「女好き」は定評のあるところではある。その後、姫の茶々にお市の面影を求めて、自らの側室に据えたことを考え併せると、かなりの執着があったと言えるかもしれない。

明けて九月一日。信長は自ら京極丸に乗り込んだ。最後の〆《しめ》は、どうでも自分がやらなければ気が済まないのだろう。秀吉の兵と近習や旗本たちを駆使して、真正面から城攻めにかかった。

やはり城内は矢玉が尽きていたらしい。大した抵抗も受けずに、城門を打ち破った。あとは疲労困憊《こんぱい》した城兵を追い詰め、追い詰め、討ち果たしてゆくばかりであった。

長政は奥の間で自刃していた。周囲には主君に殉じた側近たちが十人近く倒れていた。この時、信長が長政の死体を足蹴にしたという話も伝わっている。むろん、真偽のほどは分からないが、信長の怒りからすると、そのくらいのことがあっても、不思議はない気もする。

長政と父親の久政の首は、朝倉義景の場合と同様、京都に送られ梟首《きょうしゅ》され、さらに岐阜城下で獄門に晒された。敵の大将というより、犯罪者として扱った感がある。見せしめの効果は上がったかもしれないが、この辺りから、信長の陰湿さがはっきり見えてくる。

話は少し飛ぶが、翌年の正月一日、京都や近隣にいる諸将が岐阜城に招かれ酒宴が催された後、直属の家臣だけが残った席で、信長はゾッとするような奇怪な「肴《さかな》」を披露した。
それは、「公卿《くぎょう》」と呼ばれる檜《ひのき》の白木で方形に作った折敷《おしき》に据えられていた。
朝倉義景
浅井久政
浅井長政
三者の髑髏《しゃれこうべ》で、漆で固めた後に薄く金泥で彩色する薄濃《はくだみ》にされていた。『信長公記』によれば、この髑髏を肴に一同は酒宴をともにし、「各《おのおの》御謡御遊興、千々万々目出度御存分に任せられ御悦びなり」であったという。
とても正気の沙汰《さた》とは思えない。
長政の嫡男万福丸は、秀吉の言葉どおり「ひとまず」城を脱出して、逃避行をつづけていたが、およそ一カ月半後、越前の敦賀に潜んでいるところを発見され、岐阜に護送される途中、関ケ原の山中で磔《はりつけ》にされた。わずか十歳であった。
もう一つ、エピソードがある。三年前、千草《ちぐさ》峠越えをする信長の狙撃《そげき》に失敗した、鉄砲の名手杉谷善住坊《ぜんじゅうぼう》は、近江で捕らえられた。罪状を取り調べた後、生きながら首まで土中に埋め、竹製の鋸《のこぎり》で首を挽《ひ》き切って、処刑した。何とも残虐なことで、こういう事実を見ると、日本人が心優しい民族だというのは、幻想ではないかとさえ思えてくる。

こうして江北一帯は鎮圧され、完全に織田の支配下に入った。これには横山城の守将としての、また、小谷城攻略での秀吉の働きが目立つ。信長はその功を愛《め》でて、浅井氏の旧領・北近江三郡を秀吉に与えた。秀吉は浅井家の拠点であった小谷城に入り、ここに晴れて一国一城の主となった。

この異例ともいうべき栄達ぶりは、織田家中の面々からは羨望《せんぼう》の目で見られた。とくに柴田勝家などは腹に据えかねるものがあっただろう。

わずか十三年ばかり前の桶狭間《おけはざま》合戦の頃は、誰もが気軽に「猿、猿」と呼んでいた。小者頭《こものがしら》とも言えないような軽輩であったのが、どうだろう。いまや織田家の長老たちと肩を並べるほどの家禄《かろく》を得て、城まで与えられたのである。

第十三章　果てなき夢

1

浅井《あざい》家滅亡からその年、天正元年（一五七三）の暮れ頃まで、信長の軍は、足利義《よし》昭《あき》の後始末のような合戦や政権整備で過ぎた。

十一月なかばには、義昭が一時身を寄せた河内《かわち》国若江《わかえ》城の三好義継《よしつぐ》を攻め滅ぼした。また、十二月末には、松永久秀《ひさひで》、久通《ひさみち》が信長に降伏して、大和《やまと》の多聞山《たもんやま》城を明け渡した。信長はこの城を明智光秀《みつひで》に守らせている。

義昭の身柄については、結果として西国の毛利家が面倒を見ることになった。もっとも、毛利家としては、義昭はあまり歓迎すべき客人ではなかったフシがある。元来、ひたすら勢力圏を守り、外を攻めることはしないのが毛利家家訓の定めるところだった。そこへ野心満々の将軍に来てもらっては、はなはだしくありがた迷惑だったにちがいない。

義昭は若江から紀伊由良《きいゆら》の興国寺に移り滞在していたが、その後、毛利家に身を寄せる意向を示した。前述したように、かつて十代将軍・足利義稙《よしたね》は、管領《かんれい》・細川政元《まさもと》に将軍職を追われて周防《すおう》山口の大内義興《よしおき》のもとに逃れたが、やがて義興を伴って京に戻り、将軍に返り咲いた。義昭もこれに倣い、毛利の援助を得て、捲土重来《けんどちょうらい》を期したのだろう。

そこで、毛利輝元《てるもと》の使者として、毛利家の外交僧・安国寺恵瓊《あんこくじえけい》が上洛し、信長側の羽柴《はしば》秀吉、朝山日乗《あさやまにちじょう》と義昭の処遇について協議した。

その時、義昭自身も和泉堺《いずみさかい》まで来ている。このことをもってしても、義昭自身、堺まで来ることに身の危険を感じていなかったことが分かる。信長には義昭を攻め滅ぼすどころか、将軍職を取り上げるつもりもなかった。しかも、将軍職を義昭の子・義《よし》尋《ひろ》に継がせようとしていたのだ。また、義昭の身柄については、信長が秀吉に一任していたことも分かる。この会談で、おそらく秀吉が、彼一流の言い回しで、義昭の身分を尊重する旨を恵瓊に伝えたことは、想像に難くない。

恵瓊は、その時の交渉経過と結果を十二ヵ条にまとめて毛利輝元の家臣、井上春忠と山縣越前守に送った。それが、信長や秀吉の未来を暗示するような、あの有名な報告書である。

「信長の代、五年三年は持たるべく候。明年辺は公家などに成らるべく候かと見及び申し候、さ候てのち、高ころびにあおのけに、ころばれ候ずると見え申し候、藤吉郎

さりとてはの者にて候」(『吉川家文書』より)

恵瓊は元亀二年(一五七一)に一度だけ信長に面謁《めんえつ》しており、秀吉など家臣たちとの交渉の過程で、見聞きしたことを基に、反信長側の人間として、いまはあのように増長している信長の威勢も、そう長くは続きますまい——と、希望的観測を交えて、信長の人物像を見定めたのだろう。信長の性格だけでなく、信長の政治力、支配力、安定度、脆弱性《ぜいじゃくせい》などまで推測したものと考えられる。

それにしても偶然とはいえ、「高ころびにあおのけに、ころばれ候ずる」と、あたかも本能寺の変を予言したかのような記述には驚かされる。しかもそれに付け加えて、秀吉のことを称賛しているのは、本能寺以後、秀吉が天下人《てんかびと》になることを示唆したようにも受け取れる。

ところで、信長の「悲劇」を予想した人物は他にもいた。その一人は越後の上杉謙信である。謙信は天正三年に「信長が権大納言《ごんのだいなごん》に任ぜられ、右近衛大将《うこんえのだいしょう》を兼任した」という報告に接し、二人の養子、景虎《かげとら》と景勝《かげかつ》に諭して次のように言った。

「信長の天下創業未《いま》だ半ばにさえ満たずして大納言と大将に至る事、道理を知らず。(中略)扨又《さてまた》信長が終《つい》を見るべし」(『春日山日記』より)

けれど、猟官運動に血道を上げているようでは、信長の先も知れている——というのだろうけれど、これは必ずしも当たっていない。

確かに、将軍義輝が健在だった時点では、信長も室町幕府を中心とした体制を理想の形と認識し、将軍家の擁立を志していたから、自らもそれなりの地位を得たかったにちがいない。しかし、義昭を推戴《すいたい》して上洛《じょうらく》を果たした以降は、政治権力に対する考え方が明らかに変質した。足利将軍は天下を統《す》べる上での「象徴」的な存在であって、立法、司法、行政の三権を掌握するのは信長自身でなければならないと確信している。実力のない将軍から官位など授けられたのでは、将軍の下風に立つのを認めることになる。とはいえ、それなりの官職についていなければ、行政官としての機能を発揮しにくいから、便宜上、権大納言や右近衛大将を受けたという程度のものだった。

対する上杉謙信は旧体制護持の権化のような人物だ。関東管領を預かって、幕府の威令を代行することに意義を感じている。この辺りが信長と謙信の人間のスケールの違い——というより、拠《よ》って立つ政治哲学の違いというべきだろう。

とはいえ、上杉謙信は武田信玄以上に信長が恐れた名将であった。信長としては、なるべく謙信と戦うようなことになるのを避けていたふしが見られる。しかし、その上杉軍と織田軍が激突する事態が、やがて訪れる。

2

小谷の城を与えられた秀吉は、間もなく、新しい城を琵琶湖畔の今浜に建造することにした。

「小谷は要害ではございますが、外を攻めるには向いておりませぬ。お屋形様ご出陣の際、いち早く馳《は》せ参じるには、琵琶湖の水運を利するにしくはございませぬ。よって今浜の地を本拠にいたしたく存じます」

信長にそう言上《ごんじょう》して許されたのだが、実際のところは、小谷城は焼け、ところどころ廃墟《はいきょ》に近くなっていて、あまり快適とは言えなかったのと、それにも増して、小谷城で滅んだ浅井家の怨霊《おんりょう》が恐ろしくもあった。

今浜に城を築くと決まると、文字どおり一国一城の主《あるじ》として新しい出発点に立つ昂《こう》揚《よう》した気分であった。しかし、材木が組み上がり、壁に囲われていく普請の様子を眺めるたびに、秀吉はこの異常ともいうべき立身の速さが、そら恐ろしくもあった。

実際、こういう「異常」は他国、他家ではほとんど例を見ない。家柄や出自がまず重視されるのが普通の時代であった。

信長がごく短期間に天下に覇を唱えることができたのは、出自などに囚《とら》われず、仕事のできる人物を抜擢《ばってき》、登用したことにある。とくに秀吉と光秀を発見し、育て上げ、利用したのが最大の収穫だった。もしこの二人が存在しなければ、おそらく信長の「偉業」は成し遂げられることはなかったにちがいない。

信長政権の持つこうした光の部分に対して、表裏一体とも言える影の部分のあることも無視できない。信長の下では、常に家臣の間で競争を強いられ、功がないとなると、容赦なく切り捨てられる。家臣としての地位、領地など、すべて信長から賦与《ふよ》されたものであり、家臣たちに属するものではなかった。こうした実力主義、一種の中央集権的な考え方が、家臣団相互および家臣と主君の間に溝を生んでゆくことになる。

それにしても、信長に拾われたも同然の秀吉にとっては、夢のような境涯である。これまでは無我夢中で戦いの日々に明け暮れてきたが、ふと気づいて立ち止まると、思いもよらぬ場所に佇《たたず》んでいる自分に驚かされる。

これが現実なのだろうか――と思う。

この先、どこまで行くのだろう――と思う。

その矢先、今浜城築城の作事場に、ふらりと随風《ずいふう》が訪れた。警備に当たっている足軽頭が旅僧を伴ってやって来たのを見て、秀吉は目を瞠《みは》った。

「おお、随風殿、息災のようですな」

「羽柴様こそ、ご壮健のご様子、何よりです」

「ははは、随風殿に羽柴などと呼ばれるとくすぐったい。秀吉で結構、そうお呼びあれ」

「いやいや、それはなりませぬ。もはやそこもとは一国一城の主です。ご家来衆の前もござる。羽柴様と呼び習わせていただかねばなりませぬ」

「そういうものですかな」

秀吉もあえて逆らうことはしなかった。

仮の宿泊所に場所を移して、茶など馳走《ちそう》しながら、一別以来の話が弾んだ。

「随風殿はこれより比叡山《ひえいざん》へ参られるか」

「いえ、それがしはすでに叡山を下りて参りました」

「ほう……いかがでござった」

「言葉もございませぬな」

随風は憮然《ぶぜん》として言った。麓《ふもと》の民家や生き残りの僧たちから、あの夜の阿鼻叫喚《あびきようかん》のありさまを聞いた。さすがにいまは死体は葬られたとはいえ、焼け落ちた僧房などの改修はおろか、片づけさえも手つかずの状態であった。実全《じつぜん》上人が臥《ふ》せっていた建物も、跡形もなく焼け、消え失せていた。酸鼻の気が全山に立ち込め、誦経《ずきよう》の声さえも震えたものである。

「致し方のないことです」

秀吉は信長の正当性を信じたかった。ことの善悪を問えば、悲劇的な結果を招いた責任は比叡山の悪僧どもにある。白河《しらかわ》天皇の昔より「ままならぬもの」と嘆かせた悪弊を、天に代わって誅伐《ちゅうばつ》したのが信長だと考えている。

「なれど」と随風は首を振った。

「信長公は人を殺しすぎます。ひとたびは従いましょうが、声なき怨嗟《えんさ》の声は野に満ち、谷を埋めておりまするぞ。このこと、羽柴様は心致さなければなりませぬ。人は生かしてこそ物の役に立とうというもの。武将といえども鬼にはあらず。仏心をもって戦いなされませ。羽柴様は稀《まれ》に見るご運の持ち主。死地にあっても死なず、窮地に立っても隘路《あいろ》を切り開いて進まれるお方です。されば、人にもそのご運を分かち与えなされ。さらなるご運が、向こうからやって参りましょうぞ。随風、そのことを申し上げたく、立ち寄り申しました」

随風はそう言って、合掌し、来た時と同様、風のごとく飄然《ひょうぜん》と去った。

「死地にあっても死なず……か」

秀吉は随風の言を反芻《はんすう》した。確かに、桶狭間《おけはざま》以来、考えてみると、生きているのが不思議なような気もする。敦賀の金ケ崎の総退却では殿《しんがり》を務めて、九死に一生を得た。仲間や部下たちが何人も死んでいる。桶狭間で軽輩の自分が死んでも、路傍の露と消えて、さほど顧みられることさえなかったにちがいない。

その自分がいま、こうして新しい城を建ち上げて、北近江を睥睨《へいげい》しようとしているのだ。

今浜の辺りは、針売りをしている頃に一、二度訪れたことがある。町家《まちや》の佇まいにも、波の寄せる湖岸にも、そこはかとない記憶がある。それだけに、現在の境遇との落差を実感する。

しかし、随風が言うような「さらなる運」が来るかどうかは不明である。この先どうなるのか——という思いは、ある種の不安でもあった。岐阜城に年賀で諸将が集まった時、秀吉は明智光秀に会って、その思いを打ち明けてみた。

光秀は秀吉と同様、というより、秀吉よりも新参である。細川藤孝《ふじたか》とともに足利義昭を信長に引き合わせた「功労者」であり、それ以降も幕府や禁裏との調整役としてだけでなく、戦陣での働きと能力を認められ、秀吉同様、重用されている。実際、坂本に城を与えられたのは、秀吉より早かった。

しかし、秀吉と異なるのは、妹が信長の側室であったため、外様にもかかわらず一門衆的扱いを受けていたことだ。秀吉がスピード出世ゆえに先輩の重臣たちに嫌われがちだったのとは別の意味で、織田家中《かちゅう》では孤立した存在といえる。

「羽柴殿のお働きぶりからすれば、ご出世の速さは当然でありましょう」

光秀は、謙虚で気配りの行き届いた、賢い答え方をする。

「それがしが坂本のお城を賜ったのが三年前のことです。それを思えば、むしろ遅かったと言えるのではありますまいか」

光秀は叡山焼き討ちの後、南近江志賀郡の支配と、坂本での築城を許された。坂本は京都の喉元《のどもと》のように重要な戦略的拠点である。そこを任されるというのは、織田軍団の中にあって、最も信頼される存在と認められたことを意味する。

「そのような晴れがましい恩賞を賜れば、われらが労苦も報われます。武士たる者、一番槍《やり》を競い合う功名心も湧き申そう」

「まことと、明智殿の申されるとおりです。それがしなど、今浜に城をお許し賜ると聞いただけで、欣喜雀躍《きんきじゃくやく》、明日にでも死地に赴く覚悟ができました。なれど、この先も武運に恵まれ、お屋形様のご期待に沿える働きが叶《かな》うものか、それを思うと、ありがたし、めでたしと、浮かれてのみはいられません。いよいよ身の引き締まる思いのすることでござるよ」

「さよう。昨日、戦功ありといえども、明日は逆に後れを取るやも知れぬ。されば容赦なきお叱りを賜り、城も国もお取り上げなさりましょう。われらは、いやが上にも働かざるを得ませぬ。お屋形様はその点、まことに人使いがお上手です」

光秀は笑ったが、どこか陰のある笑顔であった。

秀吉と光秀は織田軍団の中ではほぼ拮抗《きっこう》した地位にある部将で、その勲功も肩を並べていた。秀吉の働きぶりは派手で目立つが、光秀も負けず、信長のために戦果をあげている。

さらに、光秀は武人ではあったが、織田家の中では、ひときわ有職故実《ゆうそくこじつ》に通じた存在として光っていた。兵学はもちろん、歌道など文化的な面での才能に秀でたものがある。本能寺の変直前の愛宕山《あたごやま》での連歌の会はあまりにも有名だが、そういう特性を生かして、禁裏、幕府、そして信長とのあいだに立って調整役を務めた功績が大きい。信長が光秀に坂本の城を預けたのも、そういった能力を買ってのことであったろう。

その光秀の欠点を挙げるとすれば、それは生真面目すぎることと言える。秀吉と対照して見ればよく分かる。秀吉の融通無碍《むげ》、自由奔放な思考回路は光秀にはない。兵学を修め、鉄砲に長《た》けているなど、時代の先端をいっているようでいて、じつは古い時代の秩序を尊重するタイプだった。細川藤孝とともに義昭を担ぎ上げたのも、信長に足利幕府の後ろ楯《だて》になってもらい、本来の幕政の姿に回帰させようと願ったからだ。

しかし、時代ははっきり動いていた。かといって、義昭がとりわけ暗愚な将軍だったわけではない。むしろ智略に長けた策士であった。それに優る信長という新機軸、破天荒な支配者が現れて、旧体制を破壊したのである。宗教まで含めて、古い思想を一掃する方向で世の中は変化しつつあるのだ。その担い手が信長であって、伴天連《バテレン》の厚遇も比叡山の焼き討ちも、その象徴的な事業といえる。

その改革に必要な人材であることが、信長に登用される最大の条件だった。いまのところ、「天下布武《ふぶ》」の大事業は拡大、膨張の真っ只中《ただなか》にあるから、人材はいくらあっても足りない。どこへ向かっても最前線にぶち当たるような混沌《こんとん》とした情勢が、まだ続いていた。

いまは、秀吉のように無我夢中で働いているうちに、いつの間にか立身出世を遂げるための、いわばビジネスチャンスに恵まれている。

光秀や秀吉のごとく、働き、功名を上げ、忠勤に励めば、立身出世は望みのままといえる。そのことが部将たちの競争心理をかきたて、信長の巧みな人使いとあいまって、予想以上の戦果を上げてきたのである。

だが、この戦乱が収まって、安定期に入った時のことは、まだ誰も考えない。戦う集団であるかぎり、軍団は一致団結するが、戦う目標を失った時、どういう組織が完成され、どういう支配構造になるのか。自分がいったい、頂点に近いどの辺りの位置にいて、何をしているのか——といったことは、想像すらしていない。

明智光秀を除けば——である。光秀にはやがてそれが見えてくる。その明敏さが彼に不幸をもたらすことは、いまは天のみが知っている。

「羽柴殿ほど、お屋形様のご信任を得ている者は、ほかにありますまい」

光秀は手放しで称賛した。

「そうは申しても、家中のとくにお歴々の目から見ると、ずいぶん出過ぎ者に思えるのでしょう。何かと風当たりが強いのですよ」

秀吉にしては珍しく、愚痴をこぼした。織田家中でそういうことが言える相手は、似た境遇の光秀ぐらいなものだ。

「それはそれがしとて同じこと。公方《くぼう》様をお屋形様にお引き合わせしたことゆえに、重く用いられたものを、公方様のご謀叛《むほん》があった後も、変わらずお用いいただいているのはいかがなものかと、あからさまに聞こえてくることがあります」

光秀は苦渋の色を滲《にじ》ませている。

「まさか、そのようなこと……」

「いやいや、世の中とはそうしたものです。それだけに、それがしは人一倍、お屋形様のために働かなければならないと思っています。いずれにしても、毀誉《きよ》褒貶《ほうへん》をいちいち気にしていては、身がもちますまい。われらはただ一筋に前を向いて、主君のために勤め参らすのみですよ」

「それがしとて、お屋形様一途に忠勤を心掛けるのには、人後に落ちない覚悟でござる。されど、忠勤に励めば励むほど、いよいよ立身する結果になり、ご重臣たちの妬《ねた》みを買うことになるでありましょう。どこまでいけば際限があるのか、折ふし恐ろしげに思えるものです」

「それは致し方ありませぬ。もしそれを恐れて忠勤を忘れるようなことになれば、お屋形様のご不興をこうむるばかりです。立身出世はあくまでもご奉公の結果です。どこが際限かなど、思案していても始まりませぬ。いずれにしても、お屋形様を越えることはありませぬよ」

光秀は秀吉の杞憂《きゆう》を笑ったのだが、その時、秀吉はふと不吉な予感が胸を過《よぎ》った。「お屋形様を越えることはありませぬ」という光秀の言葉を、単なる冗談と聞き流せない気持ちであった。

（本当にそうなのだろうか――）

現に、信長は足利幕府の長である将軍義昭を追放した。信長といえども、かつては尾張の守護代織田家の傍流に過ぎなかった身分である。

その信長公が、いまや朝廷をさしおいて、天下に号令しようとしている。身分というものは、時の流れの中では、かように定まりのないものなのではないだろうか。もし信長公に不測の事態が生じたならば、いったいどうなるのか。その時、信長公に代わって天下布武の旗を掲げるのは誰なのか。自分はどのような立場でその新しい場面に存在し得るのだろうか。自分の上には誰が立つのか。柴田勝家《かついえ》か、丹羽長秀《にわながひで》か、佐久間信盛《さくまのぶもり》か、いや、そのいずれでもあるまい。自分が彼らの下風に立つことなど、あり得ない。ならば誰が？　まさかこのおれが――そう思った次の瞬間には、秀吉はその恐ろしい邪念を払い捨てた。光秀にしてみれば、たぶん、何気なく言ったのであろう言葉も、聞かなかったことにした。

信長が、朝倉義景《よしかげ》、浅井久政《ひさまさ》、長政《ながまさ》の首を薄濃《はくだみ》にして、宴席の「肴《さかな》」に供したのは、秀吉と光秀がそういう会話を交わした直後のことである。その席で、光秀は信長の不興を買い、居並ぶ諸将の面前で罵倒《ばとう》されるという、後に人口に膾炙《かいしゃ》されることになる事件が起きた。

年賀の宴席に、信長が自慢げに三人の髑髏《しゃれこうべ》を出した時は、殺戮《さつりく》には慣れているはずの部将たちも、さすがに度肝を抜かれた。しかもそれが、朝倉義景、浅井久政、長政のものと聞いて、血の凍る思いがした。

「いや、これはまたとない祝いの品を拝観させていただきました」

そう言ったのは、例によって秀吉である。この男は一瞬たりとも、座に沈黙が流れるのが耐えられない性格なのだ。それにつられるように、満座の者たちが、それぞれ追従《ついしょう》を言った。中には豪快を装い声を上げて笑う者も少なくない。

ただ一人、光秀だけが悲しげな表情を見せた。信長はそれを見逃さなかった。

「光秀、そのほう、気に入らんのか」

「は、いいえ、決してそのような……」

光秀はひれ伏した。

「黙れ。余の目を節穴と思っておるのか。何だ、その仏頂面は。そちたちの苦労に報いんと、余が知恵を絞って考えたものを、そのほう愚弄《ぐろう》いたしたな」

「滅相もござりませぬ。それがしはただ、敵将とはいえ、武勇の誉れ高かりし方々の末路に、そぞろ哀れを催したのみでござりまする。それにつけてもお屋形様のご武運のめでたきことと……」

「詭弁《きべん》を弄《ろう》すな。そのほうは人より頭がいいと自惚《うぬぼ》れておるのであろう。ろくな働きもせぬのに。そのようなキンカン頭、見とうもない。疾《と》く下がりおろう」

信長は手にした杯を投げつけた。それが光秀の額に当たって血が滲んだ。光秀は傷を押さえることもせず、ほとんど平伏したまま、後ずさって、その場を退出した。

この「事件」が尾を引くことはなかった。とりあえず光秀の身分に影響は出なかった。信長の怒りは一過性のものであったのかもしれない。ただし、信長は下戸《げこ》だったから、酒の上での狼藉《ろうぜき》という単純な割り切り方はできない。とくに光秀にしてみれば、屈辱そのものだったろう。

いや、それだけではない。「キンカン頭、見とうもない」と遠ざけられたことは、その後の自分に対する信長の処遇を暗示するものと受け止めたとしても不思議はない。

これが八年後の「本能寺の変」の遠因になったとは断定できないが、少なくとも光秀の胸のうちに凝《しこ》りとなって残ったことは間違いない。ともあれ、信長と光秀の性向を如実に示すエピソードとして、特記すべき出来事ではあった。

このような騒ぎがあったとはいえ、長年の懸案であった近江平定を成し遂げ、天正二年の正月は比較的平穏のうちに明けた。だが、戦乱の兆しは各地で燻《くすぶ》り続けている。

朝倉氏を滅ぼしたばかりの越前では、信長が置いてきた守護代の前波長俊《まえばながとし》が暗愚を絵に描いたような人物で、失政が続き、領民たちのあいだから不満が沸き上がった。それが一向一揆《いっき》と結び、騒ぎが拡大した。さらに、府中の城主富田長繁《とみたながしげ》が前波長俊を殺害するという事件が発生する。そのゴタゴタに乗じて、一揆勢が急速に力をつけて越前一国を席巻した。一揆の背景には朝倉勢の残党が加担していた。

この時は秀吉と丹羽長秀らが出陣して、ひとまず騒ぎは鎮まったのだが、一揆勢は根強く、またぞろ勢力を盛り返して、事実上、織田勢を駆逐し、越前をほしいままにした。

一方、東部戦線にも不穏な動きが起きている。一月二十七日には、甲斐の武田勝頼《かつより》が東美濃に出陣してきて、十八の城をまたたく間に落とし、二月五日には明智城を包囲、三月十二日に攻略した。

そんな中、秀吉は今浜の築城を急いでいた。三月には落成し、それを機会に、今浜を「長浜」という縁起のいい名に改めた。そして、信長の許しを得て、それまで岐阜城下の屋敷にいた妻と母親を呼び寄せ、一緒に住むことになった。

この頃が、束の間とはいえ、秀吉の人生にとっては、最も穏やかな時期だったと言えよう。とくに妻の寧《ねい》や、後に「大政所《おおまんどころ》」と呼ばれることになる母親に対して、得意絶頂の気分だった。

「夢のようですね」

出来たばかりの城に上がって、琵琶湖の風景を眺めながら、寧は言った。

「夢ではない。これは現実だ」

「でも、明日になって、目が覚めたら消えてしまいそう」

「ははは、消えてたまるか。それどころか、まだまだ夢の続きがあるだろうよ」

「どこまで？」

「さあてな……」

その答えは秀吉にも分からない。夢の続きや結末など、分からないほうがいいと思っている。

「この子はね」と老母が言った。

「小さい頃から、夢ばかり追って、どこぞへ飛び回っとったものだよ」

「ははは、そうだなあ。明日がどうなるか、何も分からず、走っとったなあ。おふくろには心配かけて。みんなには苦労をかけて。だがな、これからはもうみんな一緒ぞ」

「それはいかんよ、吉《きち》」

老母はつい昔の名を呼んだ。母親にとっては、羽柴秀吉もいつまで経っても吉なのである。

「わしらのことにかまけて、信長様へのご奉公がおろそかになってしもうたら、わしらの立つ瀬がありゃあせん。このお城にもおられんようになってしまうがね」

「分かっとるがね。おれの生き甲斐《がい》は、お屋形様にお尽くし申し上げることばかりじゃ」

秀吉は隣の部屋に控える、家来どもに聞こえるような大音声で宣言した。こういう些細《ささい》な、咄嗟《とっさ》の場合でも、自分の忠勤ぶりを喧伝《けんでん》して、それがいつか噂を成して流れてゆくであろうことを考えている。こういうのは計算というより、天性のものとしか言いようがない。

3

穏やかな春も、長続きはしない。天下はすぐに動乱の修羅場に秀吉を引きずり込む。

信玄亡き後、それを隠す意図もあって、甲斐の武田勝頼がしきりに兵を動かしていた。春に東美濃に侵攻して明智城を落としたばかりだというのに、今度は矛先を三河の徳川に向けて侵略を開始する。

天正二年五月、徳川家康からの早馬が、岐阜の信長に急を告げた。武田勝頼が三万の軍勢を率いて、遠江《とおとうみ》の高天神城を囲んだというのである。高天神城には家康の家臣、小笠原氏が籠城《ろうじょう》している。先年の三方ヶ原の頃と異なり、周囲の情勢にいくらか余裕のある信長は、即座に家康からの救援要請に応じ、大軍を催して駆けつけたが、時すでに遅く、城内で謀叛が起こり、城は敵の手に落ちた後だった。

城を背にした三万の大軍を攻めるには、それに倍する軍勢をもってしても容易ではない。信長はいったんは家康と合流したものの、無益な戦を避け、軍を引き返した。

その途中、信長は浜松城に立ち寄った。事実上、天下を掌握した信長公のにわかの来訪とあって、浜松城は緊張すると同時に、沸き立った。家康は信長を上座に据え、礼を尽くして来援に対する謝辞を述べた。

「いやいや、遅きに失して、あたら猛将の誉れ高い小笠原を死なせたは、それがしの不覚、無念である」

信長は詫《わ》びと悔やみを言い、当座の軍資金にと、莫大《ばくだい》な黄金を贈って、家康を大いに感激させた。

だが、この時の情景は、信長と家康の関係を主従関係に近いものにする演出効果があった。かつて、浅井・朝倉攻めに参陣した当時の徳川軍と織田軍が、明らかに同盟関係にあったのと比較すると、これ以降、彼我の力関係の差が歴然としてくる。

徳川にとっての織田軍は、またとない後ろ楯《だて》だが、織田にとっての徳川軍も、武田の脅威に対する防波堤として、その存在は頼りになる。信玄が死亡したという噂は、かなりの信憑性《しんぴょうせい》を伴って聞こえているのだが、勝頼の威勢のよさを見ると、手放しで楽観することは許されない。たとえ病床にあっても、信玄が健在であるかぎり、武田軍はやはり最強の敵であることに変わりはなかった。

岐阜に還《かえ》った信長は、諸将を集めて対武田戦略を下問した。ほとんどの者は甲州を攻めるか、あるいは国境の守りを固めるといった常識論を提案するばかりで、どれも信長の気に染まない。

「秀吉、何かないか」

「は、いまはまだ戦を起こす時期ではないと存じます。浅井、朝倉は潰《つい》えたとは申せ、本願寺一派の一揆勢は、いつ何どき、背後を脅かさずとも分かりませぬゆえ」

「そのようなこと、分かっておる。されば何か策はないかと問うておるのだ」

「ご進物をなさるのがよろしいかと」

「ほう、武田に物を贈れと申すか」

信長は多少、呆《あき》れぎみに言った。諸将も失笑してどよめいた。

「いえ、さようではございませぬ。ご進物は越後へ」

「なに、上杉謙信に進物をせよとか……」

「御意《ぎょい》。上杉殿は武田にとってまさに後門の虎です。虎が少し吠《ほ》えれば、武田とて身動きなりますまい」

「ははは、なるほど。それは面白い。なれど、何を贈る？　いまさら黄金でもあるまい」

「その儀なれば」と、明智光秀が思いついて、言った。

「お屋形様ご所有の狩野永徳《かのうえいとく》の洛中洛外図《らくちゅうらくがいず》がよろしかろうと存じます」

「光秀、あれは上杉に贈るに相応《ふさわ》しき物であるのか」

「御意。またとなき逸品にございます。上杉公は文物の価値にも通じたお方と承っております。『洛中洛外図屏風《びょうぶ》』ならば、お屋形様のご威光を知らしめるにも相応しきご進物に相成ることは必定《ひつじょう》かと存じます」

　洛中洛外図屏風は、将軍義輝が狩野永徳に描かせたもので、永禄八年（一五六五）、義輝の死後に完成している。図中、武衛《ぶえい》陣の前で行なわれている闘鶏の場面があり、そこにお供を連れた見物の子供が描かれていることから、これが幼い頃の義輝だとされる。

　この洛中洛外図屏風は将軍御所にあったが、義昭失脚の後、信長のもとに置かれた。

「よし、それを贈ろう。光秀、即刻手配いたせ」

信長は「洛中洛外図屏風」を越後へ贈り謙信に信濃《しなの》、甲斐を共同で侵攻しようという提案をしている。むろん武田の攻勢を牽制《けんせい》する意味もあるのだが、その真意はむしろ、謙信に対する害意のないことを伝えたかったものだ。上杉謙信はよほどの理由がないかぎり、先方から攻撃をしかけてくる恐れのない人物だが、その戦闘能力は、信玄に勝るとも劣らないものがある。敵にすればこれほど危険な相手はなかった。

尾張のように肥沃《ひよく》、平坦《へいたん》な土地に恵まれ、気候もまずまず温暖の地は、本来の人心は穏やかで、闘争心や粘り強さには欠けるところがある。

そこへゆくと甲斐にしろ越後にしろ、気候の厳しい土地柄で育った兵は滅法、我慢強く強力だ。鉄砲などの武器を別にすれば、個々の戦闘能力において、尾張勢は圧倒的に敵《かな》わない。

しかも上杉謙信は軍略の天才といわれ、戦えば必ず勝つという伝説の持ち主だ。義昭がさかんに地方への働きかけを行なっている時、信長が最も警戒したのが謙信の動きだった。幸い、その当時は関東で北条と戦ったり、信玄との合戦を繰り返していたから、上洛軍を起こすに至らなかったのだが、今後のことは大いに不安要素であった。

この時期、信長の当面の敵は武田ではなく、秀吉が言ったように、本願寺とそれに属する一向一揆である。一月には、越前で反乱を起こした一揆勢によって、越前一国を奪い取られたままになっている。

信長はその方面の奪回を後回しにして、それ以前より活発な動きを見せている、伊勢長島の一向一揆を攻略することにした。

宗教者に対する信長の怒りは、先の比叡山焼き討ちで明らかだだが、一向一揆の執拗《しつよう》さには、ほとほと手を焼き、怒り心頭に発していた。追っても追っても群がってくるハチの大群のように思えたにちがいない。しかも、一揆によって受ける被害は甚大で、これまでに信長の身内を含む、織田家重臣を何人も失っている。

いったい、一向一揆とはどのようなものか。一向宗はいうまでもなく、親鸞《しんらん》上人のおこした浄土真宗のことである。別名「念仏仏教」と言われ、「南無阿弥陀仏《なむあみだぶつ》」を唱えれば、誰でも往生できるとする、きわめて明快な教義が庶民に受け、急速に広まった。その一向宗は本願寺八世蓮如《れんにょ》の代に大いに盛んになって、その勢力は諸大名と肩を並べるほどであった。

一揆といえば、一般に、大名など権力者の圧政に苦しむ庶民が、やむにやまれず決起したもの——と考えられがちだが、必ずしもそうではない。とりわけ一向一揆には、農民や僧侶《そうりょ》ばかりでなく、門徒の武士、さらには在地領主などの武士集団も加わっている。軍事的には素人の農民が、鋤《すき》や鍬《くわ》を手に権力者に立ち向かった——というイメージではなく、軍事のプロも相当数参加して、戦国大名と対等に、時には対等以上に争っていた。その代表的な例として、三千挺《ちょう》の鉄砲をもって大坂本願寺に立て籠《こ》もった根来衆《ねごろ》がある。

一揆は次第に組織化、強大化され、やがては政治力を持つに至る。ひとたび力を持って、その威力を実感してしまうと、それまで従っていた権力に対して、忍従するどころか、逆に力をもって自分たちの要求を押し通そうとする。その力は大名はもちろん、将軍にさえ一目置かせるほどのものであった。

実際、本願寺第十一世法主《ほっす》顕如《けんにょ》は近江の六角氏と婚姻を結んでおり、また妻の如春尼《によしゅんに》は武田信玄の正室三条の方と実の姉妹である。永禄十年（一五六七）には越前で朝倉氏と和議を成立させ、織田信長包囲網の同盟関係を結ぶなど、門徒と戦国大名とのあいだで、巧みに教団を発展させた。

顕如は「破門」という一種の恫喝《どうかつ》によって、信者を意のままに操ったと言える。破門とは、本願寺の意向や指示に従わなければ、仏に見放され地獄に落ちるというもので、信者はその恐怖心にかられ、従わざるを得なかった。逆に念仏を唱えてさえいれば極楽浄土へ行けると信じて、死を恐れずに戦う軍団が生まれた。

天正二年七月、信長は嫡男信忠《のぶただ》、次男信雄《のぶかつ》、および弟の信包《のぶかね》、叔父の信次《のぶつぐ》をはじめ、柴田勝家、丹羽長秀、羽柴秀吉、前田利家《としいえ》、稲葉一鉄《いってつ》、滝川一益《かずます》、佐久間信盛、佐々《さっさ》成政《なりまさ》、池田恒興《つねおき》、九鬼嘉隆《くきよしたか》、浅井新八、森長可《ながよし》といった織田軍のほぼ総力を挙げて、岐阜を出発し、尾張の五明《ごみょう》（愛知県弥富《やとみ》市）に野陣を張った。

この攻撃には九鬼《くき》の水軍を動員したことが特筆される。長島は木曽《きそ》川《がわ》と長良《ながら》川《がわ》に挟まれた、天然の要害で、過去二度の長島攻めでは、織田軍はつねに敵の水軍の活躍に手を焼いていたのだ。

七月十五日、その九鬼水軍が四方から長島に迫ると、一揆勢は篠橋《しのはし》、大鳥居、屋長島などの各砦《とりで》（現三重県桑名市）に散って立てこもった。

長島一向一揆は、長島城を中心にじつに十四の端城《はじろ》・砦に拠《よ》っていた。その総勢は数万といわれる。これに対して織田軍は七万を超える大軍をもって、各城砦《じょうさい》を個別に包囲して、大鉄砲を撃ちかけ、塀や櫓《やぐら》の備えを打ち破り、鉄砲を放ち、矢を射かける作戦を取り、すぐには斬り込むことはしなかった。

それは、白兵戦における一揆勢の強さを、いやというほど体験しているからである。彼らは死の恐怖を知らないとしか思えない、果敢な戦い方をする。「南無阿弥陀仏、南無阿弥陀仏」を唱えながら、遮二無二、槍《やり》を突き出してくる。死ねば極楽へ行けるという信念があるから、自ら死地に飛び込んでくるのだろう。

第三次長島攻撃は、最初から根切り（殲滅戦《せんめつせん》）の方針が決まっていた。「一人残らず生かすな」が、信長の厳命であった。

一揆勢は兵糧攻《ひょうろうぜ》めに遭い、各端城、各砦で抵抗力を失い、降参や開城を申し入れてきたが、いずれも拒否され、徹底的に殺戮《さつりく》された。大鳥居砦のケースを『信長公記』

に見ることができる。大鳥居砦には約二千五百の一揆勢がいて、降伏を拒絶され、八月二日夜、風雨にまぎれて脱出を図ったのだが、その顛末《てんまつ》を次のように書いている。

「大鳥居籠城の奴原夜中《やちゅう》にわき出で退散候を、男女千ばかり切捨てられ候」

一揆勢の城砦は次々に落とされ、残る長島城、屋長島砦、中江砦（現桑名市）の三ヵ所は織田軍の重囲の中で兵糧が尽き、半数近くが餓死するありさまだった。

そして九月二十九日、一揆勢は降伏し、長島城を退去した。しかし信長はそれを許さず、退去する一揆勢に対して「鉄炮を揃へうたせられ、際限なく川へ切りすてられ候」（『信長公記』）と、まさに徹底した殲滅戦を断行した。

最後に残った屋長島、中江の両砦には、もともとの一揆勢に加えて、ほかの城砦の生き残りなど敗残兵が多数、逃げ込んでいた。それに対して、四方より火を放ち、男女二万ばかりを焼き殺すという凄《すさ》まじさであった。

この「大虐殺」に明智光秀は参加していない。そのことを後に秀吉は光秀に語り、

「明智殿がござったら、さぞかしおぞましく思われたでありましょうな」と、いくぶん、光秀の幸運を羨《うらや》むように言った。

「なんの」と光秀は首を振った。

「さようなことはすでに比叡山で経験しております」

「いやいや、比叡山の比ではござらぬ。さながら、地獄絵でありましたよ」

「たとえ地獄であろうと、お屋形様のご下知《げじ》とあれば、降魔《ごうま》の剣を揮《ふる》う覚悟で突進するのみでありましょう」

「はあ、確かに……」

そういうものか――と、秀吉は感心して光秀の繊細そのもののような秀才顔を眺めた。この貴族的なご仁でも、いざとなれば阿修羅《あしゅら》となるか――と思った。秀吉自身、反吐《へど》が出そうな無惨な情景の中を駆け回っているうち、そういう残虐さに次第に慣れてくる自分がおぞましく思えたことも事実だ。

同時に秀吉は、こんなことを続けていると、自分がこよなく信奉している信長に対する人びとの気持ちが、離反してしまうのではないかと心配だった。随風が言っていた「信長公は人を殺しすぎる」という言葉が、真実味を帯びてくる。もちろん、そんなことはすべて自分の中に蔵《しま》って、おくびにも出しはしない。信長の恐怖政治に対しては、それに忠実に従うよりほかに道はないのだ。それに、もしかすると、この方法こそが「天下布武」の近道なのかもしれなかった。

実際、長島攻めは、後世に至るも信長の評判を悪くしているのだが、反面、信長の徹底した方針を広く伝えるには効果があったともいえる。

しかし、長島討伐によっても、一向一揆の嵐が完全に吹きやむことはなかった。大坂本願寺の抵抗は衰えず、それに同調して、河内高屋《たかや》城では三好康長《やすなが》も信長に叛旗《はんき》を翻している。さらにその後には越前の一向一揆勢の鎮圧にも取りかからなければならない。

4

天正三年四月、信長は河内高屋城と大坂本願寺の攻撃に出陣した。この時、信長は畿内《きない》一帯から兵を集めて、総兵力が初めて十万の大台を超えた。これだけの大軍を催せる自分の威勢に満足し、余裕もあったのだろう。高屋城を包囲、攻撃させている間、自身は近くの駒ケ谷山からその戦闘の様子を見物して楽しんだ。

高屋城はあっけなく陥落。周辺の小城も次々に落ちて、残るは本願寺だけというところまで攻め寄せた。しかし、ここで決着がつくことはなかった。攻撃を続行しているわけにいかない事態が、はるか後方で発生した。甲斐の武田勝頼が信長の留守を衝《つ》いて、三河に侵入、長篠《ながしの》城の攻略を開始したのである。信玄の死はすでに明らかになっていたが、それでも武田は脅威だ。信長は急ぎ河内から岐阜に戻り、兵馬を休める暇もなく、三万の軍勢を率いて三河へ救援に向かう。

五月十三日、信長は尾張の熱田《あつた》に一泊、翌日には三河の岡崎城に着陣、十六日に早くも牛久保《うしくぼ》城（現愛知県豊川市）に入った。ここで徳川軍と合流し、十七日には野田に陣を張り、翌日には、信長は長篠城の南、設楽《したら》郷の極楽寺に、徳川家康は弾正山に陣を布いた。

この合戦に動員した織田軍は三万。徳川軍は八千といわれる。対する武田軍は一万五千。前回より軍勢が半減しているのは、背後の上杉勢に備えたためもあるが、国力の疲弊と動員力の後退を物語るものだ。

両軍は連吾川《れんごがわ》を挟んで対峙《たいじ》した。兵力差だけからいえば織田・徳川連合軍が圧倒的に有利なはずだが、信長はあえて動こうとしない。着陣するやいなや、まず全軍に命じて防御線の構築を急がせた。空堀を掘り、土塁を盛り、柵《さく》を巡らせたのである。敵の突撃に備えて、鉄砲隊を前面に展開しながらの突貫工事である。

この戦に動員された鉄砲の数は千挺から三千挺まで、各説あるが、いずれにしても、信長軍としては過去最大級の数だ。参戦していない細川藤孝からも五百挺の鉄砲と鉄砲足軽を取り寄せていることから見て、三千はともかくとして、それに近い数は調達していたのだろう。

もっとも、信長がその鉄砲に物を言わせ「三段撃ち」なる戦法を編み出したというのは、『甫庵太閤記《ほあんたいこうき》』による創作と考えられ、史実としてそれを伝える史料はどこにもない。ただし、鉄砲の数が多いことによって、間断なく発砲できたから、結果的に「三段撃ち」と同じ程度の効果は上げることができたにちがいない。

織田軍が駆けつけてくれたのはいいが、いっこうに戦端を開こうとしないで、穴掘りと柵作りばかりやっているのを見て、徳川勢は物足りないものを感じ始めた。長篠城内の様子も気がかりである。早く武田の包囲軍を駆逐して、城内に援軍を送り込みたいのだ。中でも榊原康政《さかきばらやすまさ》や石川数正《かずまさ》といった主戦論者たちは、「われら徳川の兵のみでも」と、血気に逸《はや》って抜け駆けをしかねないほど焦《じ》れきっていた。

「この戦、万事、信長公のご下知に従うべし」

家康は家臣たちの暴走を戒めてはいるが、いつまで抑えきれるか、自信がなくなってくる。

「信長殿、開戦の時期の心づもりはございますか」

たまりかねて、家康は信長の本陣に出向いた。土塁も柵もほぼ完成に近づいて、一見頼もしく見えるが、これではあくまでも防衛本位の砦と変わりはない。野戦に打って出る構えではない。

そのことを言うと、信長は笑って「ご案じ召さるな。わしには存念がござる」と取り合わない。

「なれど、この陣構えでは攻め出るにはいたく不便ではありませぬか」

「攻め出ることはしない。攻めさせて叩《たた》くのみじゃ」

「そう申されても、敵が攻め寄せねば、戦にはなりますまい」

「なに、いずれ攻めて参ることは間違いない。いかがでござる、家康殿の陣よりわが陣営を眺めて、猛々《たけだけ》しく見えますかな？」

「いや、それは……」

家康は口ごもった。猛々しいどころか、戦意も覇気もない、いかにも弱々しい烏合《うごう》の衆にしか見えない。そこに信長の旗印が立っているから、武田勢にとっては恰好の餌食《えじき》に思えるだろう。

「ははは、遠慮はご無用。頼りなき陣構えと申されよ。そうでなければ、武田勢をおびき寄せることは叶うまい」

「なるほど。されば誘いの隙でございますか」

「さよう。そのために、兵の半分を山陰に隠してある」

家康は「あっ」と思った。そう言われて、この陣に漂う、そこはかとなく侘《わび》しい気配に納得がいった。遠目にも近目にも、三万と号した軍勢ほどの迫力を感じなかったのだ。

「すでに網は張り申した。あとはいささかの囮《おとり》を見せれば、甲斐の山育ちの猪武者《いのししむしゃ》どもが、狩場に飛び出す鹿の群れのごとく罠《わな》にはまること疑いござらぬ」

狩り好きの信長らしい比喩《ひゆ》だ。

「おそれ入りました。そこまでの深慮遠謀がござろうとは、思いもよらぬこと。さすがは千軍万馬《ばんば》の信長殿。それに引き替え、それがしの浅薄を恥じ入るばかりです」

「なに、この軍略を講じたのはわしではない、あやつでござるよ」

信長はひょいと手を伸ばして、少し先の軍勢の上に揺らめく、瓢箪《ひょうたん》の馬印《うまじるし》を指差した。

「あ、あれは羽柴秀吉殿……さようでございましたか。よきご家臣をお持ちで」

「そうそう、家康殿、家臣といえば、この策、そこもとのご家臣には伏せて置かれよ。敵を欺くにはまず味方よりと申すでな」

「もとより」

家康は信長の毒気に煽《あお》られるようにして、自陣に戻った。待ち受けた家臣たちは「いかがでございました？」と詰め寄った。

「いや、信長殿は当分は戦われぬよ」

「なんと……」

家康があまりにもあっさり言ったから、誰もが呆気《あっけ》にとられた。陣容ばかり整えて、戦う意思のない軍勢など、張り子の虎同然ではないか。

その思いは、むしろ武田勢の側が強く抱いた。対峙する織田・徳川連合軍の戦列を眺めると、明らかに徳川軍は意気軒昂《けんこう》であるのに対して、織田軍はまるで戦意に欠ける。最初のうちは大軍という触れ込みもあって、大いに警戒したが、一日、二日と様子を窺《うかが》うと、陣地を構築するばかりでいっこうに攻撃してくる気配もない。しかも、どうやら「三万」と号した人数もさほどではなく、虚勢であるらしい。

岡の上には信長の馬印が招くようにはためいている。ここから僅《わず》か数丁の距離である。

「一気に攻め寄せれば、何程のこともなくついえ去るのではないか」

軍議で、勝頼は諸将にそう諮った。

「いえ、なかなかそうは参りますまい」

穴山信君《あなやまのぶきみ》が慎重論を唱えた。

「弱敵とはいえ、敵はわれに倍する軍勢です。あのように柵を巡らし守りに徹している陣を襲えば、わが軍の損害も少なくはございませぬ。ここは構えて、軽挙は慎むべきかと存じます」

「なれど、すでに長篠を攻めて久しく、長陣になっておる。これ以上、無駄に時を過ごせば糧食は尽き、士気は衰えようぞ」

「されば、ここはいったん陣を退《ひ》き、再度出直しを図ることこそ得策でございましょう」

「愚かなことを。目の前に信長を引きずり出したというのに、このまま指を銜《くわ》えて甲斐に引き返せと申すか。かつて信長が今川義元公を襲った桶狭間を思うがよい。いまや大将信長の首を取り、家康をわが膝下《しっか》に据える、千載一遇の好機であるぞ。むざむざ陣を払うなど、信長づれに臆病者《おくびょうもの》と笑われよう。さらに言えば、敵を前にして退けば、得たりとばかりに追撃してくるであろう。殿《しんがり》から崩され犠牲は避けられぬ。そもそもわしはこれまで、逃げる戦などしたことがない」

「殿はそれがしが務めまする」

「言うな信君。誰が殿を務めるかなど、聞きたくもない。戦わずして、あたかも負け戦のごとき言い条、日頃のその方らしくもない。亡き信玄公がお聞きになれば、さぞかし嘆かれるであろう。どうじゃ、皆の者はいかがであるか。甲斐に逃げ帰ると申す者は、ほかにもあるか」

ここまで畳みかけられては、誰一人「逃げ帰る」とは言えない。まして諸将の多くは、信玄公以来の精強を誇る武田軍団を信じきっている。勝頼の時代になっても、連戦連勝、先の東美濃の戦では織田方の小城十八ヵ城を一気に席巻し、また信玄すら攻略に失敗した遠江の高天神城を攻め落とすなど、当たるべからざる勢いだ。織田勢何するものぞ――と呑《の》んでかかっている。

かくて衆議は決した。あとは潮時を待つのみ。織田勢との間合いを計って、いつでも出撃できる態勢を整えていた。

織田・徳川連合軍は右翼から順に、大久保忠世《ただよ》、榊原康政、石川数正、滝川一益、羽柴秀吉、蒲生氏郷《がもううじさと》、佐久間信盛と前線を連ね、二段目に松平信康《のぶやす》、徳川家康、織田信長が布陣、後衛に織田信忠が守りを固める。

天正三年（一五七五）五月二十一日早朝、後に「長篠の合戦」と呼ばれる戦線は動いた。

まず右翼の大久保勢と左翼の佐久間勢が柵の外側に出て、連吾川の浅瀬を渡る勢いを見せた。敵を誘う陽動作戦である。

これを見て、対岸の高台に構える武田軍の先鋒山県昌景《せんぽうやまがたまさかげ》隊三千騎が駆け下った。かねての手筈《てはず》どおり、大久保、佐久間勢は恐れをなしたごとくに、柵の内側に退却する。

川を渡り、行き足のついた山県隊は敗走する敵を蹴散《けち》らそうと突進した。その直後、兵たちは誤算に気づく。敵の防衛線が予想以上に堅固なものだったのである。わずか三日の工事で、そこまでは——と楽観していただけに、空堀と土塁と柵の三重の備えを前に、行き足が鈍った。武田軍の編制は馬上の指揮官を先頭に歩兵が突貫するグループの集団だが、まず馬が柵を見て立ちすくんだ。

そこを目掛けて、織田方の折り敷に構えた鉄砲隊の銃が火を吹いた。

当時の鉄砲の威力は高が知れている。命中率もきわめて悪かった。三十メートルも離れれば、的に当たらないし、命中しても、貫通力は大したことはなかった。

しかし、目の前数メートルのところで立ち往生する馬が的なら、百発百中、外すことはない。轟音《ごうおん》に驚いて馬は竿《さお》立ちになり、武者は落馬して、戦闘能力を失った。土塁を越えて来る兵たちも次々に狙撃《そげき》された。それでも勇猛を誇りとする武田の将卒はあくことない突貫を繰り返した。

柵のかなたには、信長の本陣を示す旗印が手招きするように風に靡《なび》いている。あと一歩、踏み込めば手の届きそうな距離である。だが、それを目前にしながら、山県隊は人馬諸共《もろとも》バタバタと撃たれ、斃《たお》れた。

ようやく正面突破の愚に気づいた兵の一部が、柵を迂回《うかい》しようとするが、そこには三河の猛将・大久保忠世の軍が待ち構えていた。この戦闘で山県昌景は討ち死にする。

一番手の思わぬ苦戦を見て、武田の二番手武田（逍遥軒《しょうようけん》）信廉《のぶかど》隊が救援に繰り出した。前衛がやられれば、新手の後衛が代わって突進する「魚鱗《ぎょりん》の構え」が武田軍得意の戦法である。山県隊が鉄砲隊にやられていることは、轟々《ごうごう》たる爆裂音で察知したのだが、これまでの経験からいって、鉄砲は射撃と射撃のあいだに銃弾を込める時間がかかることを知っている。よもや、連続射撃を行なえるほどの鉄砲が用意されているとは考えなかった。射撃の間隙《かんげき》を縫えば、前線突破は難しくないはずだ。防衛線を抜けば、後方の兵を槍で突き伏せ、信長の本陣に殺到できると信じた。

ひとたび戦いの火蓋《ひぶた》が切られると、闘志ばかりが先行して、冷静な判断力は失われる。しかも、武田軍には自らを最強軍団とする自負があった。これまで、どの戦場でも、この戦法をもって戦って敗れたことはない。まして尾張の弱兵ごとき、何ほどのことやある——と突進した。

結果は山県隊の場合よりも悲惨であった。連吾川から駆け上がる斜面に、すでに山県隊の戦死者が累々と横たわり、そこでまず人馬が足をとられる。そしてたどり着いた柵に前進を停められ、鉄砲の一斉射撃を浴びる。

さらに三番手小幡信真《おばたのぶざね》隊がこれに続き、四番手武田（典廏《てんきゅう》）信豊《のぶとよ》、五番手馬場信春《のぶはる》と、各隊が次々に突進を重ね、山県隊と同じ結果を招いた。信玄以来、武田二十四将とうたわれたような、あたら名のある諸将が、足軽の撃つ鉄砲の前に、なす術もなく戦死していった。

午後二時頃、信長は全軍に総攻撃を命じた。織田勢きっての勇将として知られる滝川一益を第一陣に、まったく無傷の織田勢と、家康自慢の三河勢がいっせいに柵を出て、疲労困憊《こんぱい》、混乱する武田軍の追撃にかかった。

勝敗はあっけなく決着した。武田勝頼の本陣はもろくも崩れ、わずかに後陣の穴山信君隊が反撃を見せただけで、全軍が散り散りに敗走した。勝頼は主従六騎で、命からがら、甲斐を目指して落ちて行くというありさまだった。

長篠の合戦は、戦の常識を覆し、それ以降の戦闘のありようを一変させた。それ以前にも鉄砲は存在したのだが、例の杉谷善住坊《すぎたにぜんじゅうぼう》が信長を狙ったように、主として狙撃《そげき》を目的に使った。このように、大量の鉄砲を組織的に用いた例は、大坂本願寺の攻防戦に見られるが、野戦で、しかも間断なく射撃を行なうといった戦術は、長篠をもって嚆矢《こうし》とする。このことから、後に「三段撃ち」という伝説が生まれた。

信長が鉄砲に着目したのは、彼がまだ尾張の守護代として、ようやく頭角を現した頃である。それまでは鉄砲は足軽の用いるもので、武士たる者にとっては卑怯《ひきょう》な武器と軽んじられていた。

しかし信長は早くからこの近代兵器に興味を惹かれ、射撃の訓練に励むとともに、数挺の鉄砲を購入して、家来に弾込めを手伝わせ、取っ替え引っ替えして連射したという。その時期に、すでにして連続射撃の必要性を予見していたわけだ。

ところで、武田軍が潰走《かいそう》した時、信長は敵を追撃することをしなかった。家康をはじめとする三河の諸将や、滝川一益、佐々《さっさ》成政《なりまさ》ら織田の血気に逸る諸将は追撃戦を主張した。この勢いをもって甲斐まで攻め入り、一挙に制圧、武田家を滅亡させようというのだ。

それには、浅井・朝倉攻めの際、近江から敗走する朝倉軍を追って、一気に一乗谷《いちじょうだに》まで攻め込み、朝倉義景を自決させたという、あの輝かしい勝ち戦の記憶が働いている。

だが、信長は彼らの意見を斥《しりぞ》けた。

「いまはその時ではない。柿は熟さば、しぜんに落ちる」

それ以上、多くは語らなかったが、秀吉には信長の考えていることは理解できた。

第一に、深追いをすれば、敵を殲滅できるかもしれないが、同時に味方にも犠牲が大きいということ。

第二に、まだ収まっていない越前や大坂の本願寺門徒による一向一揆が気にかかること。

そして何よりも第三に、武田に余力を与えておけば、越後の上杉謙信に対する牽制《けんせい》として働くことである。

それを理解した時、秀吉はあらためて信長公の大局観の素晴らしさに驚嘆するとともに、戦略の機微を学んだのである。

第十四章　会津の秋

1

随風《ずいふう》が叡山《えいざん》焼き討ちを逃れ、芦名盛氏《あしなもりうじ》に、黒川城内稲荷《いなり》堂の別当として招聘《しょうへい》されてから二年半を経た。随風も四十歳になっている。この頃の会津《あいづ》は盛氏の声威が四辺を圧していて、平穏な日々が流れていた。しかし、その間にいちど訪れた比叡山の惨状は随風の心を痛めた。比叡山にかつてのような堂塔伽藍《がらん》が復興することは、もはやあり得ないことのように思える。（いつの日にか――）と念じるのは、実全《じつぜん》上人に諭された、「いずこの地にか真の叡山を樹《た》てよ」という願望の実現である。

会津の秋は早く、八月ともなると、日中こそまだ盆地特有の蒸し暑さが籠《こ》もっているが、夕べの風は肌寒いほど気温が下がる。方丈の縁先では、鈴虫の啼《な》き音がかまびすしい。

その随風のもとを、穴山信君《あなやまのぶきみ》の使いで服部半三《はっとりはんぞう》が訪れている。長篠《ながしの》の合戦の顚末《てんまつ》を、透破《すっぱ》の冷静な目で眺めたままを語った。

「愚かしき戦ではございました」

武田勝頼《かつより》公の軍略は、所詮《しょせん》、無謀であったと言うのである。

「穴山様は戦は避けるが良策と、ご進言申し上げたのですが、ご翻意なさらなかったと聞いております」

「されば、甲斐は織田の軍に蹂躙《じゅうりん》されたか？」

「そのことでございます。なぜか、織田勢は長篠であれほどの勝利を収めながら、敗走する武田勢を追わずそのまま引き揚げました。もしあの折、追撃をやめず甲斐まで攻め込まれれば、いかなることにあいなったかと、方々は安堵《あんど》なされた由にございます」

「ほうっ……」

随風は意外に思ったが、すぐに首を振った。

「いやいや、そうではあるまい。信長公はあくまでも長篠にて戦うことのみをお考えであったのであろう。甲斐まで攻め込めば、あるいはさらなる勝利を得られたやもしれぬ。なれど、さまで危険を冒す必要はなかったということよな。深慮遠謀と申すほかはござらぬ」

「さようでございましょうか」

「さようであるよ。それより、穴山殿はいかがなされたかな」

「信君様は、後陣に備えておられましたが、武田勢敗走の折、勝頼公ご本陣の退き口を守り、殿《しんがり》を務められました。それがしはお馬側におりましたが、獅子《しし》奮迅のお働きでございました」

半三は少し胸を張った。

鉄砲の利かない白兵戦になれば、武田勢の本来の強さが発揮できるのだが、さりとて戦は勢いで優劣が決まる。受け身で戦った穴山信君隊の損失も、かなりのものがあったのだ。半三はその修羅場を語るのが苦痛そうに見えた。

「信君様はその後、長篠の戦で戦死された山県昌景《やまがたまさかげ》様に代わって、江尻《えじり》城（現静岡市清水区）にお入りになりました」

江尻は三河の徳川に備える、駿河《するが》における要衝である。そこに穴山信君を起用したというのは、勝頼の信任の厚さを示す証拠と見ることもできるが、信玄の頃から、常に第一の側近として重用していた信君を、甲府から遠ざけたことが、随風には腑《ふ》に落ちなかった。

そのことを言うと、半三も浮かない顔で、「さればです」と頷《うなず》いた。

「こたびの長篠の戦につきまして、勝頼公と信君様のあいだに軋轢《あつれき》がございましたれば……」

非戦論者だった信君に対して、戦後、勝頼は自らの不明を認めた。しかし、それは悔いと同時に、信君とのあいだに凝《しこ》りを残した。

信君は勝頼とは従兄弟《いとこ》であり義理の兄弟。親類衆の筆頭という関係にある。それだけに、勝頼にとって、家中《かちゅう》では格別に意識すべき相手ではあった。生前の信玄が、川中島などあらゆる合戦で本営に置くなど、信君を重用したことも、逆に勝頼にとっては面白くなかったのかもしれない。それが敗戦を機に表面化してきたというのである。

「信君様は、随風様にぜひとも甲斐にお越し賜りたいと仰せです」

話の続きのように、さり気ない口調で、半三は思いがけないことを言った。

「拙僧が、甲斐に？」

「はい、さようでございます。本来なれば、信君様ご自身が三顧の礼をもって、会津までお迎えに参上仕《つかまつ》るべきところなれど、なにぶん戦乱の時。それがなりませぬゆえ、半三めに使い致させると仰せでした」

「拙僧ごときを迎えて、何となされるのか」

「かつて、信玄公が随風様にぜひにと、ご所望なされたことを、信君様もお考えのようです」

「陣僧になれと仰せか」

やれやれ――と、随風は苦笑した。

「滅相もございませぬ」

半三は手を左右に振った。

「陣僧などと小さなことではなく、武田家の将来について、お導きを賜りたいと」

「ははは、軍略など知らぬそれがしに、買いかぶりもすぎはしまいか」

「戦のことではなく、行くべき道をお示し賜りたいと仰せでした。先の長篠の敗戦にもめげず、勝頼公は、武田領内を固め好んで戦に打って出ることなきようという、先君信玄公のご遺志に逆らって、さらに合戦の支度を急ぐばかり。信君様はその危うさを憂いておられるのです」

「それはまさしく、そのとおりよな。敗戦の傷を癒《いや》し、国力を養うことに専念なされるがよろしかろう。天文を観ずるに、天頂の星が輝きを増し、極星はすでに光を失い、北に遠のいた。甲斐は勝機を逸したと見るより、信玄公亡きいま、疾《と》くより勝機はなかったというべきである。武田殿は織田殿はもちろん、徳川、北条、上杉とことを構えるどころか、いまは甲信駿三国の経略に専念することこそが肝要ではないかと存ずる」

「それでございます」

半三は我が意を得た——とばかりに膝《ひざ》を打ち、乗り出してきた。

「信君様が望まれるのは、随風様のいまのごときお言葉でございましょう。勝頼公には誰ひとりとして、さような建言をなさる方はございませぬ。たとえございましても、勝頼公ご自身、それに耳を傾けることをなさりませぬ。随風様ならば、お言葉にも自ずから重みが備わっておいでと、信君様は仰せでございました」

「ははは、どうも困り申したな」

随風は笑うばかりだが、半三は真剣そのものである。

「信君様の申されるには、随風様は歯牙《しが》にもかけぬとお笑いなさるであろう。されば一度ならず二度三度と足を運び、ご翻意賜るまでお願いに上がるようにとのことでございます。ご迷惑ではございましょうが、いずれ、月が変わります頃に、また参上仕ります」

そう言って、その日は引き揚げた。

半三の言うとおり、随風は信君の申し出を一笑に付すつもりだった。黒川城内の稲荷堂別当という役目は平穏そのもの。文字どおり風月を友にする日々であった。仏門にある身が、乱世の中に身を投じたからといって、何程のことができるとも思えない。

そうは思いながら、半三が投じた一石は、随風の心の面に小さくない波紋を広げた。乱世なればこそ、安閑としていていいのか——という、焦燥感がつのってきた。

随風という人物は、修行者であり求道者であると同時に、生まれながらに経世の志が備わっていたと考えられる。幼少にして出家の道を志したのも、単なる遁世《とんせい》であるはずはない。何かしら現世に飽き足らないものを感じたためだ。そういう精神は年を経るごとに深まりこそすれ、失われることはない。

（こうしていていいのだろうか――）

この自問は繰り返し随風の胸中に去来する。その随風の動揺に追い打ちをかけるように、京都から山伏の定済《じょうさい》が訪れた。何の変哲もない旅僧姿だが、笠《かさ》の下から投げかけられる眼光の鋭さは、素性を隠しようがない。

「おお、定済殿か」

庭先で見かけた随風が先に声をかけると、定済は慌てて笠を取った。

「お久しゅうございます。随風様にはご健勝で何よりです」

「かたじけない。そこもとも息災の様子ですな。藤孝《ふじたか》様もお変わりなきや」

「はい、藤孝様もいたってご健勝です。ただいまは信長公の家臣に加わられ、光秀《みつひで》様の与力《よりき》として丹後におられます」

「ほう、光秀殿のな……」

随風はそぞろ時の流れを思った。公方義昭《くぼうよしあき》の忠臣だった細川藤孝が、いまは織田信長の家臣に加わって、しかも、あの明智光秀に与力しているというのである。

その転変の中にあって、藤孝がどれほど懊悩《おうのう》したか、想像に難くない。しかし、藤孝は道を誤らなかった。藤孝のあざやかさは、その時々に己の信じる最良の目的に向かい、ひたすら忠実に進むところにあった。そしてその背景には、世の中の移り変わり、何が真実かを察知する明敏さが働いている。

この後、本能寺の変に際して、藤孝は明智光秀の誘いを断り、剃髪《ていはつ》して幽斎《ゆうさい》と号し、羽柴《はしば》秀吉の軍に加わる。また、天下分け目の関ヶ原では東軍に属すなど、身の処し方が巧みだった。そのことによって子孫は長く現代まで栄えたのである。

「なれど、惟政《これまさ》様は先の大坂での合戦にて戦死なさいました」

「ああ、そのことは聞き及び申した」

随風は合掌した。

足利義輝《よしてる》が自刃した時、藤孝らと共に、興福寺一乗院の覚慶《かくけい》（足利義昭）を救出した立役者の一人和田《わだ》惟政は、その功績により高槻《たかつき》城主になったが、元亀二年（一五七一）八月、摂津《せっつ》で松永方の池田知正《ともまさ》と戦って敗死している。

「それがし、こたびは道澄《どうちょう》様のお言いつけにて、使いいたしました」

方丈に上がると、定済は容《かたち》を正して言った。

「おお、道澄殿の。して、ご用の向きは？」

「道澄様を通じてではありますが、じつは前《さきの》関白様のご用を仰せつかりました」

「えっ、前関白様というと、近衛前久《このえさきひさ》公か」

随風は驚いた。聖護院《しょうごいん》道澄の実兄とはいえ、近衛前久とは面識もないどころか、それこそ将軍家同様、雲の上のような遠い存在である。

前久は近衛家十六代の公家《くげ》だが、政治的野心家で、戦乱の世を東奔西走して、幕府と諸大名、豪族などとの調停に専心した。永禄三年（一五六〇）には越後へ下り、上杉謙信に上洛《じょうらく》を促したりしている。現職の関白としては異例のことであった。

信長が義昭を擁して上洛してから、義昭とのあいだがうまくいかず京を出奔、大坂本願寺に入って、反信長勢力に加わった。しかし義昭が追放された後、天正三年（一五七五）の六月に信長の奏請によって帰洛している。直後の九月、信長の依頼を受け薩摩《さつま》に下り、九州の諸大名間の和解を取り持つなどの外交交渉に当たった。

「前久公が何と仰せか？」

「随風様のところに、公方様より、何ぞお文《ふみ》など参ってはおりませぬかと、お気になさっておいでです」

これにはまた随風は驚かされた。公方とはむろん、足利義昭のことである。京を追われ、いまは紀伊由良《きいゆら》の興国寺に寄寓していると聞いている公方が、この自分に書状を送るような事態がある道理はない。

そう言うと、定済は大仰に首を振って「さにあらず」と言った。

「公方様はいまは紀伊に御座所を構えておられますが、その地より各地の諸公にお文を送り信長公へのご謀叛《むほん》を企てておいでです。相模《さがみ》の北条氏、越後の上杉氏、西国の毛利氏、四国の三好氏、陸奥《むつ》の伊達《だて》氏。なかんずく会津の芦名家には、随風様がおられますので、おそらく御内書《ごないしょ》が届いているものとお察しのご様子です」

「いやいや、拙僧は何も聞いておりませぬ。まして御内書など頂戴《ちょうだい》しておらぬ」

「されば、早晩、お使者が参りましょう」

「公方様から拙僧にお使者とは、何をせよと仰せになろうか」

「芦名家に、公方様のお味方をなさるよう、説かれることをお望みかと存じます」

「やれやれ、それは前久公の思い過ごしと申すものでござろう」

　随風はおもわず苦笑を洩《も》らした。

「たとえお使者が参られようと、拙僧はみ仏に仕える身。和平を説くならばまだしも、ご領主に戦をせよと煽動《せんどう》するがごときは、あえて執るべき道ではござるまい」

「それを申しますれば、それがしとて曲がりなりにも、み仏に仕える身でございます。なれど、乱世に生きる者の一人として、現世のことに背を向け、知らぬ顔をいたすわけにも参らぬと存じております。それがしごとき、何ほどのことができようとも思いませぬが、せめて身のほどに添うた働きはいたす所存です。まして随風様はお名高く、お力はあまねきところに及ぶものがござります。ひとたびお志をお立てになれば、人も世も必ず動きましょうぞ」

「あまねきところ」とはずいぶん大げさだが、定済はよほど言い含められてきたのか、真剣そのもののような表情で、切々と語る。

「さすれば、前関白様の申されるには、随風様におかれては、ぜひとも公方様のお申し状をお断りいただき、かえって芦名様に信長公へ合力いたされるよう説得のほど、お願いいたしたいとのことでございます」

「分かり申した。委細、承知仕った、とお伝えくだされ。さりながら、公方様よりのお使者なるものも、はたして参られるかどうか。それに、芦名家にとって、京のことは遠き話でござる。当面する懸念は奥羽《おうう》の伊達氏と常陸《ひたち》の佐竹氏の動き。両家との調停はいまだ定まらず、とてものこと、信長公への合力などを策するゆとりはござるまいな」

南奥羽の雄・芦名氏は盛氏の代に、その名に相応《ふさわ》しい最盛期を迎えている。会津全域をほぼ制圧したばかりか、安積郡《あさかごおり》まで支配下に収め、安達郡《あだちごおり》二本松の畠山《はたけやま》氏を服属させるなど、かなり強引な拡大策を展開した。それだけに近隣諸国との軋轢《あつれき》も多く、とりわけ陸奥の伊達氏と常陸の佐竹氏とのあいだに緊張状態が横たわっていた。

盛氏が稲荷堂別当の名目で随風を招聘《しょうへい》した目的は、じつは半三が使いした穴山信君と同様、政務の後見を依頼したかったことにある。そのことを証明するかのように盛氏が隠居した後、跡継ぎの盛興《もりおき》が若死にする。しかも、その子は暗愚で頼りない。やむなく娘の嫁ぎ先二階堂《にかいどう》家から盛隆《もりたか》を養子に迎えたが、まだ十五歳と幼かった。元来、芦名家の重鎮になるべきはずだった随風に、盛氏が後事を託そうとしたのは間違いではなかった。

随風がそれを断り続けてきたのは、仏門にある身の僭越《せんえつ》を考えるからだが、信君の場合といい、今回の定済のことといい、ひとり達観を決め込んだり無関心であったりすることが許されない状況になりつつあるのを感じないわけにいかない。とはいえ、定済がもたらしたような中央での葛藤《かっとう》に、芦名家を巻き込むことは、主家の安寧のために寄与するものかどうか、自信はなかった。

定済の来訪は一度きりだったが、服部半三は予告どおり再び会津を訪れ、関東以西の近況を伝えてくれた。

会津の平穏に較べると、中央の政情は止まる気配もない様子だ。

八月なかばには、信長は越前の一向一揆討伐軍を催している。北国の抑えである柴田勝家《かついえ》、前田利家《としいえ》に加え、羽柴秀吉、明智光秀といった織田の主力が挙げて参戦。その数三万という。

このほかに、若狭《わかさ》、但馬《たじま》の水軍数百艘《そう》が越前に殺到した。

越前の一向一揆は、単に一揆というより、越前と加賀にまたがる広大な地域を、独立国のように支配している一大勢力であった。虎杖《いたどり》城、木ノ芽峠、鉢伏《はちぶせ》城、今《いま》城、火燧《ひうちがじょう》城（いずれも現福井県南越前町）等、多くの城砦《じょうさい》や大寺に立てこもって織田軍を迎え撃つ構えだ。

天正三年八月十五日、織田勢は陸海からいっせいに進軍した。

一揆勢の本拠ともいうべき府中（現福井県越前市）の竜門寺《りゅうもんじ》には、蜂須賀《はちすか》の手の者が忍び入って、一気に騒乱を起こして敵を追い散らし、周辺の民家に火を放った。

これを見た木ノ芽峠、鉢伏城、今城、火燧城の一揆勢は狼狽《ろうばい》して、府中を目指して退却した。その後を羽柴勢と明智勢が追撃。府中の町で一揆勢およそ二千余りを打ち果たした。

十六日に信長自ら府中に進出して、もはや大勢は決した感がある。それにもかかわらず、次々に投降者があるのを、信長は許さず、ほとんどすべてを斬首《ざんしゅ》に処した。逃げまどい、山に隠れるのを捜し出しては男女を問わず処刑した。

十五日から十九日にかけて、捕らえられ処刑された者は四、五万──府中は死骸《しがい》ばかりとなり、越前は亡国と化したと伝えられた。

織田軍は勢いをかって加賀南部に侵入。ここを平定した。

九月二日、信長は北ノ庄（現福井市）で戦後処理をはかり、北ノ庄に柴田勝家を配置。重要な拠点である府中には佐々成政《さっさなりまさ》、不破光治《ふわみつはる》、前田利家の三部将を勝家の与力として置いた。

「かようにして、さしも荒れ狂いましたる越前の一向一揆も、あっけなく鎮圧されました」

半三はたんたんと語るが、随風はとてものこと平常心ではいられない気持ちだ。伊勢長島攻めの時もそうだが、一揆勢を、根絶やしにするほど殺戮《さつりく》してやまない織田信長という人物が心底、恐ろしかった。

もっとも、一揆制圧に「根切り」と呼ばれる殲滅《せんめつ》戦を実施したことについては、信長には信長なりの「哲学」があった。

この時代の一揆が単なる農民一揆などとは異なることは前述した。守護や守護代を通じた中央からの支配に不満を抱く農民や武士、僧侶《そうりょ》などが、門徒である地方豪族を核として地域の利害のために武装蜂起《ほうき》し、領主を殺し、あるいは追放して自治権を確立する、いわば革命であった。

一方、信長の支配下では武士は領地から切り離され、信長を頂点とする主従関係のもとに再編されている。もはや平時は農耕に勤《いそ》しみ、一旦《いったん》緩急あれば槍《やり》を把《と》って馳《は》せ参じるという形ではなかった。こうした兵農分離は信長が尾張の一領主にとどまることなく、中央権力になる（天下布武）ためには必要不可欠だったのだ。

こうなると、一揆によって成り立つ領主やその下にある体制と、信長の政治哲学のもとにある武将たちとのあいだには、決定的な違いが生じる。ふつうの戦国大名との戦いであるなら、その大名を倒した後、その臣下の武将と兵を信長の傘下に収めて、新体制に組み込めば済むのだが、あくまでも土着の利害に縛られ主張を変えない一揆勢にはそれができない。しかも信仰という根深い理念を捨てない以上、その勢力を僅《わず》かでも温存させるわけにはいかないのだ。温存を許したために、幾度となく苦い経験をさせられてもいる。

そうして、味方にも多大の犠牲を生じる結果となることを承知の上で、信長は「根切り」という、過酷な解決法によらざるをえなかった。

とはいえ、宗教家である随風にしてみれば、政治や体制上の不都合があるからといって、生きている者同士が殺戮しあうありさまは、地獄絵図としか思えなかった。彼が幼くして出家の道を選んだのも、そこから発している。

「羽柴殿も明智殿も、共に先陣を切って戦われたと申すか」

「いかにもさようで。さながら競い合うがごとくに、攻め入り、斬りまくったと聞き及びます」

半三にはどのような情報網があるのか、まるで見て来たような、生々しい描写で戦闘の様子を随風に伝える。

あの秀吉や光秀までが、それほどまでに殺戮の鬼と化すのは、それこそ、いかなる悪魔に魅入られたか——という思いだ。秀吉は信長一辺倒だからまだしも、あの光秀までが「競い合うように」そうしたというのが、悲しい。

(誰かが止めなければ——)と思う。

武田勝頼が戦好きであるのを、穴山信君をはじめとする家臣たちが、制止しようとして果たせなかったというのを思い合わせると、これより先、どこまで殺戮の嵐が吹き荒れるか、思うだにおぞましくなる。

「穴山殿に会うてみるか……」

ふと呟《つぶや》くように言った。

「あ、それはありがたき幸せ」

とたんに半三は喜色満面になった。もっとも、どういう経緯で随風の気が変わったのか、その真意については分かっていない。

2

九月なかば過ぎ、随風は芦名盛氏にしばしの暇を願い出て、許され、秋風に追われるように、黒川城を出て駿河へ向かった。

稔《みの》りの時を迎えて、沿道は農作業が盛んだ。農繁期だけは、敵も味方も武器を捨て、穫《と》り入れに勤しむ。こういう平和がなぜ続かないのか。上に立つ者たちの権力志向が無くならないかぎり、この世の安穏はないのかもしれない。

その虚《むな》しさを嚙《か》みしめながら、一歩一歩進むごとに、随風の思いは募ってくる。

(誰かが止めなければ――)

そう思った時、随風は愕然《がくぜん》と思い当たるものがあった。(彼ら農民はなぜ槍《やり》を持つのか？――)という疑問である。農作業に明け暮れ、余暇を家族や仲間との団欒《だんらん》に過ごす日々こそ、彼らのあるべき姿ではないか。乱世とはいえ、農は農、兵は兵としての本分にのみ生きれば、世の末々にまで無残な殺戮の嵐が及ぶことはないのではないか――。

(もしや、信長公の目指すところもそこにあるのでは？――)

ただの怒りや怨念《おんねん》に駆られるまま、鬼のごとく「根切り」に奔《はし》っているのではなく、新しい秩序を開こうとする産みの苦しみがその根底にあるのを、随風は発見したように思った。信長は単なる悪魔のごとき殺戮者ではなく、偉大な先駆者であるのかもしれない――と気づいた。

しかし、こうしているあいだにも、現実に人は争い、死ぬ。誰かが止めなければ――という願いは不変である。いま、こうして歩いているのは、無意識のうちに醸成された使命感によるものであることが、次第に実感となってくる。

およそ無力である自分に何ほどのことができるとも思わない。しかし、信君のように助言を請うてくる相手がいる以上、天がわれに命じるものがあると思うべきであった。武将である信君でさえ非戦論者なのだ。いわんや仏徒である身として、戦のない世の中を願い、王道楽土への道を模索するのは、当然の務めではないか。

手にした錫杖《しやくじよう》の鈴が鳴るごとに、随風は決意を新たにした。

秩父《ちちぶ》往還、駿州《すんしゆう》往還を通り駿河の興津宿《おきつじゆく》まで、十三日間の、比較的のんびりした旅になった。上野《こうずけ》を過ぎてからはすべて武田の勢力圏で、不安のない道中である。

興津で一泊、身なりを整えて江尻城へ上がる。江尻は後に清水湊《しみずみなと》として栄えるところで、当時から伊勢方面への船便の基地であり、武田水軍の発祥の港でもあった。

江尻城は信玄が命じて馬場美濃守《みののかみ》が築城し、その後、山県昌景を経て、いまは穴山信君が城主を務めている。信君の代に増築し、塁を高く、堀を深くして、いっそう堅固な城にした。信君は甲府とのあいだに伝馬《てんま》制度を作るなど、積極的な施政を行なって、領民の信望も厚かった。

随風の来訪を信君は大いに喜び、早速、居室に招き入れ、余人を交えず、膝《ひざ》突き合わせて茶を献じた。半三には労を多とし、過分とも思えるほどの褒美を与えている。

しかし、いくら朗らかを装っても、信君の表情に屈託した暗い影が差していることを、随風はひと目で見破った。

「気鬱《きうつ》は万病のもとでございますよ」

半三が去った後、随風は小声で言った。

「おお、ご坊には隠せませぬな」

信君は苦笑いして、

「仰せのとおり、気の晴れぬ日々が続いております。行く末のことを思いやると、先君の遺訓がいまさらのごとく重く感じられるのです」

信玄は死後のことを案じ、自分の死後向こう三年は喪を隠し、その後も自国の守りに徹して、みだりに兵を動かしてはならぬと諭した。それは杞憂《きゆう》ではなかった。信玄の遺志に反し、勝頼はむしろ喪を隠そうとして軍を発し、三河を攻め、とどのつまりは長篠での大敗北を喫したのだ。

「勝頼公はいままた、軍を起こそうとしておられると承りましたが」

「そのことでござる。お屋形はしきりに美濃を攻めんとて軍議に諮られる。なれど、結論はすでにお屋形の胸の内にあって、いっかな、われらが諌止《かんし》はお聞き入れなされようといたさぬ。いま織田を攻めれば、寝た獅子を起こすようなもの。むしろ、織田がなぜ攻め寄せぬのかが、奇妙に思えるほどでござるものを」

「順序でございましょう」

随風は言った。

「信玄公ご在世の折は、信長公は四面を敵に囲まれておいででした。それを一つずつ攻めて、ついには天下に覇を唱えるところまで昇られた」

「攻める順序が、いまだ甲斐には向けられぬと仰せですか」

「いかにも。信長公にしてみれば、甲斐はなお遠隔の地。先般の長篠も徳川殿の要請がなければ、ご出陣はなさらなかったでありましょう。勝ち戦に乗じて甲斐に攻め入らなかったのが何よりの証拠。その前にいたさねばならぬ戦が、いまだいくつもあるということでござる。越前は平定なされた由ですが、三好殿や松永殿は隙あらばと虎《こ》視眈々《したんたん》、京を窺《うかが》い、大坂の本願寺勢もいまだ勢い盛ん。紀州の根来《ねごろ》衆、雑賀《さいか》衆も侮り難き力でお手向かいしております。畿内のことを鎮めぬうちは、甲斐を攻めるどころではありますまい」

この随風の「炯眼《けいがん》」を裏付けるようなことを、信長は細川藤孝に宛てた長篠の戦勝報告の手紙の中に「この上小坂（大坂）一所の事、数に足らず候（このうえ残るは大坂本願寺だけになったが、大したことはない）」と書いている。強がりを言っているが、言葉とは裏腹にかえって、大坂本願寺が気になっていることを、はからずも述懐したものだ。

「驚き申した」

信君は感嘆した。

「会津の地にありながら、随風殿はよく広く深く眺めておられますするな」

「いやいや、拙僧など井の中の蛙《かわず》でござります。たまさか、畿内の事情を伝えくるお方がござりましてな。また、信長公の周辺におられる方を存じておる。その方々の話より、信長公のお立場、ご性格などを拝察するのみです」

「ほうっ、さすが随風殿でござりますな」

信君はあらためて見直した様子を見せた。

「されば、随風殿は、信長公が甲斐に攻め入るのは、いつ頃とお考えですか？」

「まだまだ遠い先のことと存ずる。数年先か、さらに先か……それに、長篠の合戦で大勝したとはいえ、甲斐は信玄公以来の強国。日の出の勢いの信長公といえども、恐ろしき相手に相違ございませぬ。急ぎ、力攻めに攻め、火中に栗を拾うような愚は冒さぬというのも、いかにも信長公らしき致しようと存ずる。お若い頃は美濃攻めなど、かなり無理攻めをなされたと聞き及びますが、いまの信長公の戦法は力を蓄え、攻める時には一気に攻め、敵を根絶やしにする。先の朝倉攻め、長島の一向一揆攻め、このたびの越前一向一揆攻めにおいても、そうなり申した」

「それがしも同様に思うております。随風殿が順序と仰せだが、その矛先がいつ甲斐に向けられるか。それを思うと、肌に粟《あわ》を生じるごとき思いでござる。信長公がひとたび軍を催せば、おそらく五万を超す大軍になりましょう。それに三河の徳川勢が加われば、われらが甲斐勢の数倍です。地の利、人の和を生かして戦うほかに、活路はござらぬ。それへの備えこそが肝要で、むしろ戦は極力、避けるが上策かと存じております」

信君は深い吐息をついた。

「それにしても、随風殿が仰せのとおりといたしますと、本願寺はともかく、三好殿や雑賀衆などが、何故にさほどまで執拗《しつよう》に信長公に手向かうのか、それが不思議でござる。勝機が訪れる目安があろうとも思えませぬが」

「はて、穴山殿はそのわけをご存じないと？」

「分かりませぬ。お聞かせ願いたい」

「それは申すまでもなく、公方様のお働きかけあればでござりましょう」

「えっ、公方様とは、義昭公のことでござりますか？　なれど、義昭公はすでに京を離れ、幕府の実権は信長公の手に移ったはずですが」

「さはさりながら、禁裏はいまだ、義昭公に征夷《せいい》大将軍ご解任の勅諚《ちょくじょう》を出されてはおりませぬ。なれば義昭公は依然として公方様のまま。聞き及ぶところ、いまは由良に仮の御座所を構え、諸公に下知《げじ》を発しておられるとのこと。もちろん、武田家にも御内書は届けられてあると存じますが」

「いや、それは聞いておりませぬ……しかし、お屋形はご承知であるやもしれぬ……」

信君はいっそう浮かない顔になった。

「穴山殿がお聞きになっておられぬとあれば、いまだ参っておらぬのでしょう」

　随風は慰めを言ったが、信君は眉《まゆ》をひそめて、しきりに首を振った。

「そうであればよろしいのですが。それがしは帳《とばり》の外に置かれておるやもしれませぬ」

「まさか……」

　随風は一笑に付そうとした。

「まことでござりますよ。それがしがご門前にて地団駄を踏もうと、お聞き届けいただけぬことが多くなり申した。良薬は口に苦しと申すに、いまやそれがしの言は毒薬のごとく、忌み嫌われておりまする」

　信君はどこまでも真顔である。

「近頃は三河ではなく、じかに東美濃に討ち入らんとなさっておられるご様子。信長公ご上洛の留守を衝《つ》いて、岩村城に軍を進めよと仰せです」

　岩村城（現岐阜県恵那《えな》市）は東美濃の要衝で、長く遠山《とおやま》氏の本拠だった。「霧ケ城」とも呼ばれ、本丸の標高七百二十一メートルという、日本三大山城の一つ。本丸をはじめ二の丸、八幡曲輪《くるわ》、東曲輪、出丸《でまる》、帯曲輪などから成り、多聞櫓《やぐら》など十一の櫓、楼門、平重門を配す堂々たる名城だ。

　遠山景前《かげさき》の頃は信玄と誼《よしみ》を通じていたが、その子景任《かげとう》は信長の叔母《おば》を正室に迎え、信長の傘下に入った。さらに景任の死後、信長は五男御坊丸を城主に据え、叔母に後見させていた。

元亀三年（一五七二）、上洛を期した武田信玄が、武田二十四将の一人秋山信友《のぶとも》にこの城の攻略を命じた。

信友は策を巡らせ、織田方から御坊丸に従ってきた家臣と、旧来の家臣団とのあいだに亀裂《きれつ》を生じさせ、無血開城させることに成功した。その後信友は信長の叔母を妻に迎え、御坊丸を人質として甲斐に送った。以来、岩村城は武田軍の美濃攻撃の拠点となっている。

信長は対抗手段として、岩村城を囲むように十八の付城《つけじろ》・砦を作ったが、天正二年（一五七四）一月、勝頼が出陣してきて、十八支城ことごとく落城する有り様であった。この勝利に驕《おご》った勝頼は、長篠で強引な戦いを挑むことになったとも言える。

しかし、長篠の合戦によって彼我の戦力差が逆転したことから、天正三年六月、信長は嫡子信忠に三万の兵を授け、岩村城攻撃に向かわせた。

ところが、信忠軍が力攻めに攻めても、難攻不落の岩村城はびくともしない。やむなく、信忠は持久戦に切り替え、五カ月間の兵糧攻めが続いている。信友はしきりに早馬を送って、勝頼に救援を求めたが、長篠の痛手が回復しない現状では、動かすほどの兵力はなかった。

その矢先の信長上洛である。長篠の合戦での勝利、越前一向一揆の平定を祝う凱旋《がいせん》祝賀を、大々的に催すという。加えて、今回の上洛には、信長が従三位《じゅさんみ》権大納言右近衛大将に任官したことを広く知らしめる意義があった。それだけに祝賀行事は大がかりで、二ヵ月間をかけるという、途方もないお祭り騒ぎだった。

甲斐に信長上洛のことが漏れてきたのは、十月初旬。勝頼としては好機到来とばかりに出陣を決めたのだろう。敵の虚を衝いて信忠軍に反撃を加え、その勢いを駆って東美濃への侵攻を開始するというのである。

軍略とも言えぬ、あまりにも姑息《こそく》な戦術であった。遠交近攻のような策があるわけでもない。どこまで駒を進めるのかという、基本的なことさえも曖昧《あいまい》なのだそうだ。成算はなく、ただ単に、長篠で大敗を喫したことへの意趣返しのような意味合いにしか受け取れない。

随風は信君から一部始終を聞いて、言葉もなかった。言えば、無益な戦をするものよ——ということになる。

「いかがでござる」

信君は浮かない顔で訊いた。

「敗れましょうな」

そう答えるほかはない。長篠の戦いで名だたる勇将を多く失い、足軽の士気も高くないはずだ。勝てる条件は何一つなきに等しい。

「信君殿もご出陣なさるのですか」

「いや、それがしは三河の守りがござれば、この城を動くわけに参りませぬ。お屋形もそれをお考えか、それがしに陣触《じんぶ》れはござらぬ」

ここでもまた帳《とばり》の外に置かれた空疎な気分が、信君に感じられる。

「いまいちど、お諫め申し上げることはできかねまするか」

「もはや遅きに失した感がござる。たとえお諫め申しても、所詮は無駄です。すでにいま頃は甲府をお発ちになって、高遠《たかとお》辺りにかかっておられるでありましょう」

随風はかつて通った南信濃遠山郷辺りの風景を思い浮かべた。甲府から東美濃までは遠く、楽な道のりではない。その道を、勝利の目算もなしに往く兵たちの胸の内とは、どのようなものであろうか。同じ勝算の乏しい戦でも、危急存亡の必死の覚悟で臨んだ桶狭間の合戦とこれとでは、天地の開きがある。

これは大義なき戦だ。長篠の時もそうだが、勝頼の戦には大きな目的がない。攻めて、たとえ勝ったとしても、その先の展望が見えていない。

「意味のない戦でございますな」

随風は気の毒そうに言った。

勝頼は美濃攻めの軍勢を整えるために、甲斐、信濃の土民から農民までをかき集め、長篠の合戦で失った兵力を、とにもかくにも見かけ上だけは建て直した。しかし質的には劣悪であることは明らかだった。にわかに教練を施したところで、個々の技量も、集団での合戦の駆け引きも、習得できるはずがない。

展望のない大将に率いられた、気概のない兵卒たちが、とぼとぼと死地に赴くのである。

3

その頃、信長は京都に在って、各地から訪れる祝賀の客たちの応接を楽しんでいた。

奥州の伊達輝宗《てるむね》から名馬が二頭、鶴取り用の鷹《たか》が二羽、贈られてきたのを始めとし、播磨《はりま》の名家赤松伊豆守《いずのかみ》、飛騨《ひだ》の姉小路《あねがこうじ》中納言頼綱《よりつな》ほか、各地の大名が参洛して、信長の支配下に入れてもらったことへの礼を言上した。また、京都、堺から茶人たち十七人を招いて、妙覚寺で茶の湯の会を催し、その一方で、拝賀の儀式を執り行なう準備を着々と進めている。

天正三年十一月四日、昇殿を許された信長は、右大将兼大納言に任じられ、七日に参内して正親町《おおぎまち》天皇に拝賀、盃《さかずき》を賜った。

そうして祝賀の催しが続く中、武田勝頼が東美濃へ向けて甲府を発したという報告を受けた。

信長は十一月十四日に京都を発ち、翌日には岐阜城に入った。

それより先、岩村では織田軍と武田軍とのあいだに、雌雄を決するほどの合戦があった。

十一月十日深夜、織田軍が陣を布《し》く水晶山《すいしょうざん》に、突如、武田勢が攻め寄せた。兵糧攻めに手を拱《こまぬ》いてばかりいてはじり貧になると見た信友が、奇襲をかけたのである。ところが、作戦は完全に裏目に出た。武田勢は織田勢の反撃を食らい、もろくも退却した。織田勢は退却する城兵を追って城内まで攻め込んだ。また、散り散りになって山に逃げ込む敵の将卒千余名を切り捨てた。

この惨敗に戦意を喪失した城将秋山信友は、大島森之助、座光寺《ざこうじ》左近進を伴って、城兵の助命を条件に投降した。だが信長はこれを許さず、かえって城兵を欺いて城を落ち郷里へ帰るよう勧めながら、城を出た谷間の道で襲い、切り捨て、あるいは焼き殺した。

信友以下三名の城将は引っ捕らえて、長良川の河原ではりつけに処した。

一方、勝頼に率いられ東美濃を目指す武田勢は、途中、にわかの雪に難渋して、行軍が遅れていた。そこへ、泥まみれになった騎馬武者が飛び込んできた。

「お屋形様はいずれに。ご注進！」

勝頼は長い隊列の中ほどにいた。武者はその馬前に転げ落ちるように下り立ち、跪《ひざまず》いた。息が切れ、すぐには声も出ない様子だ。

「いかがいたした！」

勝頼は苛立《いらだ》ち、叱った。

「は、岩村城のお味方、敗軍にござります」

掠《かす》れ声で報告した。

「なんと……城は落ちたのか」

「は、いえ、それがしが脱出いたしました時は、遠山殿の砦のみは戦うておりました。なれど、もはや、長く保《も》ちはせぬものかと存じます」

岩村城中の遠山一族が立てこもる、通称「遠山市丞丸《いちのじょうまる》」は敗戦の中でも健闘して、最後まで織田勢を悩ませた。しかし、じつは、その抵抗もこの頃には、すでに止《や》んでいる。

「なぜだ。要害堅固な岩村城が、なぜ、かくもたやすく落ちる？」

当然の疑問を投げかけた。

勝頼には信じられないことであった。先年、織田の支配下にあった岩村城を奪取するのに、あの信玄でさえ手を焼いたほどなのだ。

城が落ちた理由は夜討ちの失敗にある。柵を払い、城を出て攻めたものの、敵の反撃を食い退却する際、追走する敵に付け入られた。混乱に紛れて乱入する織田勢が、城内を攪乱《かくらん》した。こうなると籠城軍は弱い。敵と味方の区別もつかぬ混乱のうちに切り伏せられたのである。

「愚かな……」

報告を聞き、勝頼は唇を噛み、天を仰いだ。

「なにとぞ、ご加勢にお急ぎくださりませ」

早馬の武者は懇願し、平伏した。

その悲壮な言葉に、勝頼は思わず手綱を引き締め直した。

しかし、軍列を見ると、「敗軍」の声に兵はもちろん馬までが歩みを止め、すでに帰心に駆られている。

「もはや無用ぞ」

勝頼は吐き捨てるように言った。

城が落ちては侵攻の拠点が失われた。虚しく馬を返し、甲府に引き揚げるほかはなかった。

やがて岩村落城の顚末が伝わってきた。この敗戦は、長篠の敗戦よりもいっそう、勝頼に対する家中の者たちの信頼をぐらつかせる結果となった。岩村城が見殺しにされたと映ったのである。

大義も名分もない詮なき戦を始めたことに対する、部将たちの失望感も軽視できない。この七年後、織田軍の総攻撃の際、武田が頼みとする各地各城の諸将があいついで離反し去ったのは、この敗戦が決定的な因子になった。

随風は穴山信君のもとで、この「悲報」に接した。江尻城内の一室に寄寓《きぐう》して、すでに一ヵ月を経ている。

「やはり随風殿の仰せのごとくになり申した」

信君は沈痛な面持ちで言った。

「いやいや、拙僧が申すまでもなく、衆目の見るところでありましょう。ひとり勝頼公のみがお気づきにならなかった……と申すより、おそらく、百もご承知の上で、無理押しをなさらなければならなかったのではありますまいか。御父信玄公があまりにも偉大でござったゆえの、御身の不運と申すべきでしょう」

「それにしても、こたびもまた織田勢は東美濃に留まり、甲斐を攻める気配を見せませぬ。お屋形をはじめ諸将はなべて、岩村にて勝利した勢いを駆って、一気に信濃、高遠辺りまでは攻め入るかと覚悟いたし、備えを固めたにもかかわらず、あてが外れたと、安堵しております」

「さればこそ、拙僧が『順序』と申し上げたのです。信長公の心づもりでは、甲斐攻めの順序はいまだ参っておらぬのでしょう」

「ここ数年は織田勢の侵略はなしと仰せですか」

「ござりませぬ」

随風が断言するのを聞いて、信君はようやく愁眉《しゅうび》を開いた。しかし、目先のことはともかく、いずれは織田軍の来攻は避けられまい。

「この先、いかがなことにあいなりますか」

信君にとっては、何よりもそのことが気掛かりであった。

「昨夜、天文を見るに、子の星（北極星）の輝きはいよいよ薄れ、北斗の七星にも虚を生じた感があります」

何気なく言ったような言葉だったが、信君は驚いた。

じつは「武田二十四将」とうたわれた信玄麾下《きか》の勇将たちは、その多くが川中島、長篠の合戦などで戦死し、あるいは病没していて、この時点で健在なのは、信君など七名を残すのみであったのだ。その七名と北斗七星がたまたま重なったことに、信君は随風の炯眼を見た思いがした。

いや、それどころではない。その言葉を聞いた瞬間、信君は肺腑を抉《えぐ》られるほどの衝撃を受けたと言っていい。「北斗七星」の一員として、甲斐の牙城《がじょう》を死守すべき立場にありながら、信君には先君信玄に対するような忠誠心が、もはや勝頼に対しては抱けなくなっている。

随風が言った、義昭公方から諸国へ書状が発せられていて、その一つが武田家にも届いているというのが事実であるならば、なぜ勝頼が自分に相談してくれないのか、そのことも信頼関係の薄れた証拠であるとしか思えない。

かりにいま、織田軍の攻勢を受け、投降を勧誘されたならば、はたして断固として拒絶できるかどうか、信君はすでに自信を失っていた。

その信君の動揺を、随風は瞑《つむ》るように細めた目で見透かしている。

「いつの日にか、織田勢の寄せることとあれば、もはや勝頼公のお力にては支えきれますまい。その折にこそいかがなされるか、武田家の浮沈を担うは信君殿にござる。よくよくご思案あって、少なくとも滅亡の途だけは選びますまいぞ」

駿河を去るにあたって、含蓄に富む言葉を随風は信君のために残した。名を惜しむ武将として、いかにすれば誇りを失わずに身を処すことができるかは難しい。信君に、その決断をすべき時がやがてやってくる。

第十五章　大坂本願寺攻め

1

信長があえて甲斐に攻め込まなかった理由は、第一に急ぐ必要を感じなかったこと。熟柿《じゅくし》のように落ちるのを待つ心づもりであったことだが、当面の問題としては、信濃、甲斐路が雪に閉ざされる季節を迎えることにもあった。

それに、信長には何にも増して大きな関心事が控えていた。安土《あづち》城の造営である。

天正四年（一五七六）正月なかば、信長は安土城の造営を丹羽長秀《にわながひで》に命じた。そして二月二十三日には、早くも安土城に入っている。本格的な城郭として完成するのは、まだ先のことなのだが、それを待ちきれないほど入れ込んだ様子が窺《うかが》える。

安土城天守閣はこれまでの常識を覆す壮麗なものであった。現代ふうに言えば地上七階地下一階で、最上階は内壁も外壁も金で仕上げてある。京都の金閣寺を模したとも言われるが、敵襲に備えるという本来の城の目的よりも、威風を天下に知らしめる目的が勝っていた。極端に言えば観光資源として人集めに役立てたのである。その証拠に、信長は安土城下に町を造り、人々の往来を自由にしている。安土城の壮大さを見れば、もはや、この国の実力者が誰であるか、将軍なきあとの政治の中心がどこであるかを、疑うことはない。

とはいえ、安土城ばかりにかまけていられるほど、世の中は平和ではなかった。四月に入ると、大坂本願寺の一揆《いっき》勢がまたぞろ挙兵した。前年、信長が伊勢長島や越前の一向一揆を殲滅《せんめつ》した際に、本願寺側から和睦《わぼく》を求めてきたというのにである。その背後には、毛利に庇護《ひご》を求めた足利義昭《よしあき》の謀略があることは間違いない。

そもそも、本願寺の威勢が衰えないのは、毛利の水軍による海上輸送で武器、兵糧《ひょうろう》の補給に不安がないためである。

信長は荒木村重《むらしげ》、細川藤孝《ふじたか》、明智光秀《みつひで》、原田直政《なおまさ》の四人に上方《かみがた》の軍勢を加えて、本願寺攻略に向かわせた。しかし、この戦いは終始苦戦を強いられた。敵の要衝である木津《きづ》の砦《とりで》に向かった直政の軍は、一万の本願寺勢に包囲され、数千挺《ちょう》の鉄砲を撃ちかけられ、原田直政以下、主立った将士が戦死した。本願寺勢は勢いづいて、光秀らが立てこもる天王寺を包囲し、攻め立てた。

その頃、信長は京都にいた。思わぬ敗報を聞いて、急遽《きゅうきょ》、天王寺の救援に向かうのだが、にわかのこととて軍勢が集まらない。取るものも取り敢《あ》えず、わずか百騎ばかりを率き連れて若江城に駆けつけ、後続部隊を待ったが、足軽、人足以下の徒歩《かち》の者はなかなか追いついてこない。天王寺の陣からは、伝令が引きも切らずやってきて、救援を求めた。いまのままでは数日ももたないだろうという。しかし、駆けつけているのはほとんどが騎馬の武将ばかりで、足軽の数がとにかく足りない。

だが、信長は決断して、三千ほどの軍勢で一万五千の敵に立ち向かうことにした。先陣に佐久間《さくま》信盛《のぶもり》、松永弾正《だんじょう》久秀、細川藤孝。第二陣に羽柴《はしば》秀吉、滝川一益《たきがわかずます》、丹羽長秀、稲葉良通《よしみち》（一鉄）。そして第三陣は信長と馬回り衆。騎馬の武者とわずかな徒歩の者がひた走り、遮二無二突撃した。

この合戦での信長の奮戦は、おそらく野戦における最後のものと言っていいだろう。自ら軍団の先頭を切って駆け回り、足に鉄砲の傷を受けながら敵を切りまくった。信長が単なる支配者ではなく、根っからの武人であったことを物語る。

包囲を切り破り、天王寺に入ったが、休む間もなく、出陣を命じた。敵が態勢を整えないうちに打撃を与えようというのである。これには家老たちは驚き、「いまだ軍勢が揃っておりませぬ」と諫《いさ》め、止めようとしたのだが、それを振り払い、今度は全軍を二段に組織して打って出た。

一揆勢は油断していた。包囲を抜けて陣内に逃げ込んだばかりの軍勢が、よもや、すぐさま打って出るとは予想していなかった。陣構えの乱れを修復する間のない攻撃に崩れ立ち、敗走した。織田勢はこれを本願寺の木戸口まで追い詰め、二千七百ばかりの首を討ち取った。

秀吉は終始、信長の馬前の先へ先へと進んでいた。家臣どもに「お屋形様に立ち向から敵を斬り伏せよ」と命じ、自らも馬上で槍《やり》をふるった。戦いながら秀吉は感動していた。桶狭間《おけはざま》の激戦の一コマ一コマが目の前の情景と重なった。信長と共に戦ってきた日々の幸運を噛《か》みしめ噛みしめ、身内からこみ上げてくる昂《たかま》りに突き上げられるように、若武者のごとく突進した。

甚大な損害を被った一揆勢はふたたび本願寺内に籠もり、鳴りをひそめた。信長は抑えの付城《つけじろ》を十カ所に造り、また水軍の動きに備えて住吉《すみよし》の浜辺に堅固な砦を造った。しかし、それ以上、本願寺を攻撃することはしない。無理攻めすれば、敵の優勢な火力の前に、味方の損失が大きすぎるのである。

信長はひとまず戦いをやめ、抑えの軍を残して引き揚げた。宇治の槇島《まきしま》城や京都の妙覚寺に立ち寄った後、安土城に戻っている。留守中、停滞ぎみだった安土築城はふたたび活気を取り戻し、壮麗な姿が形を成してゆく。本願寺攻めで身も心も疲れた信長にとって、またとない安らぎのひとときではあった。

太田牛一の『信長公記《しんちょうこうき》』には「安土山御天守の次第」と題し、安土城の結構についてえんえん紹介されている。一層目から最上層まで、柱や壁、床、襖絵《ふすまえ》、天井などこまごまと書き記したあと、天守からの眺望を活写している。

「抑《そもそも》当城は、深山こう〳〵として麓《ふもと》は歴々（重臣たち）甍《いらか》を並べ、軒を継ぎ、光輝《ひかりかがやき》、御結構の次第申し足らず。西より北は、湖水漫々として、舟の出入りみち〳〵て、遠浦帰帆・漁村夕照、浦々のいさり火、湖の中に竹生嶋《ちくぶじま》とて名高き嶋あり。――（中略）――御殿唐様を学《まなび》、将軍の御舘《たち》、玉石ヲ研《みが》き、瑠璃《るり》を延《のべ》、百官 快《こころよく》 貴美を尽し、花洛（花の都・京都）ヲ移《うつさせ》られ、御威光・御手柄勝計《あげてかぞ》ふべからず」

まさに「近江八景」そのものを彷彿《ほうふつ》させる描写だが、この中で信長のことを「将軍」と称しているのが注目に値する。

じつはこの時期、足利義昭は備後《びんご》鞆《とも》の浦とその周辺に何カ所もの御所を構えていた。現役の将軍として幕府を維持し、信長によって所領を失った各地の大名とその家臣団も鞆の浦に集まっていた。多くの幕府衆を従えて、いわば「鞆幕府」というような体制を形作っている。信長はそのことを気にして、自らを義昭よりも高みに置く必要に迫られたと思える。

実際、信長は安土築城を境に、自らを将軍、あるいはそれ以上の存在として意識しつつあった。天王寺の戦いで足軽に混じって奮戦したのが最後と書いたが、それ以降は合戦に出馬しても、ほとんど君臨するような位置に立っている。

その傾向はすでに前年からあった。その証拠に信長は朝廷との折衝役に、それまでほとんど敵対関係にあり、京都から放逐されていた近衛前久《このえさきひさ》を抜擢《ばってき》し、九州方面の外交交渉にも当たらせている。これは、公方《くぼう》も関白も自分と同等の対象として扱う余裕が、信長に備わったからであろう。前久は大いに喜び、以後、信長と前久は肝胆相照らす仲となり、前久は信長のために東奔西走する。前久の意を体した定済が会津の随風のところに使いして、義昭公方から芦名家に協力要請があれば、拒むように動けと指示したのも、その一つの例といえる。

信長の目的はもはや「天下人《てんかびと》」になることから抜け出して、天下平定後のことを見ている。かつて浅井《あざい》、朝倉、武田、伊勢一向一揆、三好、松永らに包囲され、四面楚《そ》歌《か》のような苦境に喘《あえ》いでいた頃とは、雲泥の差だ。これ以降の戦いは、むしろ「征伐」の色合いが濃くなる。

そして、その第一線の指揮官には柴田勝家《かついえ》、明智光秀、羽柴秀吉、佐久間信盛、滝川一益といった重臣クラスを派遣し、版図を拡大してはその支配を任せる一方、京都や安土の本営近くには、福富秀勝《ひでかつ》、長谷川秀一《ひでかず》、堀秀政《ひでまさ》などの近習衆から、才能のある者を登用し配置していくことを考えていた。

このような側近政治が、やがて弊害となって表れる。たとえば長谷川秀一などは荒木村重や明智光秀と性格的にそりが合わず、その関係はぎくしゃくしたものだった。村重も剛直だが、光秀のように気位が高く狷介《けんかい》孤高の人間は、あえて諂《へつら》ってまで関係改善を策すことはしないから、ますます疎んぜられる。地位からいえば明らかに光秀のほうが重臣なのだが、信長との距離という点では近習たちに遠く及ばない。

それはほかの誰にも当てはまることだ。秀吉のように人あしらいの巧みな男ならともかく、武張った連中は人間関係の構築など、大抵は苦手としたものである。かつては直《じか》に言葉を交わすのに何の抵抗もなかった主君信長に対して、何か言上しようとするには、いったんは近習を通さなければならない事態に戸惑った。これは家臣たちのあいだに、主君から遠ざけられ、疎まれ、やがては切り捨てられるのではないかという不安感を植えつけることになる。

もっとも、そういう懸念が現実のものになるのはまだすこし先のことだ。安土城の壮大さに象徴されるような拡大基調にあるこの時期は、信長政権の勢威止《とど》まることを知らぬ順風満帆の勢いに、家中《かちゅう》の誰もがわが世の春とばかりに沸き立っていた。

2

織田信長といえば、家臣に対して厳しいということばかりイメージされがちだが、決してそれだけではない。功のあった家臣に恩賞は吝《お》しまず、重用もしている。

たとえば、こういう例があった。

天正三年七月、信長は誠仁《さねひと》親王主催の蹴鞠《けまり》の会に出席した後、正親町《おおぎまち》天皇から官位昇進の勅諚《ちょくじょう》を受ける。それまでの信長は、事実上は政権のトップにありながら正四位《しょうしいの》下弾正忠《げだんじょうのちゅう》という低い位のままであった。天皇はおそらく権大納言あたりを授けるつもりだったと思われる。

ところが信長はそれを辞退し、その代わりに主立った家臣を任官させることを願い出て、勅許を受けた。この時の除目《じもく》（任官の人名を記した目録の意）に上った家臣は次のようなものだ。

松井友閑《ゆうかん》　宮内卿《くないきょう》法印
武井夕庵《せきあん》　二位法印
明智光秀　惟任日向守《これとうひゅうがのかみ》
簗《やな》田広正　別喜右近《べっきうこん》
丹羽長秀　惟住《これずみ》

これに先んじて信長は左記の三名も任官させていた。

村井貞勝　長門守《ながとのかみ》
塙《ばん》（原田）直政　備中守《びっちゅうのかみ》
羽柴秀吉　筑前守

この中で面白いのは、光秀、貞勝、直政、秀吉に与えられた「受領名《ずりょうめい》」はいずれもまだ織田方の勢力が及んでもいない地方だということだ。つまり、架空の呼称で、空手形を切るようなものである。いずれそこを制圧しようとする信長の強い意思が示されているといえるが、考えようによっては、「いずれおまえの任地はそこになるのだよ」と予告されているとも思える。後に江戸幕府で頻繁に行なわれた転封や改易《かいえき》を、この時期にすでに先取りしていたとするならば、信長の先進性は恐るべきものがある。いや、現に「日向守」「筑前守」に任じられた光秀や秀吉は、敏感にその気配を察知したのではあるまいか。この二人に与えられる土地はいずれも九州。これが実現すればたいへんな左遷ということになる。

それから間もなく、信長自身、権大納言兼右近衛大将になっている。その後天正四年秋頃から翌五年正月頃まで、信長は比較的、平穏の日々に明け暮れている。記録を繙《ひもと》くと、十一月二十一日には内大臣に官位が進み、その祝いとして、石山で二日間、鷹狩を楽しんだ。さらに、三河の吉良《きら》で鷹狩を催すため、十二月十日に安土を発ち、佐和山に一泊、十一日には岐阜、十三日に尾張の清須、そして二十二日に吉良に到着し、三日間滞在して鷹狩を催した。まるで平時のようなのんびりした日々であった。

しかし現実は厳しく、天正五年の二月に入るとすぐさま戦闘の準備にとりかかる。相手は紀州の雑賀衆《さいか》である。雑賀衆は大坂本願寺と組んで、義昭の反信長戦線を形成する有力な勢力だ。

この時期を遡《さかのぼ》ること一年の天正四年二月八日までには、足利義昭はすでに備後鞆の浦に移り、いわゆる「鞆幕府」をひらいている。毛利家のバックアップを受け、虎視《こし》眈々《たんたん》と上洛《じょうらく》の機を窺っていた。

大坂本願寺は、いわば「鞆幕府」を担ぐ毛利勢の橋頭堡《きょうとうほ》的な役割も担っていた。本願寺を支えているのは、毛利から送られる食糧や物資、それと一揆の温床ともいうべき根来《ねごろ》、雑賀衆の武力と膨大な数の鉄砲であった。

根来は根来寺の僧兵とともに、伊賀、甲賀とならぶ忍者の里として知られている。雑賀衆は鉄砲を駆使したゲリラ戦法で信長軍を悩ませた。しかも雑賀は紀州から難波《なにわ》口にかけての沿岸に水軍を展開して、毛利水軍の案内役を務めている。

天正四年五月の本願寺攻めで、原田直政が戦死するなど、苦戦を強いられた信長は、十ヵ所の付城を設け、本格的な本願寺包囲網を巡らせた。ただし毛利からの救援物資は、本願寺の背後、大坂湾の水路を利して入ってくる。その年の七月十三日には、毛利からの兵糧を積んだ大船団がやって来た。紀州雑賀の水軍を併せ、その数およそ八百艘《そう》。主力は瀬戸内海の能島《のしま》、来島《くるしま》、因島《いんのしま》に本拠を置く「海賊」の村上水軍である。

これに対して織田方の水軍はおよそ三百艘。毛利水軍を迎え撃とうと、和泉《いずみ》を発して木津《きづ》川河口に出撃した。

結果は惨憺《さんたん》たるものであった。毛利水軍は戦慣れしていることもあるが、戦力の差が歴然としていた。「焙烙火矢《ほうろくひや》」という、火薬を使った焼夷《しょうい》弾を雨あられと撃ち込まれ、織田方の兵船は次々に炎上、沈没して、真鍋七五三兵衛《まなべしめのひょうえ》、沼間伝内《ぬまのでんない》、同伊賀守といった指揮官たちが戦死したのをはじめ、ほぼ全滅の憂き目を見た。

対する毛利の水軍は一の損失もなく、兵糧を本願寺に送り込んだ後、悠々と引き揚げた。

制海権を握っている毛利・雑賀水軍は、その後もしばしば兵糧を運び、本願寺の戦闘能力はいっこうに衰えることはなかった。時には毛利ばかりでなく、遠く越後の上杉からも支援物資が運ばれてくる。織田軍にとって、雑賀衆は文字通り目の上の瘤《こぶ》、五月蝿《うるさ》い存在だったのだ。


天正五年二月十日――秀吉のもとを珍しい客が訪れている。播磨《はりま》の小寺官兵衛孝高《よしたか》(後の黒田如水《じょすい》)である。官兵衛は播磨御着《ごちゃく》の城主小寺政職《まさもと》の家老で姫路《ひめじ》城主。天正三年九月に小寺家が信長の軍門に降《くだ》って以来、織田家との折衝役を務めている。見た目には小柄で風采《ふうさい》の上がらぬ男だが、眼光の鋭さは並ではない。

「信長公の仰せにて参上仕《つかまつ》りました。向後は羽柴殿のご下知《げじ》を仰ぐようにとのことであります」

その話はすでに信長から聞いている。「面白い男だから、中国路の経略に役立てるがいい」と言われた。かねてより秀吉が播磨から備前、備中へと、中国筋への版図を提案していることに対する、これが信長の回答であった。いわば中国方面軍司令官に任ずるという、お墨付きが出されたに等しい。すでに秀吉は播磨方面への調略を実行に移している。その労苦が認められて、秀吉は奮い立った。

官兵衛は「松寿」という嫡男を同道していて、人質として羽柴家に預けるという。秀吉は松寿の扱いを竹中半兵衛《たけなかはんべえ》に一任した。

初対面の時に、秀吉は官兵衛の才能を見抜いたが、その直感は間違いではなかった。竹中半兵衛が水のごとくに澄んだ静かな人であるのに対して、官兵衛は火のように陽性で動きの軽い性格だった。半兵衛はこの二年後、天正七年に病没するのだが、それ以降、官兵衛は半兵衛に代わって軍師を務めるとともに、中国方面を経営するための外交官として秀吉を支えることになる。秀吉に対する官兵衛の忠勤ぶりは、後に自分の城である姫路城を明け渡し、秀吉の居城とさせたことなどからも明らかだ。

官兵衛を賜ったことへの御礼言上《ごんじょう》のため、安土城に伺候した秀吉を、信長はすぐに呼び寄せ、いきなり「本願寺攻略の方策はいかに」と問うた。本願寺包囲戦線がいっこうに成果を上げられないでいることへの苛立《いらだ》ちが、信長の表情にありありと浮かんでいる。

「されば、三つの方策が考えられまする」

秀吉はあたかも腹案があったごとくに即答した。

「第一に陸上の包囲網でございます。これは上様が命じられ、すでに十ヵ所の付城が備わりましたので、これをいっそう固く結び、一切の交通を遮断すればよろしかろうと存じます。第二に海上の往来を制し、本願寺への物資の送り込みを防がなければなりませぬ」

「そのことよ。先の海戦で手痛い敗北を喫した。もはや毛利の水軍を叩《たた》くすべはなきものと、誰もが諦《あきら》めきっておる。いかにその方といえども、海の戦には打つべき才覚はあるまい」

「仰せのとおり、船同士の合戦をしては、お味方に勝算はございますまい。なれど、敵船に対するに城をもって向かえば、敗れる道理はございませぬ」

「浜辺に城壁を築くと申すか」

「さようではございませぬ。城を海に浮かべまする。城のごとき巨大な船を造り、鉄甲にて敵の火矢を防ぎつつ、群がる敵船を踏みつぶして進めば、たとえ何百が歯向かいましょうとも、お味方の勝利は疑いもございませぬ」

「ほほう、城のごとき船か。そのようなものが、はたして出来るかな」

「大船はすでに上様が琵琶湖にてお用いになってございます。それを真似ていくばくか大きく致します。船の建造は志摩《しま》の九鬼《くき》水軍にお命じなされませ。かの地なれば用材も集めやすく、鉄甲を作る鍛冶《かじ》職の者も多く、巨大船を建造することは叶《かな》いましょう。完成のあかつきには、九鬼の水軍がそのまま船を操り、熊野浦より堺港に乗り入れ、毛利水軍の寄せるを待てばよろしゅうございます」

「うむ、面白い。しかし、時間がかかりそうだな」

「おそらく二カ年は要しましょう。その間に致すべきことがございます」

「それが三つめの方策であるか。何を致すと申すか」

「雑賀衆を制しまする」

「たわけめ。そうたやすくは参るまい」

信長は叱りつけ、苦い笑いを浮かべた。

雑賀というのは紀伊海部郡《あまごおり》にある雑賀庄のことだが、雑賀衆と称《よ》ぶ場合にはその周辺の十カ郷と三緘《みからみ》(宮郷、中郷、南郷の総称)も含まれる。この地の土豪たちは、本来の農、漁業を営むばかりでなく、水運により諸国と交易し、独自の経済力を持っていた。

雑賀衆で特筆すべきは、早い時期から鉄砲を大量に保有していたことだ。本願寺に対しては、物資の供給とともに兵を入城させ、得意の鉄砲で織田軍を悩ませていたのである。これがあるために織田勢の本願寺攻めは膠着《こうちゃく》状態を続けざるをえなかった。

「一策がございます」

「申してみよ」

「雑賀といえども一枚岩ではござりませぬ。雑賀衆のうち、変わらず本願寺を支えておりまするは雑賀庄と十カ郷で、三緘の者は少しく利害を異にいたしております。それがし、かねてより三緘と根来寺（和歌山県岩出市）の杉の坊に誼《よしみ》を通じておりましたるところ、こたび密使をもって降参を申し出て参りました」

「なにっ、まことか？　相手は名うての悪党どもぞ」

「御意《ぎょい》。されば、いましばらく先方の本心を見定めてから、言上申しあげるつもりでおりました。上様のお許しを戴《いただ》けますならば、人質など取り申して、降参の儀、整える所存でございます」

「よかろう、そちの才覚で進めてみよ」

秀吉はすぐさま調略の実現に動いた。とはいっても、こっちの弱みを見せることなく、交渉を進めなければならない。そのうちに、いつしか雑賀衆のあいだに三緘の不穏な動静の噂が広まり、修復不能の状況になった。三緘側から秀吉のもとに催促の密使がしげしげと訪れ、一方的な条件で調略は締結された。

これを受けて信長は雑賀攻略の軍を発する。畿内《きない》をはじめ、尾張、美濃、近江、伊勢、越前、若狭、丹後、丹波、播磨にわたり大動員をかけて、十万を超える大軍であった。

しかし、これだけの大軍をもってしても、鈴木孫一《まごいち》に率いられた雑賀衆の抵抗はやむことなく、地の利を生かした神出鬼没の戦法で、織田軍は大いに悩まされる。それでも何とか、小城や砦など各個撃破を積み重ねていって、ようやく停戦に持ち込むまで、一ヵ月以上かかった。

講和条約を結ぶに当たって信長側が出した条件は、今後とも本願寺を大切に扱う……というものだった。これではとてものこと「勝利宣言」という印象はない。十万の大軍で鈴木孫一の居城を包囲するところまで攻め込みながら、この寛大すぎる条件で妥結したのは不思議なくらいだが、逆にいえば、大軍をこの地に凍結し続けていることが不安でもあったのだろう。

雑賀衆はこれで一応は片が付いたが、本命の本願寺は頑強に抵抗し続ける。信長もあえて力攻めせず、織田家きっての宿将・佐久間信盛を総司令官とする包囲陣を形成し、長期戦に入った。なんと、この態勢のまま四年間、双方ともに何も仕掛けず、戦らしい戦もなしに過ごすのである。

佐久間信盛といえば、先年の朝倉攻めで、信長が厳命していたにもかかわらず、織田の諸将が敵の撤退に気づかず、信長と彼の馬回りだけで追撃戦を敢行するという「事件」のことを想起する。その際、信長の叱責《しっせき》に対して、信盛は「そうはおっしゃいますが、このような家来に恵まれた殿は幸せであります」といった趣旨のことを言って、信長を激怒させたエピソードの持ち主だ。

そのことが伏線にあるだけに、今回の無策ぶりは、織田家のトップである宿老としては、鼎《かなえ》の軽重《けいちょう》を問われそうな気配ではあった。

3

信長が本願寺攻略に手こずっているあいだに、北方戦線がにわかに緊張状態に入った。

越後の雄、関東管領《かんれい》・上杉謙信がついに動き始めたのである。

上杉謙信のことを「義の人」と称《よ》ぶ。戦国武将として活躍した中で、謙信ほど私欲も野望もない人物はほかにいない。その謙信を上洛に向かわせたのは、「鞆公方」足利義昭の度重なる上洛要請によるものだが、同時に、織田信長の止まることを知らない拡張政策への脅威からでもあったと考えられる。

謙信の上洛を阻止していたのは、じつは猖獗《しょうけつ》をきわめた加賀、越中の一向一揆と、常に背後を脅かしている、甲斐の武田や関東の北条などの動きであった。とくに加賀の一揆勢はその数、十万とも二十万ともいわれ、並の大名などはものの数ではなかった。

謙信はしばしば越中に兵を出し、一揆勢を駆逐するのだが、謙信軍が引き揚げると、またぞろ一揆勢が盛り返す……といういたちごっこで、甲斐や関東の不穏な動きとともに、謙信を悩ませ続けていた。

ところが、信長軍の攻撃に晒《さら》される大坂本願寺が和議を申し入れてきて、加賀、越中の一向一揆との確執は解消されることになった。背後にはもちろん義昭の画策がある。これに勢いを得た謙信は三万の軍を発して上洛の途についた。

天正五年閏《うるう》七月、謙信軍は能登《のと》の小城をたちまちのうちに攻め潰《つぶ》し、織田勢力の北陸の最前線である七尾《ななお》城を包囲した。一揆の脅威が無くなったいま、能登を制圧してしまえば、京都への道は平坦《へいたん》である。

織田勢にとって能登の最後の砦といえる七尾城は、天然の要害で難攻不落を誇っていたが、九月十五日、謙信軍は敵方の内訌《ないこう》と、重臣の手引きによって城内に乱入、さしもの七尾城もここに陥落してしまう。

これに先立ち、謙信来たる……の報に接して、信長は八月八日、柴田勝家を大将に、丹羽長秀、羽柴秀吉、安藤守就《もりなり》、稲葉一鉄、佐々《さっさ》成政《なりまさ》、前田利家《としいえ》、滝川一益、氏家直通、金森長近、不破光治といった重臣たちと五万の兵を出陣させ、謙信の南下を食い止めようとした。信長自身も一万五千の兵を率いて後詰めに向かう予定だ。

行軍の途次、秀吉は鬱々《うつうつ》として楽しまない。そもそも勝家の軍に属して北陸路を歩んでいることに嫌気がさしているのだ。

（なぜこのおれが、こんなところにいなければならないのだ――）

この軍には明智光秀が参戦していない。いま頃は丹波方面に侵攻して、山陰路への布石を着々と進めているだろう。そのことを思うと、いても立ってもいられない。いまは播磨まで工作を展開させてはいるが、織田勢の関心が薄れたと見れば、いつ叛旗を翻さないともかぎらない。播磨には、背後の毛利勢が「将軍」義昭公を擁して、たえず圧力をかけている。その動きによっては、官兵衛はともかくとして、彼の主筋に当たる小寺家の動向には安心できないものがある。播磨が離反しては、秀吉のこれまでの労苦が水泡に帰するのだ。

（光秀には後れを取りたくない――）

この頃から秀吉は、はっきりとその意識に取りつかれている。馬首を加賀に向けながら、秀吉の思いは後ろ髪を引かれるように播磨を向いていた。顔色が冴《さ》えないのは当然のことである。

珍しくこの戦に従軍している竹中半兵衛が気づいて、「いかがなされました？」と訊いた。

「お主なら察しがつくであろう」

「播磨のことでございますか」

さすがに半兵衛は明敏だ。すぐに主の不興の原因を言い当てた。

「そうだ。上様は中国筋への経略をお示しになったが、それにもかかわらず、わしは北国路を歩んでおる。しかも勝家殿への与力《よりき》にすぎぬ。たかが三万の越後勢に、かくも大軍を催して何と致すつもりか。わしなどは必要あるまい。播磨では官兵衛が首を長うして待っておるであろうに」

「お苛立ちはごもっともです」

半兵衛は微苦笑を浮かべながら言った。

「なれど、いましばらくご辛抱なされませ」

「辛抱すればどうなるというものではない。何にせよ不快である。兵どもを見よ。わしの顔色を窺って、さっぱり士気が上がらんではないか。これで敵と対しては、勝てる戦も勝てそうな気が致さぬよ」

「それなれば、引き返しますか」

「ん？　たわけたことを、引き返せるものなら……それとも、お主に何か方策でもあるのか？」

「いささか」

「いかなる方策か？」

「柴田様のご命令で陣を離れることに相成れば、ようございましょう」

「勝家殿がわしに引き返せと命じる道理がないではないか」

「いえ、ないこともありませぬ。柴田様のほうも、殿の存在は鬱陶しくお思いになっておいでです」

「それは確かに、勝家殿はわしを嫌っておるが、だからと申して、わしに陣払いを命じるはずもあるまい」

「柴田様は正直でご短慮の方でございます」

「ははは、わしとは逆と申すか」

秀吉は笑ったが、半兵衛はどこまでも真顔だ。

「ご短慮ゆえ、つい思ったことがお口をついて出ることもございます」

「だからと言って、わしに面と向かって帰れなどとは申せまい。それでは喧嘩《けんか》になる」

「喧嘩をなさいませ」

「えっ？　何と……喧嘩をせよといっても、口実があるまい。いきなり殴りかかるわけにも参らぬしな」

「いずれお二方は喧嘩をなさいます。おそらく、このたびの戦の陣立てについて、ご意見が食い違い、それが元で柴田様がお腹立ちになり、つい口をついて……」

「ははは、帰れと言うか。なるほど、それはありそうだな……しかし、陣を引き払っては軍規に悖《もと》る。上様の逆鱗《げきりん》に触れることは間違いないな。悪くすれば切腹ものでは

ない か」

「その儀なれば、ご懸念なく。早晩、上様が殿を必要となさることに相成ります」

「ほうっ、何をもってそのように申すのか」

「細作《さいさく》の報告によれば、畿内にて不穏な気配があるとのこと。織田勢の主力が北陸路に出払っているのを見計らって、松永弾正殿ご謀叛《むほん》と」

「なにっ、松永久秀《ひさひで》が?……そうか、ようやく動いたか」

秀吉には思い当たることがある。久秀は「平蜘蛛《ひらぐも》の釜《かま》」という茶道具の名物を所蔵し、自慢しているが、秀吉はかねてよりそれを譲り受け、信長に贈りたいと考えていた。その交渉に当たった堺の商人から、松永久秀の動きがおかしい——と言ってきていた。それが現実のものとなった。久秀は大坂本願寺包囲作戦に参加し、天王寺砦に在ったが、織田軍の北陸出兵から九日後の八月十七日、天王寺砦を抜け出し、信貴山《しぎさん》城に籠ってしまう。その一報が半兵衛のもとに届いたというのである。

「面白い、よくぞ謀叛を致すものかな」

「殿、お口が過ぎましょうぞ」

半兵衛に叱られて、秀吉は猿のように相好を崩し、「ははは……」と笑った。

九月なかば、織田軍は加賀の大聖寺《だいしょうじ》、御幸塚《ごこうづか》を過ぎ、松任《まっとう》の近く、手取川《てどりがわ》の手前まで進んだ。いまのところ、一向一揆衆の抵抗もなく、まずまず順調な行軍であった。

勝家は手取川を渡って、上杉軍に対し堂々の陣を布《し》こうと軍議に諮《はか》った。この時点ではまだ、織田軍は七尾城の陥落を耳にしていない。勝家の強気の理由はそこにある。七尾城に気を殺《そ》がれては、上杉軍の戦意も上がるまいと踏んだ。

しかし、これには秀吉が猛烈に反対した。

「川を背に陣取れば、進退が限定され、存分に兵を動かすこともできず、非常に不利であります。川の手前に鶴翼《かくよく》の陣を布き、渡河して来る敵を水際で討ち取るがよろしかろうと存ずる」

こう主張すると、勝家はカラカラと笑った。

「それは臆病者《おくびょうもの》の兵法というもの。そのほうは史記にある『背水の陣』を知らぬのか。かつて漢の韓信《かんしん》が趙《ちょう》を攻めた際、あえて川を背に陣取りをなし、味方の将卒に決死の覚悟をいたさせ、敵を大いに打ち破ったという故事である。

そのほうが言うごとく、敵が川を渡れば水際で叩く作戦もよかろう。なれど、敵がわれらが大軍に恐れをなし、攻め寄せることがなければ、戦にもならぬ。獲物を目の前にして、指を銜《くわ》えているようなものではないか。そうなってから渡河せんとすれば、逆に水際にて叩かれようぞ。

敵は七尾城攻めに兵を割かれ、動員できる人数はせいぜい一万ばかりであろう。それを三方より包み込み、鉄砲を打ちかければ、かの長篠の合戦のごとき勝利は疑いない。徒《いたずら》に時を移せば、七尾の守兵の労苦は増すばかりだ。一刻も早く救援をせねばならぬ。いまは評定《ひょうじょう》をまつまでもなく、断固、渡河するべし」

「いや、さにあらず」

秀吉は嘆かわしげに首を振った。

「この戦、長篠の合戦と同断では計れませぬ。第一にわれらは土地不案内です。行くところすべて上杉に味方する一揆勢が支配し、何程の軍勢が寄せるものか、七尾城の様子さえも詳《つまび》らかには見え申さぬ。その中をあえて川を渡り、あたかも闇夜に手さぐりで進むがごとき道を選ぶのは愚かというもの。

第二に、この天を仰ぎ、風の匂いを聴くに、雨気が満ち満ちております。雨となれば鉄砲は頼りにならず、川は増水して帰路を塞《ふさ》ぎ、兵たちの士気を脅かすでありましょう。霧立ち込めれば敵味方の区別も定かでなく、同士討ちの危険さえ生じかねませぬ。

第三に、川の手前に陣取り、もし敵が川を渡らずとあればそれもよしとするべきではありますまいか。こたびの戦は、あくまでも上杉軍の侵略を阻止することが眼目。好んで戦をするのが目的ではござらぬ」

「愚かなことを申すな。われらが目的の一つは七尾の城を救援することぞ。そのほう、七尾が落ちてもよいと申すのか。能登で唯一のお味方となった七尾城を見殺しにするとは、義を重んじる武士の風上にもおけぬことよ。話にならぬ」

勝家は最初から秀吉の建議を否定する構えだ。北国方面軍の総司令官であるという矜持《きょうじ》もさることながら、成り上がり者の秀吉が大嫌いというのが、最大の理由だったことは間違いない。

「これはしたり。それがしとて義を重んじぬ者ではござらぬ。なれど、義や情に流されれば大勢を誤りかねませぬ。たとえ七尾城が落ちようと、全軍を死地に送るがごときは暴挙も暴挙。士分足軽ならばともかく、一軍を率いる将たる者は、天下の形勢にまで思いをいたし、たとえ非人情の誹《そし》りを受けようと、ここ一番は堪《た》えがたきを堪えることこそ肝要でござるまいか。武士の建前にこだわり、義のみを金科玉条のごとくにして突進するは匹夫《ひっぷ》の勇と申すもの」

「な、なんと、わしを匹夫と申すか。まあよかろう、匹夫であろうと腰抜けよりはましだ。さまで上杉が恐ろしければ、そのほう一人、川を渡るにおよばぬ。いや、臆病風に吹かれて陣払いをするもよかろう」

「さようでござるか。御大将のお言いつけとあれば、さよう仕る」

秀吉は席を立ち、身内の兵を引き連れ長浜へ帰ってしまった。

売り言葉に買い言葉ではあるが、軍律の中で、戦線離脱は最大の罪である。寧《ねい》を巡っての恋のさや当て以来、親しくしている前田利家などは驚いて引き止めたが、秀吉は「それがしにはちと存念がござる」と、いつになく怖い顔で言った。

とはいえ、これで秀吉の命運も尽きるであろうと、誰もが思った。あの信長公が、いくら過去に功績のある秀吉といえども、厳罰に処さないはずがない。その結末を思って、勝家などは密《ひそ》かにほくそ笑んだにちがいない。

当然、信長は激怒した。しかも秀吉は安土の信長に伺候して報告をするどころか、真っ直ぐ長浜に帰城して、固く門を閉ざしてしまった。信長の怒りに恐懼《きょうく》して、自ら謹慎を課したのかと思うと、そうでもなく、家臣を集めて酒宴を催したり、あげくの果て、安土から能楽師などを招いて、文字通り、飲めや歌えの騒ぎだった。

家臣たちは心配した。長老として遠征中の留守を預かっていた蜂須賀《はちすか》小六《ころく》は気が気ではない。「お屋形様へ聞こえては、芳しくありませぬ」と諫めると、秀吉は苦笑して「小六よ、もはやお屋形様にあらず。右近衛大将におなりあそばされた以上、向後は上様とお呼びするがよい。余人はさておき羽柴家中では上様とお呼びする」と窘《たしな》めてから言った。

「案じることはない。わしがもし、逼塞《ひっそく》して鳴りを潜めていれば、秀吉めは上様の勘気を恐れるあまり、謀叛の企てなどいたしおるのではないかと噂する者も出るであろう。かく陽気を装い、ばか騒ぎしておれば、秀吉めは狂うたかと笑いはしても、陰気な企てなどを疑う者はない。それに、こたびの仕儀は、わしに思うところあってのことだ」

　その「思うところ」とは何なのか、小六には分からない。思案に余って竹中半兵衛に「いかがいたしたものか？」と相談すると、半兵衛は「ご安心あれ」と落ち着いている。

「殿がご帰城なされたのは、それがしの申し出をお聞き入れあってのことです」

「えっ、半兵衛殿が、唆《そそのか》したのでござるか？」

「唆したとは聞こえが悪うござる。殿には畿内の異変がござれば、急ぎお戻りあるべしと申し上げたのです」

　半兵衛が言った「畿内の異変」とは、むろん松永久秀の謀叛である。

4

　元来、久秀は去就のはっきりしない人物で、永禄八年（一五六五）五月十九日の政変劇では、幕府の重鎮でありながら、三好三人衆と謀って将軍義輝《よしてる》を殺した。後に三人衆とも決裂して戦い、永禄十年十月には三人衆を急襲して、敵陣を焼き払ったのだが、その時、東大寺大仏殿が類焼している。

　尾張の信長が勢いをつけると見るや、早速、誼《よしみ》を通じ、永禄十一年九月に信長が義昭を擁して上洛するとすぐに降参。義昭から義輝暗殺の罪を赦《ゆる》され、切り取り次第、大和を支配することを認められた。

以来、幕臣の身分のまま信長の畿内における戦に従軍などしていたが、次第に信長から離反し、武田信玄や本願寺、三人衆などと同盟を結び、義昭が反信長の兵を挙げるやこれに参じた。

ところが、義昭将軍が京都から追放されたとたんに豹変《ひょうへん》。あっさり信長の軍門に降り、居城の多聞山《たもんやま》城を明け渡し、自らは薙髪《ちはつ》して道意と号すなど、彼の生涯は保身のための裏切りと寝返りの繰り返しであった。

秀吉が懸念したとおり、久秀は上杉謙信の進軍を聞くやいなや、信貴山城に籠もって叛旗《はんき》を翻した。織田軍の主力が北国戦線へ出払っているあいだに、信長の虚を突くつもりなのだろうが、さしたる勝算あってのことでもなさそうだ。徒《いたずら》に時を過ごしているうちに、「異変」の報を受けた秀吉が、近江に舞い戻った。こうなっては攻め込むどころではなく、謙信が攻め上って来るまで、信貴山城に籠城《ろうじょう》するのが精一杯ということになった。

その謙信を迎え撃つ柴田勝家の北国方面軍は、頼みの七尾城がすでに落城したことを知り、浮足立って、退却の方針が定まった。五万の軍勢が一戦を交えることもなく、深夜、手取川を渡って撤退を始めた。

ところが、秀吉が案じていたとおり、折からの豪雨で手取川は増水。闇夜ということもあって、流され溺死《できし》する者も数知れぬありさまであった。加えて、退却を察知した上杉勢は猛追に移り、逃げ遅れた将兵を川岸まで追い詰め追い詰め、殺戮《さつりく》戦を展開した。織田軍と上杉軍の最初にして最後となる主力同士の激突は、あっけなく上杉軍の大勝利に終わった。

しかし、なぜか謙信はここで軍を止める。信玄の場合と異なり、病魔に襲われたというわけではない。九月二十六日には七尾城に入り、ここで戦後処理を行ない、能登の領国支配と土着の武士団の掌握を図るなどした後、十二月十八日、越後の春日山城に凱旋してしまうのである。信長はひとまず胸をなで下ろしたことだろう。

それにしても、手取川の大勝にもかかわらず、上洛の足を止めて引き揚げた謙信の行動は、不可解と見られがちだ。しかし、謙信にはもともと天下人になろうなどという野心はなかった。

将軍義輝の頃、謙信と信長は相前後して上洛、義輝に拝謁している。その時の二人はそれぞれ、関東管領と管領の地位を得て、将軍を支えてゆくという思いで一致していた。それゆえ、謙信と信長の関係は比較的良好なまま推移してきている。このたびの謙信の織田攻撃は、信長が将軍の地位に就こうという野心を抱いたことを見抜いて、それを牽制《けんせい》する目的があったにすぎなかった。

とはいえ、この時、もし謙信が騎虎《きこ》の勢いを駆って、進軍を続行していたら——というのは、あくまでも仮定の話でしかないが、織田軍は危殆《きたい》に瀕《ひん》していたかもしれない。武田信玄のケースといい、天運はまた信長に味方したのである。

もっとも、謙信には謙信の考えがあったらしい。このまま信長の暴走に手を束《つか》ねているのではなく、本格的な上洛軍を起こす腹積もりである。事実、帰国直後の十二月二十三日には八十名よりなる動員名簿を作成している。態勢を整え、関東を平定して後顧の憂いを無くしてから上洛する計画だったとも考えられる。

謙信が大勝利にもかかわらず軍を返したことと共に、秀吉の「戦線離脱」もまた理解しがたい奇行として人々を驚かした。竹中半兵衛などは「松永久秀の謀叛を予想したため」と承知していたからいいが、もし久秀の謀叛がなかったならば……と想像すると、いかに秀吉贔屓《びいき》とはいえ、信長もそれなりの仕置きをしないわけにいかなかっただろう。

実際、信長は怒りを露《あらわ》にして、久秀謀叛の兆しをいち早く注進したにもかかわらず、秀吉に長浜での蟄居《ちっきょ》を命じた。

これとは逆に、久秀鎮圧の最初の手柄は、十月一日に信貴山城の南東にある松永方の片岡城を攻略した明智光秀が上げることになる。この戦には細川藤孝の長男忠興《ただおき》が初陣の手柄を立て、信長から自筆の感状を受けるというおまけまでついた。

信長は嫡男信忠《のぶただ》に久秀の討伐を命じて、明智光秀、細川藤孝、同忠興、筒井順慶《つついじゅんけい》、それに加えて北国遠征中だった丹羽長秀、滝川一益らを呼び戻し、さらには久秀が与力していた佐久間信盛までを投入する、錚々《そうそう》たる顔ぶれの大軍をもって、信貴山城を包囲させた。蟄居中の秀吉にも参陣の命が下《くだ》ったほどである。

狡猾《こうかつ》で、古今稀《まれ》な「謀叛人」として悪名が高い松永久秀もついに命運が尽きた。織田軍の重囲の中、逃れられぬことを悟り、信長が欲しがっていた名器「平蜘蛛の釜」を、渡してなるものかとばかり、かき抱いたまま爆死してしまった。奇《く》しくも、十年前、三好三人衆を襲った際、東大寺大仏殿を類焼させたのと同じ、十月十日のことである。

信貴山攻めから戻った秀吉を、信長は安土城に招いた。秀吉は広間で平伏して信長の出座を待った。信長が現れても、なかなか頭を上げようとしない。「筑前、顔を見せよ」と催促されて、ようやく頭を上げたが、すぐに平伏して「なにとぞご寛恕《かんじょ》のほど、お願い仕りまする」と言った。毎度のことながら、秀吉一流の大げさな演技だ。

「たわけめ、もうよい。こたびの罪は許してつかわす。その代わり、そのほう、中国筋の経略に、身命を賭《と》して働くがよい。光秀を見習うがよかろう」

「はは、ありがたきしあわせ」

「分かったらとくと下がれ。早々に長浜にたちかえり、即刻出陣いたせ」

信長は最後まで鬼のような顔を崩さず、席を蹴《け》って奥へ引っ込んだ。もっとも、この方針は初めから決めていた。光秀と秀吉を競わせ働かせる格好の材料として利用するつもりであった。

命じられたとおり、秀吉はただちに軍備を整え、播磨へ出発した。天正五年十月二十三日のことである。案内役は黒田官兵衛が務めた。

足利義昭の「鞆幕府」を擁する毛利を攻めることは、早くから信長の胸にあったが、実際に兵を送るのはこの時が初めてである。

官兵衛の調略によって、播磨では早くも味方してくる国衆《くにしゅう》が少なくなかった。秀吉は彼らから人質を取り、たちまちのうちに西播磨一帯までも支配下に置くことができた。さらに但馬《たじま》にも攻め入り、山口、竹田城を次々に陥れた。

秀吉軍の進撃はめざましいものがあった。十一月に美作《みまさか》との国境に近い上月《こうづき》城を包囲して、わずか七日にして落とした。この城には、毛利勢に逐《お》われ、京都に亡命していた尼子《あまこ》勝久《かつひさ》と、その家臣で「憂きことのなほこの上につもれかしかぎりある身の力ためさん」の名言で有名な山中鹿介《しかのすけ》の主従を呼び寄せて、城主の地位を回復させた。

こうして、西国への進出は、秀吉の活躍で着々と成果が上がっているかに見えたが、その秀吉の前に、予想もしていなかった椿事《ちんじ》が起きた。天正六年二月、三年前から信長に誼《よしみ》を通じ、服属していた三木城主・別所長治《ながはる》が突如、毛利氏に通じて反旗を翻したのである。

別所氏は「播磨東八郡の守護」と呼ばれ、播磨東部を掌握する随一の国人《こくじん》で、居城三木城を中心に多くの支城を抱えている。

この時、長治はまだ二十一歳。城の実権は叔父《おじ》である吉親《よしちか》が握っていた。この吉親が評定の席で謀叛を勧めたらしい。

それに呼応して毛利氏は大軍を催し、上月城を包囲、攻撃してきた。東の三木城と西の上月城、平定したつもりの播磨で、東西から火の手が上がり、秀吉は苦境に陥った。

秀吉は荒木村重の軍とともに、ともかく上月城の救援に赴き、川を隔てて対峙《たいじ》する高倉山に陣を張ったが、毛利の包囲軍の備えは固く、付け入る隙はない。まして東播磨に別所軍の策動があっては、思うように動くこともできない。

播磨の非常事態を見て、信長は信忠を総大将とし、佐久間、丹羽、明智、細川など尾張、美濃、伊勢などの兵を併せた大軍を播磨へ送り込んだ。

しかし、秀吉が希望していた上月城の陣までは来援せず、播磨東部、別所の支城である神吉《かんき》、志方《しかた》、高砂《たかさご》などに向かっている。

慌てた秀吉は、急遽、京都まで出向いて信長の指示を仰いだ。

「なにとぞ、上月の尼子殿救援をお指図くだされたく……」

「無用じゃ」

　信長はあっさり断を下した。

「そのほうらしくもない。いまこの時、上月に係わって何の得があろうか。格別の策もないまま、いつまでも上月城の後ろ巻きを続けても仕方があるまい。はやばやと軍を収め、信忠らとともに神吉、志方を攻め、三木城を攻撃するがよい」

上月城を見捨てろという命令である。それは、はしなくも、能登における七尾城について語った秀吉の言葉と同じ趣旨だ。大将たる者、義や情にとらわれず、すべからく大局を見るべし――。

（なれど、尼子氏は織田の義を信じ、情に縋《すが》って、頼り参った者――）と口まで出かかったが、それを言えば秀吉自身が信長に捨てられかねない。やむなく秀吉は決断を下し、上月城を見殺しにした。これによって、尼子勝久、山中鹿介は悲惨な最期を遂げる。

秀吉、村重の軍を加えて、神吉、志方の城はようやく落ち、秀吉の手に委《ゆだ》ねられた。しかし、信忠の率いる大軍団はそれ以上の滞陣をせず、三木城への付城をいくつか築いただけで、秀吉を残し帰還してしまった。秀吉軍およそ一万、城兵は五千。力攻めで落とすには、彼我の勢力差が近すぎる。やむなく、秀吉は三木城を囲み、自らは平井山に陣取った。これより二年間、三木城の包囲・兵糧攻めが続くのである。

その一方、本願寺の包囲戦も膠着状態が続いていた。上杉謙信は越後の春日山城に引き揚げているが、依然として本願寺との連携は密なるものがある。信長にとって、謙信の脅威はつねに頭から離れない。上杉勢の侵攻は、北国の雪解けとともに、ふたたび現実性を伴ってくる。

天正六年一月十九日、上杉謙信は「三月十五日を期して関東に出兵する」という陣触れを出す。表向きは「関東」だが、上洛を意図した大号令だった。この陣触れに応じて、春日山城下には各方面から軍が集結した。いよいよ、越後、関東、越中、能登の勢力を結集した上洛軍が進発するかと思われた矢先の三月九日、謙信は厠《かわや》で倒れ、人事不省に陥り、そのまま帰らぬ人となってしまう。

享年四十九歳。奇《く》しくも、四年後に死ぬ信長と同じ没年であった。

謙信の死があまりにも急で、跡取りを決めるいとまもなかったため、景勝、景虎という二人の養子のあいだで後継者問題が争われ、もはや上杉軍は上洛戦どころの騒ぎではなくなってゆく。いずれにせよ、「後門の狼」であった上杉謙信が死んで、信長は心置きなく大坂本願寺に立ち向かうことができるようになった。

5

本願寺攻略の決め手となるべき、毛利水軍の撃滅作戦は着々、進行しつつあった。天正六年六月、九鬼嘉隆《よしたか》に命じてあった巨大船が六隻、完成したのである。「横七間、竪《たて》十二、三間もある鉄の船」と称された。また「人数は五千人も乗る」という記述もあるが、こっちのほうは何かの間違いだろう。

それにしても巨大であることは確かで、秀吉の進言どおり、木造船の外壁や甲板、屋根に鉄板を貼り付けた。木津川口海戦で焙烙火矢にこっぴどくやられた経験が生かされている。

この六隻以外に、滝川一益が造った船も一隻あるが、こっちのほうは「鉄船」ではなく、ふつうの白木の船だったようだ。

天正六年六月二十六日、この七隻の「艦隊」が熊野浦に乗り出し、あまたの小船を引き連れて堺を目指した。主船には九鬼嘉隆自らが乗り込んで指揮を取った。

七月なかば、「艦隊」が淡輪《たんのわ》（現大阪府泉南郡岬町）沖辺りにさしかかった時、雑賀など、一向一揆の水軍が襲ってきた。群がる敵船団に対して、嘉隆は十分に引きつけておいて、大砲を一斉射撃した。大砲といっても原始的なものだが、それにしても大砲を船に積むという発想は、早くから鉄砲に注目していた信長でなければ考えつかなかったにちがいない。

この思いがけない攻撃で、一揆側の多数の船があっという間に粉砕、沈没した。残る船も怖《お》じ気《け》をふるって退却するほかはなかった。

七月十七日、かくして大船七隻の「艦隊」は無傷のまま堺港に入った。

この緒戦の勝利を聞いた信長は、わざわざ堺まで見物にやって来る。九月三十日に到着した信長の前に、旗指し物、幟《のぼり》、幔幕《まんまく》などで飾られた大船が並び、その周辺をやはり飾り立てられた小船が賑《にぎ》やかして、圧巻であった。信長の満足ぶりは想像に難くない。

だがその矢先、京都に引き揚げた信長を追いかけるように凶報が飛び込んできた。

「荒木村重殿にご謀叛の疑いあり！」

近習の長谷川秀一が告げた時、信長は「まさか……」と言ったきり、絶句した。寝耳に水の大事変であった。村重は信長にとって、この先の西国へ向けて版図を広げるための、重要な戦力になるはずの存在だったのだ。それに先立つ二月には、播磨の別所氏が背いているが、村重の離反は、それどころの騒ぎではない。

村重は信長と義昭が不仲になった際、いち早く信長側につき、上洛する信長を逢坂《おうさか》に出迎え、信長をいたく感激させた。その後、伊丹《いたみ》城（有岡城）を攻略するなど、大いに貢献し、摂津一国を任せられるほど、信任が厚かった。摂津はつまり、当面の大敵本願寺の地元である。それだけに、村重の謀叛は信長の戦略すべてに齟齬《そご》をきたす恐れがあった。

信長はすぐさま明智光秀を呼んだ。じつは、村重の子・新五郎村次には光秀の養女が嫁していたので、光秀は村重と比較的、親しい関係にあると思われていた。

「村重がなぜ、このわしに逆らうか？」

「まことでございますか？　そのようなことがあろうはずはございませぬが」

光秀の驚愕《きょうがく》も同じだった。

「まさかとは思うが、いかなる遺恨があるやも知れぬ。そのほう、あやつの真意のほどを確かめて参れ」

命を受けて、光秀は松井友閑《ゆうかん》、万見《まんみ》重元《しげもと》とともに糾問使として、村重の居る有岡城に赴いた。友閑と重元は信長の側近であり、ともに渉外能力に長《た》け、茶の湯など文化的素養の持ち主でもあった。この時点で、まだ信長は村重が謀叛など考えるはずがないと思っていたことは、武張った人間を避けたこの人選からも推測できる。

三人の問いかけに対して、村重は事実無根で信長に異心のないことを弁明したが、どことなく歯切れが悪い。そのうちに、村重は「縁者同士、忌憚《きたん》のない話をしたい」と望み、光秀一人を別室に招いた。

のっけに、村重は「光秀殿は信長公の仕方をいかが思うか」と訊いた。

「たとえば本願寺攻めで、そもそもはそれがしが軍の采配をふるっておったものを、佐久間（信盛）殿が大将となり、それがしは与力する役割になり下がった。また、羽柴殿の播磨攻めについても、主将は秀吉殿であり、与力せよとのご命令でござる。重ね重ねの軽んじようから、それがしはもはや、信長公にとっては無用の存在となり果てたものと思案せざるを得ぬのだが」

光秀はあぜんとした。（何たる疑心暗鬼――）と思った。

「それは村重殿の考え過ぎでしょう」

「さにあらず」

村重は言下に首を横に振った。

「こたびの尼子氏の最期をご覧ぜよ。信長公の庇護を信じて合力された尼子氏さえ、お味方の不都合となればあえなく見捨てる。それと同様、それがしのごとき外様《とざま》は、いつか必ずうち捨てられることにあいなるにちがいござらぬ。いや、それがしのみに止《とど》まるものではありますまい。この先、織田殿ご家中より、古くからご奉公を重ねた者でも、お役御免と切り捨てられるご仁が現れること必定《ひつじょう》。老婆心ながら申し上げるが、これからは、あの長谷川秀一のごときしゃ面《つら》憎き輩《やから》が幅を利かせ、きやつらと昵《じっ》懇《こん》の者のみが栄える世となりましょうぞ。光秀殿も決してご油断めさるな」

「それは確かに、昨今のお屋形様ご近習の振る舞いには目に余るものがあります。しかしながら、織田家は天下に号令して、人材はいくたりあろうと足りぬありさま。村重殿のごとき豪傑を蔑《ないがし》ろにする謂《い》われなど寸毫《すんごう》もあろうはずがござらぬ」

光秀はそう言って説得しながら、彼自身、いささか思い当たることがないでもなかった。そして、この時に村重が洩《も》らした猜疑《さいぎ》心が、後に光秀の胸にも宿ることになるのだ。

村重の「本音」の部分について、光秀は同行の二人の使者にはもちろん、信長にも報告しなかった。ただ本願寺攻めや播磨攻めで与力に回されたことへの不満のみを告げ、そのことは信長の怒りを募らせるばかりであった。結局、村重は母親を人質として差し出し、安土に出頭して信長に弁明するという糾問使との約束を果たすことなく、ついに謀叛は決定的となった。

荒木村重の謀叛は「乱心」と見られがちだが、松永久秀の場合と異なりそれなりの理はあった。村重を動かしたのは義昭である。義昭は側近の小林家孝を摂津花熊《はなぐま》城に送り、有岡城主の村重に対し、毛利と手を結び、信長に叛旗を翻すよう説得していた。また、大坂本願寺の顕如《けんにょ》も、義昭の説得と呼応するように、村重の新知行《ちぎょう》について、公儀（義昭）や毛利輝元《てるもと》に対する忠節であるから望みどおりにしたい——という旨の起請文を村重父子に発している。

荒木村重の謀叛発覚によって、信長の本願寺攻略がいっそう難しい局面を迎えた折も折、毛利水軍の大船団がふたたび大坂湾に現れた。その数、およそ六百艘。

十一月六日、毛利水軍を迎え撃つべく、九鬼水軍の巨大船六隻が堺から出動した。これが第二次木津川口の海戦である。

午前八時より、両軍は木津川口で激突した。最初、小型船舶同士の戦いでは九鬼軍は押されぎみに見えたが、嘉隆は敵船が寄せるのを待って、大砲を放った。目標を指揮船に集中させたため、毛利水軍は混乱に陥った。敵が撤退を始めたところを追撃に移り、追い散らし、正午までには完全に勝利した。

先の雑賀攻めと、この海戦によって制海権を信長が掌握したことにより、本願寺攻めは大きく前進したのだが、それでもなお、本願寺が「陥落」するにはさらに二年近くを要した。

その間、播磨の別所氏が拠《よ》る三木城と、村重が立てこもる有岡城の抵抗もやむことなく、天正七年（一五七九）へと年を越した。三木城を囲む秀吉軍は兵力不足であったからともかくとして、有岡城を囲む織田軍も、三万を超える大軍を率いながら、あえて力攻めをせず、重厚な包囲網を布いて長期戦に入っている。それは緒戦で総攻撃を仕掛けた際、村重軍の猛反撃に遭い、信長の寵臣《ちょうしん》で村重説得にも使いした万見重元を戦死させているからである。

そのさなか、黒田官兵衛は思い立って秀吉に提言した。

「それがしが有岡城に赴いて、村重殿を説得いたしましょう」

「それはいかがなものか」

秀吉はすぐに難色を示した。

「そこもとが村重殿と親しいのは存じておるが、いまのあの男は尋常ではない。もはや聞く耳は持たぬであろう」

「なれど、万に一つということもあります。もし村重殿が翻意されるなら、無用の犠牲を出さずして収まりましょう。このまま無為に時を過ごし、あたら将卒を死なすのは忍びないことです」

官兵衛の熱心さに負けた形で、秀吉は「ならば上様にその旨、お許しをいただいてみよう」と、京に在る信長に了解を求めた。信長も秀吉同様、村重の説得には否定的だった。とはいえ、有岡城の攻略に手を焼いていたのも事実だ。

「よかろう。そのほうの責任においてせよ」

信長の許しを得て、官兵衛は単身、有岡城へ乗り込んだ。

村重は官兵衛の友情溢《あふ》れる必死の説得に折れるかに見えた。

「あい分かり申した。家臣どもに諮るあいだ、しばし待たれよ」

官兵衛を客間に残して評定の席へ向かった。ところが村重の提案を聞いた重臣たちが挙《こぞ》って反対した。

「殿、この期に及んで何を弱気なことを申されまするか。黒田殿とて織田家の禄《ろく》を食《は》むご仁。いかなる策謀があるやも知れぬではありませぬか。あの冷酷無比の信長公のこと、降参したあかつきには皆殺しに遭うは必定」

村重も（そうかも知れぬ――）と思った。信長の秋霜烈日のごとき断罪の厳しさと、反逆者への容赦ない残虐な仕打ちは、これまでいやというほど見せつけられてきている。

「そのほうたちの思いどおりにいたせ。なれど、官兵衛殿は帰さず、殺さず、人質として扱え」

かくて、官兵衛は城内の牢《ろう》に監禁されてしまった。

有岡城内に消えたまま戻らぬ官兵衛に、秀吉は焦った。何にせよ異変が起きたことは間違いない。恐れたとおり、狂気の村重に斬られた可能性が強い。

京からは信長の使者が、その後の首尾を確かめにきた。秀吉は自ら使者と同道して信長のもとに伺候し、状況を説明した。

「官兵衛がいまだ戻らぬのは、村重に斬られたものと推察いたしまする」

「はたしてさようかな」

信長は眉間《みけん》に皺《しわ》を立て、不機嫌を露に言った。

「官兵衛め、村重のもとに寝返ったのであろう。官兵衛はかねてより村重に誼を通じておったではないか」

「御意。されど官兵衛にかぎって、お味方を裏切るような愚かなことは致しませぬ」

「たわけめ。もとより官兵衛は毛利を見限って余のもとに参った男であろうが。一度あることは再びも三度もあろうぞ」

「はは……」

ひと言も反論できず、秀吉はひれ伏すばかりだ。

「そのほう、官兵衛の一子を預かりおったな」

「はっ」

「その者、速やかに殺せ」

言い捨てると、信長は荒々しく座を立った。

秀吉は苦境に立たされた。信長の言うとおり、官兵衛の嫡男松寿を人質として取り、竹中半兵衛に預けてある。半兵衛を呼んでことの次第を告げると、案に相違して「畏まりました」と受けた。

「半兵衛、そのほう、松寿を斬れるのか」

秀吉は不安になって訊いた。

「望むところではありませぬが、上様のご命令とあらば、致し方ござりますまい」

青白い顔をいっそう白くして、静かに言った。

それから数日後、半兵衛は秀吉のもとに稚児《ちご》の髷《まげ》を束ねて持参した。それを持って、秀吉は信長に「成敗」を報告した。

「松寿の遺髪にござりまする」

「そうか」

信長は髷を一瞥《いちべつ》しただけで、「もうよい、下がれ」と脇を向いた。さすがに、むごいことをした——と思っている。

だが、官兵衛は生きていた。有岡城が落ちた後、城内に入った織田側の兵によって、牢内にいる官兵衛が発見される。官兵衛は身動きもままならないような劣悪な環境のせいで、脚に壊疽《えそ》を生じ、生涯、杖《つえ》を頼りに歩くほどの悲惨な状態であった。

この報告を受けた時、信長は自分の不明を悔いたが、時を移すことなく、秀吉が半兵衛を伴って現れた。

「竹中半兵衛にござります」

秀吉が紹介すると、信長は「存じておる」と言い、「そのほう、少し瘦《や》せたのではないか」と尋ねた。

「はは、ありがたき仰せ、恐れ入ります」

半兵衛は平伏して答えた。

「このところ、上様のお怒りを蒙る《こうむ》ことを慮《おもんぱか》り、食も喉《のど》を通りませぬ」

「ん？　何故じゃ？」

「黒田殿の一子松寿を成敗せよとの上様のご命令に背き、いまだそれがしの手に匿《かくま》いおります。主秀吉にも秘して独断にていたしたることにござりますれば、何卒《なにとぞ》、それがしに切腹を賜りますよう、伏してお願い申し上げまする」

一瞬、信長は息をひそめ、広間中の空気が凍りついたような沈黙が漂った。その中から信長が「ははは……」と哄笑《こうしょう》した。

「よくした。半兵衛、よくしたぞ。もはや何も言うな、余が悪かった。その方、下がって思うさま食事をいたせ。筑前、今宵はそのほうの手にて半兵衛を馳走《ちそう》するがよい」

よほど安堵したのだろう。信長はかつて見せたこともないような上機嫌であった。

半兵衛が松寿の成敗を命じられてから、有岡城が落ちるまで、三カ月を経ていた。その間の半兵衛の苦衷は並大抵のものではなかった。病魔と戦いながらの日々であったのだ。

松寿の「処分」を命じた頃の信長は、村重の謀叛のせいもあってか、疑心暗鬼を生じていたと見られる。ほぼ時期を同じくして、徳川家康に対して、家康の正室築山《つきやま》殿と嫡男信康《のぶやす》を殺すように命じているのだ。

「築山殿」は、家康がまだ今川家の人質だった頃、今川一族である関口氏から家康に嫁ぎ、嫡男信康をもうけた。

　その築山殿が息子信康とともに、武田勝頼と内通した疑いがあるとして、信長は家康に両名を死罪に処するよう要求した。

　一説によると、信康は妻で信長の息女である五徳と不仲で、このことは信長にも知られていたという。可愛い娘を蔑《ないがし》ろにする信康が、実母・築山殿と結託して織田家に仇《あだ》をなそうとしているのではないかと、信長が疑いを抱き、「内通説」にかこつけて無理難題を押しつけた可能性がある。

　信康と五徳の不仲を知った家康は、二人の関係修復を図ったが、これもうまくいかなかった。結果的には正室と嫡男を犠牲にして、信長に対する忠誠を証明せざるを得なかった。

　徳川家の保全のためとはいえ、理不尽とも思える命令に屈するに到るまで、家康の苦悩は並大抵のものではなかっただろう。家臣たちの多くも怒り嘆き、「かくなる上はご謀叛を」「かなわぬまでも一戦に及ぶべし」と息巻いたが、家康は隠忍自重して、信長の命令どおり二人に死を与えた。天正七年八月二十九日、築山殿は家臣の手によって殺され、さらに九月十五日には信康が二俣《ふたまた》城内にて切腹して果てた。

　ところで、有岡城の最期は悲惨を極めた。

九月二日の深夜、有岡城から村重が数名の側近たちを連れて脱出、嫡男村次《むらつぐ》の尼崎《あまがさき》城へ移った。尼崎城には毛利の武将・桂元将が来ている。それと連絡を取って、毛利の援軍を催促しようとしたとされる。しかし、結果的にこの行動は、有岡城と、城内の家族、家臣及びその妻子らを見捨てた卑怯《ひきよう》、非情な行為と受け取られることになる。

十一月十九日、有岡城は開城し、荒木の老臣たちは妻子を人質にして尼崎城に赴き、村重の説得に当たった。信長側からは、村重が投降すれば、城兵とその妻子たちの命は助けるという条件が示されていた。ところが村重はその最後通牒《つうちょう》を受諾しない。失望した老臣たちは、有岡城に戻らず、そのまま逐電してしまう。

かくして有岡城に最期の時が訪れた。十二月に入って、信長による荒木一族の大虐殺が始まる。

まず村重の妻子をはじめ親族、近親たち三十六人が捕らえられ、京都に送られ、荷車で市内引き回しの上、法華宗の大寺院近くで斬首《ざんしゅ》された。

さらに、家臣とその妻子百二十二人が、村重の籠もる尼崎城近くで磔《はりつけ》にかけられる。次いで軽輩とその家族五百十余人が四つの平屋に分けられ、周囲から火をかけられて焼き殺された。その内訳は女三百八十八人、男百二十四人であった。

第十六章　孤独と不信と

1

有岡城仕置きの「大虐殺」の情景を、宣教師ルイス・フロイスは、その著『日本史』の中で次のように書いている。

「大量の乾燥した草、柴、木材が集められ、これに放火して彼ら全員を生きたまま焚《ふん》(殺《さつ》)した。彼らが発する悲鳴、聞こえてくる叫喚、彼らが受けているこの残忍きわまる苦しみの混乱ぶりは、かの地を恐怖で掩《おお》った。こうして多数の無実の人々が荒木の悪意と鉄よりも頑固な心のため、その忘恩と悪行の報いとして、荒木のみが受けるに価する罰を受けることになったのである」

荒木村重《むらしげ》の一族郎党《ろうどう》に対する仕置きの次第を聞いて、秀吉は慄然《りつぜん》とした。自分の身に置き換えて想像すると、さらに恐ろしい。母や妻たち、家臣の者たちが同様の「罰」を受ける可能性は、絶対にないとは言えない。

(そこまでやるか……)と正直、思った。

伊勢長島や越前の一向一揆に対する殺戮《さつりく》は、まだしも必然性があった。彼らのほとんどが武力によって抵抗する「戦闘員」だった。実際、彼らに殺された味方も少なくなかったのだ。

しかし、有岡城から引き出された女子供は明らかに非戦闘員である。城主が出奔したとはいえ、残った老臣が城を開き、人質を差し出して、もはや抵抗の意思のないことを示している。責任者のいくばくかは処刑されても仕方がないが、女子供まで殺戮する必要も道理もあったのかどうか、密《ひそ》かに首をひねった。

（おれなら、やらない……）

そうも思った。

秀吉の胸の内に、かすかに信長に対する疑念が生じたのは、比叡山《ひえいざん》焼き討ちの時だが、それがいっそうはっきりと形を成したのは、おそらくこの頃からだろう。

上月城への援軍を拒絶された時には、これとはまた別の意味でいささかの失望感があった。能登の七尾城の場合と似ているが、上月城には戦略的な意味とはべつに政治的な重要性があったと、秀吉は思っている。上月城を何が何でも死守することは、西国経営に対する織田軍の断固たる姿勢を示すことでもあったのだ。上月城を巡る攻防での敗退は、天下統一の西への発展を大幅に遅らせる結果を招いたにちがいない。

あの時、総大将の信忠《のぶただ》に命じて、上月城攻防戦に大軍を参入させていれば、毛利軍を駆逐し、尼子《あまこ》氏を救うことは容易にできたはずだ。そうなれば、播磨《はりま》以西の国衆《くにしゅう》たちの織田を見る目が違っただろう。織田に対して、ひいては秀吉に対しての信用が違ったことは確かだ。

上月城見殺しに加え、僚友ともいうべき荒木村重の謀叛《むほん》に遭って、秀吉は他を恃《たの》むことの難しさが骨身にしみた。それは主君信長に対しても同様であった。むろんこのことは、誰にも洩《も》らすことの許されない感慨である。

有岡城の幽閉から解放された黒田官兵衛は、姫路《ひめじ》城で静養していたが、間もなく、播磨の秀吉陣に戻って来た。

「松寿のこと、まことにありがたきご配慮を賜りました」

秀吉と再会した時の第一声がこれだった。官兵衛の嫡男松寿、後に黒田長政《ながまさ》となり、現代に至る黒田家の、いわば中興の祖となる人物である。もしあの時、信長の命じるまま人質として斬られていれば――と仮定すると、運命の不思議さを思わないわけにいかない。さらに後年、この黒田長政の大活躍によって、家康が関ケ原の合戦に勝利し、豊臣家を滅亡へと追いやるとは、この時、誰も知るよしもなかった。

「いや、礼ならば半兵衛《はんべえ》に申されよ。わしなど、腑甲斐《ふがい》なきことであった」

秀吉は心底、そう思って言った。

「なんの。半兵衛殿とて殿のご意向を体してなされたこと。それにいたしましても、それがしの軽率な所業により、ご迷惑をおかけ申しました」

「それを申すな。村重の謀叛は、わしにも考え及ばなんだ。まして、そこもとまでも幽閉するなどとは、狂気の沙汰《さた》である。あまつさえ、村重一人生き長らえたとあっては、死んだ城卒や妻子などは、浮かばれもしまい」

「そのことです。聞き及ぶところ、足軽から女子供まで、七百余りの首を斬ったとのこと。さまで厳しき仕置きをなされしは、いかがなものかと存じよりますが」

「官兵衛……」

秀吉は無意識に周囲を見回した。むろん人払いした上での会話ではある。

「口を慎むがよいぞ。すべては上様のお考えのままである」

「は、存じております。なればこそ懸念いたすのです。こたびのことで、人心が信長公から離反いたさねばよいがと」

「それはいずれとも知れぬよ。従わざれば仕置きがあるとなれば、者どもは畏怖《いふ》するだろう。それこそが天下布武《ふぶ》のご方策の神髄であるやも知れぬ。上様のお胸の内は、われらごときには分かり申さぬということだ」

「殿……」

官兵衛は不自由になった脚の膝口《ひざぐち》を床に引きずって、にじり寄った。

「信長公は信長公、殿は殿でございましょうな。播磨での戦は、殿の戦でございますぞ」

「分かっておる」

素知らぬ態《てい》で脇を向いたが、おのれの胸に生じていた孤立感を、ずばり言い当てられて、秀吉はギクリとした。

播磨の戦とは当面の三木城の攻防である。いずれ落城するであろう三木城の戦後処理を、秀吉がいかに裁くかによって、向後の西国経略の成否が決まるという意味だ。

それを官兵衛は、ぜひとも「秀吉流」でやって欲しいと言っている。

秀吉は本質的に人死にが嫌いな性格だ。武人でありながら人の死が嫌いというのは矛盾している。しかし城はいくらでも建て替えがきくが、人は再生がきかない。たとえ軽輩であろうと、死ねば本人はもとより組織の損失である——と思っている。人の死を損得勘定で量る辺りに、武家出身でないこの男の特性がある。なろうことなら人は生かして使いたいというのが、秀吉流といえる。

三木城に拠《よ》る別所長治《べっしょながはる》の軍は悲惨をきわめた。天正六年（一五七八）二月に籠城《ろうじょう》を開始してから、およそ二年近くを兵糧攻《ひょうろうぜ》めにあった。いわゆる「三木の干殺《ひごろ》し」と呼ばれるものだ。

天正七年の九月に、頼みの毛利勢が援軍を派遣して、城兵とともに反撃を試みたが、秀吉軍の猛攻撃を受けて、あえなく敗退。以後は戦いらしい戦いもないまま、ひたすら飢えに向かった。

天正八年一月六日、秀吉はついに軍を動かし、三木城の城郭の中で最も高地にある宮ノ上砦を落とし、そこから城内を見下ろすように攻撃を仕掛けた。

城兵はもはや戦う体力も気力もない。

『別所長治記』には次のように書いてある。

「衰え果てたるありさまにて、鎧《よろい》は重く身体動き難し」

「勇むは心ばかりにて、足手働かず、思うように戦えず、当敵に打ち合わする者一人もなく、ここかしこの塀・櫓《やぐら》の下にて切り伏せらるる」

最後に追い詰められた本丸で、長治はついに降伏する。降伏に際して示された条件は、自分が切腹するので、城兵の命は助けて欲しいというものであった。秀吉はこれを承諾して、さしも長かった三木城攻防戦も幕を下ろした。

村重が逃げたことによる有岡城の凄惨《せいさん》な結末とは対照的な、三木城の落城であった。城主の長治の武人らしい身の処し方が称賛されたことはもちろんだが、城主の切腹と引き換えに兵たちを許した秀吉の仕方も評判がよかった。

城兵には粥《かゆ》などを与え、傷つき、病んだ者は懇《ねんご》ろに介抱した。昨日の敵は今日の友――というべき秀吉の寛大さは、上月城見殺しの失点を回復して余りあるものがあった。この辺りに「秀吉流」の特長がよく示されている。これ以降、播磨以西でも秀吉の誘降に応じ、織田側に従う者が増えていった。その中でも特筆すべきは岡山城主の宇喜多直家《うきたなおいえ》である。

直家はもともとは天神山《てんじんやま》城主浦上《うらがみ》氏の家臣だったが、浦上氏が守護の赤松氏を逐《お》って実権を握ると、国衆《くにしゅう》の懐柔に努め、次第に実力をつけて、主家浦上氏に楯突《たてつ》くことになる。浦上氏が信長に誼《よしみ》を通じたのに対して、直家は毛利側と組んだ。そして天正五年八月には、ついに天神山城を落とし浦上氏を備前から逐った。

直家はこれによって、毛利側の織田軍に対する第一線としての役割を担うことになり、上月城攻防戦の際には毛利軍に属して参戦している。

だが、その頃から直家は秀吉の誘いを受け、次第に態度があいまいになって、病気を理由に上月城包囲網から軍を引いてしまう。そして天正七年三月、ついに旗幟《きし》を鮮明にして織田方についた。これによって秀吉の西国平定は一気に加速してゆく。

2

その頃、明智光秀《みつひで》は丹波平定作戦を展開していた。光秀の丹波攻めは天正三年から始まっているのだが、丹波で最も有力な国衆で、いったんは織田方についた波多野《はたの》氏の寝返りなどがあって、思うに任せない。かてて加えて、越前の一向一揆《いっき》攻略や大坂本願寺攻め、雑賀《さいか》攻め、信貴山城攻めと、さながら遊軍のごとくに駆り出され、丹波攻めに集中できる状況ではなかった。

それやこれやで、光秀の本格的な丹波攻めは、天正五年十月まで持ち越され、ようやく翌六年三月、細川藤孝《ふじたか》とともに攻め込み、波多野氏の八上《やかみ》城（現兵庫県篠山《ささやま》市）を包囲した。

ところがこの時期、信長の西方へ向けての作戦は、播磨の三木城と摂津《せっつ》の有岡城攻略が中心であったから、またしても光秀の軍は、しばしばその方面へ駆り出された。糾問使として、有岡城に赴き荒木村重の説得に当たるなど、柴田勝家《かついえ》や羽柴《はしば》秀吉らと同列の一方の旗頭《はたがしら》でありながら、外交官のごとくに使われることもあった。

城を落としてなんぼの武将としては、当然、このような状況は不本意なことだろうけれど、光秀はよく務めている。信長も光秀の才能や手腕を買っているからこそ、酷使とも思えるような仕事をさせていたにちがいない。

天正六年八月、光秀の娘が細川藤孝の嫡子忠興《ただおき》に嫁ぐことになり、信長に了承を求めた。信長はそれを祝い、光秀宛に書状を送った。

「其方こと、近日相ついで軍功を抽《ぬき》んで、所々における知謀高名は諸将に超え」（『細川家記』）

これ以上はない激賞である。信長は藤孝の功績も高く評価していて、両家の婚姻関係を喜んで認めた。

　この時、細川忠興に嫁いだ光秀の娘の名は「たま」という。後に洗礼を受けて「ガラシャ」となり、数奇な運命を辿《たど》る悲劇の女性である。

　いずれにせよ、この頃の光秀は余所目《よそめ》には順風満帆の勢いだった。信長に従ってから十年にして、家臣群の中でも五本の指に入る重鎮となっていた。

　それにもかかわらず、光秀の心は休まることはなかった。それには、丹波での戦況が必ずしも思わしくなかったことも一因だが、荒木村重の謀叛も大きな原因となっている。

　前述したとおり、村重の嫡子・村次《むらつぐ》には光秀の養女が嫁していた。

　村重は、光秀の信長に対する立場を悪くするだろうと案じて、謀叛に当たって村次の妻を明智家に帰した。この女性は後に、光秀の遠縁にあたる明智秀満《ひでみつ》という人物と再婚する。ちなみに、明智家滅亡の際、琵琶湖を馬で渡り、坂本城に帰ったという「伝説」で有名な明智左馬助光春《みつはる》というのは、じつはこの秀満のことであるらしい。

　一応、縁は切れたとはいえ、繊細な神経の光秀がこのことを気にしないはずがない。それだけにいっそう「忠勤」に励んだともいえる。

　村重の謀叛の真因も、実際のところはっきりしない。信長の処遇に対する不安というのは表向きのことであって、事実はもっと卑近な理由によるものだったという説もある。

大坂本願寺攻めの時、村重隊の先鋒《せんぽう》を務めていた、村重の従弟《いとこ》である中川清秀《きよひで》の郎党が、兵糧攻めに苦しんでいる城内に米を運んで売ったという疑惑が発生した。これを目付役が安土に報告したのだが、その際、「村重が敵に一味する陰謀である」と伝わった。

ことの真偽を問いただすべく、信長は安土への出頭を求めた。村重はそのつもりだったのだが、老臣たちが「信長公は呼び出して殺すつもりにちがいない」と説得。村重はついに出頭せず、叛意《はんい》を示す結果となった。一説には、光秀が親切にも使いを出して、信長が激怒していることを伝え、村重に謀叛を勧めた（『陰徳太平記』）などというのもある。

さすがにその説は眉唾《まゆつば》だが、光秀が自分の置かれている立場について、かなり神経質になっている雰囲気は伝わってくる。それはやはり、羽柴秀吉の功績と自分のそれとを比較することから生じる焦りでもあったろう。信長がまた、その二将を巧みに競わせ、働かせたとも言える。

先の松永久秀《ひさひで》の信貴山城における謀叛と、荒木村重の謀叛とは、いずれも成算があってのことではなかった点で共通しているが、それ以外にも共通するものがあった。それは、背景に毛利と、さらに足利義昭《よしあき》の働きかけがあったことだ。

およそ武将は、利害得失ばかりでなく、大義名分によって動くものだが、義昭公方《くぼう》の要請は孤立感に苦しんでいる武将にとって、またとない拠《よ》り所であった。

実情はどうであれ、鞆幕府には厳然として征夷《せいい》大将軍が存在するのである。その要請に基づいて上杉謙信が動いたのであり、久秀も村重も旗揚げの名目をそれに拠って定めた。反信長はあくまでも私怨《しえん》ではないと主張したいのである。

義昭の策謀は、ありとあらゆる方面に、ほとんど野放図と思えるほど相手構わず展開された。信長の寵臣《ちょうしん》中の寵臣である羽柴秀吉に対してさえ、槇島《まきしま》城の敗戦で追放される時、追従《ついしょう》まじりに色目を使ったほどだ。

じつは明智光秀のもとにも、義昭の誘いの手は伸びていた。義昭の意向を伝える使者を、光秀に取り次いだのは斎藤利三《としみつ》である。利三は彼自身よりも、娘の「福」が後に徳川家光の守役となり、春日局《かすがのつぼね》として大奥で権勢をふるったことで知られている。

利三は本来は稲葉一鉄《いってつ》の手の者であった。一鉄は氏家直元《うじいえなおもと》（卜全《ぼくぜん》）、安藤守就《もりなり》とともに美濃三人衆とうたわれた剛の者だ。美濃斎藤氏に仕えていたのを、秀吉に調略され織田方に加担、ために斎藤氏が滅亡する因を作った一人だが、その後は一貫して織田信長に忠勤を励んでいる。

その稲葉家から、利三は事情があって離れ、光秀のもとに身を寄せた。このことが光秀と一鉄とのあいだに軋轢《あつれき》を生じさせていた。

『川角太閤記』には、一鉄が信長に不満を訴え、信長が光秀に斎藤利三を稲葉家に返すように命じた――という話が書かれている。それに光秀が従わなかったために、信長は怒って、光秀を突き飛ばし、脇差しに手をかけて、あわや無礼討ちにしかけた。これが光秀に叛心を生ぜしめる一因になったというのだが、これは作り話だろう。もし事実だとすれば、信長の気性から言って、利三がその後も光秀に従っているはずはない。

いずれにしても、利三は光秀の右腕といっていい、明智家の重鎮となった。武勇に優れているばかりでなく、内政、外交、経済の面でもよく光秀を支えた。

この利三のところに、真光《しんこう》と名乗る僧形の男が訪ねてきた。

真光は「もとは紀州根来《ねごろ》寺の者です」と名乗った。つまりは僧兵である。根来寺が本願寺を離れて信長方についた時、離脱して毛利にはしった。その後、縁あって鞆の浦の「幕府」に仕え、透破《すっぱ》のような役を仰せつかっているという。

「生まれながらの韋駄天《いだてん》でござって」

真光は誇るでもなく、むしろ照れくさそうに言った。早足でなければ、本来の望みであった学僧への道を進んでいたはずと言うのである。錫杖《しゃくじょう》以外、武器らしきものを持っている様子はないが、ひと目見て、武術の技も並ではなさそうだ。

義昭将軍の意向を体してきたというので、利三は光秀に言上《ごんじょう》して、目通りを許した。

むろん、利三も光秀の側にいて、客の狼藉《ろうぜき》に備えた。

真光は僧衣の襟元をほどいて、細く畳んだ書状を取り出した。驚くべきことに、書状は義昭の直筆であった。光秀は義昭の筆跡をいくどとなく見て、熟知している。

文面は短く、端的に将軍家の復興に協力を呼びかけている。すでに毛利家が「上洛軍」の中核となり、毛利輝元《てるもと》が副将軍に位置づけられたことなども明言してあった。

北条、武田、上杉を始め遠国《おんごく》の諸大名が反信長同盟に参加する意向を示していること。中でも、四国の長宗我部《ちょうそかべ》元親《もとちか》にその動きがあるというのが光秀を驚かせた。

長宗我部元親は土佐一国を制覇した強豪で、四国統一を念願している。当時、讃岐《さぬき》、阿波《あわ》方面に勢力を伸ばす三好氏に対抗するために、信長と結んでいた。

じつは、元親と信長のあいだの取りまとめ役を務めたのが明智光秀だった。しかも、その背景には斎藤利三の義理の妹が元親の正室になっているという、強い絆《きずな》があった。

その元親に反信長の動きがあるなどとは、光秀はもちろん、利三としても信じたくない。

「何かの誤りであろう」

将軍義昭の書状であるから、軽々には物も言えないところだが、さすがの光秀もそう言わざるを得なかった。

「おそれながら」

真光は恐れげもなく、鋭い眼光を光秀に見せながら言った。

「信長公はすでに山城守殿に、阿波一国の安堵《あんど》をお約束なされるご方針と聞き及びます」

山城守とは三好康長《やすなが》のことである。

「ばかな……」

光秀は首を振った。

三好康長は長いこと信長に叛旗を翻していた人物だ。義昭が新将軍として、京都の本圀寺《ほんこくじ》に入ったばかりの時、三好三人衆や斎藤龍興《たつおき》らとともに本圀寺を攻撃したり、翌年には福島城に籠もって信長軍と戦うなど、なかなか屈伏しなかった。

松永久秀と三好義継《よしつぐ》が信長に背くと、ともに本願寺と呼応して、河内高屋《かわちたかや》城に立て籠もった。しかし信長の大軍に攻められ、ついに降伏し、その後は信長に従って、本願寺との仲介交渉に当たったり、あるいは淡路の安宅《あたぎ》氏などに帰順を勧めたりしている。

このところの康長は信長の命を受け、畿内の地盤や四国にかけての人脈を通じて、阿波、讃岐方面への影響力を強めつつあった。

当然、四国北部方面へ拡張政策を取りつつある長宗我部元親と衝突するのは火を見るよりも明らかだったのだが、その場合でも、長く叛旗を翻していた康長に、信長が肩入れするとは、光秀は想像もしていなかった。

それ以前に信長は、元親に対して、切り取り勝手——と受け取れるような言い方で、四国の制圧を認めているのである。

さらに、天正三年十月二十六日付の信長朱印状から、信長が元親の嫡子の烏帽子《えぼし》親となって、偏諱《へんき》を授け、信親《のぶちか》という名を与えたことが分かる。

このことから見ても、信長と元親との関係は、きわめて良好なものであるはずなのだ。そして、両者の意向を取り次いで、その良好な関係を築いてきたのが光秀であり、利三であった。

信長が元親と友好関係を結んだそもそもの理由は、阿波、讃岐で抵抗を続ける三好一族や、瀬戸内海の制海権を掌握しつつあった毛利氏に備えるためであった。つまりは、播磨以西へと進みつつある羽柴秀吉軍を、側面から援護することにもなる。三木城陥落や鳥取城攻撃に際しても、この長宗我部勢の存在は、毛利軍の動きを牽制《けんせい》する意味で、大いにものを言った。

元親も信長の期待によく応《こた》え、急速に勢力を伸長し、三好一族の所領を除く、阿波、讃岐両国の大半を勢力圏に収め、伊予《いよ》にもしばしば軍を進める勢いだった。

その矢先に、信長が三好に対して阿波一国の支配を認める方針転換をしたのでは、元親の面子《メンツ》が立たない。面子どころか、元親にしてみれば、直接、領土に関わる約束を反故《ほご》にされるようなものだ。到底、従えるはずもなく、信長から離反する結果を招くことだろう。そうなったら、光秀の立場はきわめて苦しいことになる。

「山城守殿に阿波安堵などとは、ただの噂にすぎぬことであろう」

光秀は落ち着きを装って、言った。

「義昭様のご性分から言って、そういう風聞を流し、われらに動揺をきたさせようとするのは、考えられないことではない。第一、もしそれが事実であるとすれば、当の元親殿から抗議がありそうなものである」

「御意にござります」

真光もあえて逆らわなかった。

「なれど、この噂は筑前守様のご陣より漏れきたったものでございますれば、いささかのご懸念が肝要かと存じますが」

「なに、秀吉殿の?……」

光秀は利三と顔を見合わせた。このような機密事項が、秀吉の陣中から漏れだしたというのは、もしそれが事実だとすれば、確かにただごとではない。

秀吉は甥《おい》であり家臣でもある秀次《ひでつぐ》を、三好康長の養子に出している。つまり羽柴家と三好家は姻戚《いんせき》関係にあるわけだ。

これに対して、前述したとおり、光秀の家臣、斎藤利三と長宗我部元親は姻戚関係にある。もし三好氏と長宗我部氏が争うようなことにでもなれば、秀吉と光秀は敵対関係になりかねない。

「お屋形様のご存念の背後には、秀吉殿の思惑がはたらいておると申されるか」

信長が三好康長を厚遇しようとするのは、秀吉の働きかけによるとなると、光秀としては心穏やかならざるものがある。

「あくまでも噂でござります」

真光は真相についての責任は負いかねる――という姿勢だ。ことの真偽など問題ではない。要は相手の心理が波立ち騒げば、それで目的は達せられたと思っているのだろう。

「事実ではございますまい」

利三が冷静に言った。秀吉の陣中から漏れだしたことも含めて、胡散臭《うさんくさ》い話だと言っている。

真光もそれ以上、噂の「真相」については主張もせず、引き揚げて行った。本来の役目は、あくまでも将軍家への合力を促す書状を運ぶことにあるのであって、余事は単なる世間話――とでもいうような顔をしている。

しかし、この気まぐれのように残して行った風聞が、光秀、利三主従のあいだに、重く暗い命題を横たえることになった。

「利三、ただちに事の真偽を確かめよ」

光秀は命じ、利三の手の者が八方に散った。

3

天正八年（一五八〇）閏《うるう》三月、正親町《おおぎまち》天皇から勅命が発せられ、信長はついに大坂本願寺とのあいだで講和を結んだ。顕如《けんにょ》は誓書に従い、大坂本願寺から紀伊《きい》雑賀鷺《さぎの》森《もり》本願寺に退去した。そして、さらに徹底抗戦を主張した息子の教如《きょうにょ》も、八月には鷺森をめざして落ち延びて行った。

この天正八年から九年にかけてが、本能寺を含めたその後の大変動を予感させる、重要な時期になっている。信長をはじめ秀吉、光秀ら、そして日本の歴史そのものにとって、その去就を決定づけるような出来事がいくつも起きた。

大坂本願寺が陥落したことによって、信長が掲げた「天下布武」は一挙に完成に向かって進展した。総仕上げにさしかかったと言っていい。

その中で、信長は思い切った施策を断行する。まず第一に佐久間《さくま》信盛《のぶもり》、林秀貞《ひでさだ》らを追放した。

信盛の罪は本願寺攻めの大坂在陣中、さしたる工夫もせず、漫然と戦を長引かせたことと、七年前の朝倉征伐の折、諸将が信長の出陣に遅れ、怠慢を叱られた際、重臣にあるまじき発言をしたことをあげつらった。

秀貞の罪に至っては、なんと二十年以上も前の出来事である。「尾張の大うつけ」と呼ばれた、まだ若い頃の信長に失望して、弟美作守《みまさかのかみ》や信勝《のぶかつ》の将であった柴田勝家と謀って、信勝を立てることを計画、弘治《こうじ》二年（一五五六）八月、稲生《いのう》の合戦で信長と戦ったことを処罰するものだった。

その戦に敗れた秀貞は、信長に赦免され、それ以降、織田家の執事役として地道に務めてきたものである。

信盛といい秀貞といい、織田家譜代《ふだい》の老臣といってもいい者どもだ。それをいともあっさり罷免したばかりか、畿内に住むことも許さない、徹底した追放ぶりだった。

この冷酷とも思える処分には、身に覚えのある者もない者も、震え上がった。

そういう状況を背景にして考えると、長宗我部元親の切り捨てに関する風聞も、単なる噂だけでは済まされない深刻さを感じさせる。

とはいえ、佐久間信盛が失脚した結果、織田家の重臣は柴田勝家を筆頭に、滝川一《かず》益《ます》、明智光秀、羽柴秀吉が肩を並べることとなった。

天正八年十二月二十五日付で、元親は本願寺の退去を祝して、信長に対して「伊予鷂《はいたか》（鷹の一種）」を献上しており、織田―長宗我部間に、いまだ友好関係が維持されっていることが分かる。光秀や利三らの不安も杞憂《きゆう》に終わるかと思われた。

ところが、現実には真光のもたらした不穏な動きは、水面下で着々と進行しつつあった。

長宗我部元親を軍略の上で利用しようとしていたのは、むしろ羽柴秀吉で、その仲介役を明智光秀が務めている。

秀吉が播磨攻略、毛利攻めを押し進めるには、四国の雄、土佐の長宗我部勢の存在が大きな意味を持っていたのである。

その頃、元親は織田信長のいわばお墨付きをもらって、阿波、讃岐の大半とさらに伊予にも勢力を広めつつあった。讃岐も伊予も、瀬戸内海を挟む対岸の毛利とは指呼の距離にある。そこに長宗我部勢が進出してくることは、直接、毛利の脅威であった。それに備えれば、当然、播磨や因幡《いなば》を攻める羽柴軍への守りが手薄になる。

毛利による三木城への応援が、必ずしも満足に行なえず、みすみす秀吉軍に播磨の蹂躙《じゅうりん》を許したのには、そういう長宗我部勢の牽制効果があったからだ。その効果を見越して、秀吉は積極的に元親に接近し、元親が阿波の三好勢を攻めるのに肩入れをするほどだった。その秀吉が掌《てのひら》を返したように、長宗我部を裏切り、三好と結ぶ策謀に手を染めつつある——というのだから、光秀にはにわかに信じられないことであった。

前述したように、そもそも、信長そして秀吉と元親の仲を取り結んだのは、光秀の家臣斎藤利三なのである。もちろんこれは、光秀が信長の意向を受け、織田軍全体の戦略の一環として、秀吉と元親とのあいだで仲介の労を取るよう、元親と姻戚関係にある利三に命じたものだ。

利三の働きが実って、計画どおり秀吉と元親の同盟関係は順調に機能しているというのに、もし信長の方針転換によって、立場が逆転するようなことになれば、この方面の情勢は急変する。光秀の心中では（よもや）と楽観する気持ちと、（もしや）という危惧《きぐ》とが錯綜した。そして、利三の手の者によって集められ、光秀のもとにもたらされた情報は、先の真光坊のそれを裏付けるものだった。

「信長公の阿波三好家に対する本領安堵のご意向は、まことのようでございます」

三好家は三好康長が信長に帰順したものの、阿波にある三好家の同族は、その後も叛旗を翻したままだった。元親の阿波攻めを信長が認め、支援していたのは、そのためである。

「羽柴殿は元親殿と袂《たもと》を分かち、にわかに、三好康長殿と親交を深める動きが見えまする」

利三は苦渋に満ちた表情で報告した。

秀吉は甥《おい》の秀次《ひでつぐ》を三好康長の養子に送るなど、かねてより康長と親交を深め、阿波三好氏を説得するよう働きかけていた。それが功を奏して、阿波三好勢がにわかに信長傘下に加わることになったというのだ。そこで信長は代償として三好家に対し、阿波の支配を認めるという。

それが事実であるなら、阿波三好勢は織田軍にとって四国平定の橋頭堡《きょうとうほ》へと、立場が変わってしまうことになる。これでは長宗我部氏と織田家の同盟関係に腐心してきた光秀の立場がない。

「しかし、元親殿と疎遠になり、長宗我部軍の助けを得られぬとなれば、秀吉殿の毛利攻めは齟齬《そご》をきたすであろうに」

その点が光秀には理解できない。

「羽柴殿はおそらく、長宗我部軍よりも、阿波三好氏の強力な水軍を欲したのでございましょう」

利三は喝破した。事実、中国侵攻作戦を展開しようとする秀吉軍の悩みの一つは、中国筋沿岸一帯が、毛利水軍によって完全に抑えられていることにあった。

大坂本願寺攻めでも明らかだったように、陸路は遮断できても、海上からの物資補給は断てないし、海路を利用した奇襲作戦にも脅かされる。瀬戸内海の制海権を握ることは、毛利攻めに欠くことのできない条件であった。その難問が、阿波三好氏の帰順によって、一挙に解決する。

「さにあらずとも、万事、お屋形様への忠義専一の羽柴殿のことゆえ、お屋形様が三好氏と結ぶと仰せならば、長宗我部氏との親交を反故にすることなど、至極、当然のことでありましょう」

「なれど、かくなっては元親殿の立場は難しいことになるではないか。そのこと、お屋形様はいかがお考えあそばすのか」

光秀には納得しがたいことであった。

それまで四国支配を認められて、阿波三好を攻撃していた長宗我部勢は、本来、織田の同盟軍であったはずなのに、三好氏が阿波を本領安堵されれば、その背後にある織田軍とは、逆に敵対関係に立つことになる。

「お屋形様としては、もはや長宗我部勢の加勢は無用に相なったということでございましょう。先の佐久間殿と林殿になされた仕置きのごとく、ものの用に立たずとなれば、切り捨てるのに躊躇《ちゅうちょ》はござらぬご気性かと存じ奉る」

利三はこの男にしては珍しく、露骨に不快感を見せた。光秀とても同じ気持ちだ。外交交渉に当たった利三や光秀に対して、何の挨拶《あいさつ》もなしにことを運ぶやり方が不愉快だった。

光秀が最も苦慮したのは、信長の心が読めないことであった。いったい信長公は織田家中の誰を重用したいのか、いまひとつ見えてこない。

佐久間信盛が追放された天正八年八月、信長は光秀に、かつて三好氏の勢力下にあった丹波を制覇し、何かと成果を上げたことに対して、恩賞として丹波一国を与えた。

また、丹後に配置された細川藤孝を与力大名として光秀に預けた。

さらに、失脚した佐久間信盛に属していた大和郡山《こおりやま》城主の筒井順慶《つついじゅんけい》も与力となり、有岡城主の池田恒興《つねおき》、茨木城主の中川清秀、高槻城主の高山右近といった、摂津衆をも指揮できるほどの立場を許された。

これら畿内諸大名の兵力を併せれば、その軍勢は優に数万にのぼるだろう。京を取り巻く近江滋賀郡、丹波、丹後、摂津、大和という、最も枢要の地を委ねられ、さらに四国にまで影響力を持つようになっていた。

信長に仕えてからわずか十三年目にして、家臣団随一の実力者になっていた光秀を、信長がいかに重視していたかが窺える。光秀自身も、坂本に城を持った時点から、秀吉よりも一歩先んじて出世街道を歩んでいるつもりであった。

（われこそが、織田家中第一の将である――）

光秀はひそかにそう自負していた。

柴田勝家は織田家最古参の譜代として、押しも押されもしない筆頭家老だが、性格が単純で、力攻めばかりを得意とし、複雑な調略や外交を駆使する総力戦を経営できる器ではない。せいぜい北陸方面軍の指揮官が相応《ふさわ》しく、信長もそれを見定めているから、勝家を越後の上杉の抑えとして張りつけているのだ。

ただ一人、光秀にとって警戒を要する人物がいる。むろん羽柴秀吉である。客観的に見て、織田家の部将のうちで、最も信長の寵《ちょう》を受けている者といえば、秀吉にほかならないだろう。

信長麾下《きか》にあって、戦力としての存在の大きさという点では、光秀は秀吉に後れをとらないと思っている。しかし、秀吉の処世術、ことに信長から愛顧を引き出す追従の巧妙さに関しては、どのように努力しても及ぶところではない。事実、北陸における上杉勢との戦いで、秀吉が勝家の作戦に異を唱え、戦線を離脱して近江に引き揚げてしまうという、重大な軍規違反の時でも、信長は表面上は激怒したものの、実際にはさしたる仕置きもなく、秀吉を許している。遠い過去の失敗を蒸し返して、佐久間信盛や林秀貞を追放したのとは、雲泥の差だ。

今回の長宗我部元親切り捨ての陰謀も、仲介役を務めた光秀を蚊帳《かや》の外《そと》に置いて、信長と秀吉とのあいだでのみ進められたことに、光秀は身内から痒《かゆ》みがこみ上げてくるような不快感と焦燥の念に駆られた。それはまさしく「陰謀」と言うに相応しいと思った。

「羽柴殿に、ことの次第を確かめて参れ」

光秀は利三に命じた。「あくまで表向きは陣中見舞いと称して、内々にであるぞ」

と、言わずもがなの念を押した。

秀吉はその頃、因幡の鳥取城攻めに取りかかったところだった。じつは、このこと自体、光秀にしてみれば意に添わないものであったのだ。

光秀は天正三年から丹波、丹後の経略にかかっている。その道筋の延長線上には但馬があり因幡がある。山陽方面のことは秀吉に任せるものとして、当然、山陰路の作戦には自分が司令官を務めるものと心づもりしていた。さまざまな困難や悪条件を克服して、ようやく丹波を切り従え、丹後まで支配下に収め、いざ但馬や因幡へ兵を進めようとする矢先、光秀は信長から近畿に呼び戻された。

近江や丹波にあって、畿内の警護に当たるというのは、もとより重責であり、信長の信頼を物語るものではあるのだが、一軍を率い、軍功を争うべき将としては不本意である。

(信長公は、この光秀よりも秀吉を重用しようとしているのではないか——)

疑念が生じ、秀吉への羨望《せんぼう》があったところに、今回の長宗我部元親問題が起こったのだ。信長と秀吉を結ぶ戦略の路線から、明らかに外されていることを感じないわけにいかない。

4

三木城攻略で弾みをつけた秀吉は、一気に但馬を抜き、因幡へと侵攻した。すでに鳥取城以西にまで勢力を広げ、羽衣石《うえし》城（現鳥取県湯梨浜町）の南条氏を味方に引き入れている。

秀吉の第一回鳥取城攻めは、天正八年五月に行なわれている。この時は城主の山名《やまな》豊国《とよくに》はあっさり降伏して、織田方に人質を差し出し、恭順の意を示した。

ところが、家臣の多くは毛利家との繫《つな》がりがあって、織田家への服従は望んでいなかった。城主に毛利への復帰を勧めるのだが、織田に人質を取られている豊国としては、それに従うわけにいかない。家中の不穏な空気を察知して、ついに豊国は近臣十余名を引き連れ、城を出奔、秀吉の許《もと》に身をよせた。天正八年九月のことである。

こうして鳥取城は主を失ったのだが、追い出した側の家臣の中に、リーダーシップを執る者はいなかった。そこで、ふたたび毛利方に帰属することを決め、吉川元春《きっかわもとはる》を頼って、毛利家から城主を送ってもらうことになった。

天正九年三月、毛利家は一族の吉川経家《つねいえ》と、数百の援軍を鳥取城に入れ、城と周辺の小城、砦を強化、織田勢の再攻に備えた。

秀吉はまだ姫路城にいた。山名豊国が亡命してきて、ひとたび手に入れたはずの鳥取城を、反乱軍に奪い返されたというのに、落ち着き払ったものであった。時ならぬ斎藤利三の来訪を、秀吉は例の人を蕩《とろ》かすような笑顔で迎えた。

「遠路わざわざのお越し、かたじけない。光秀殿には息災でおられるか」

時は五月、夏の初めだが、客を迎えながら、暑がりの秀吉は肩衣《かたぎぬ》を脱ぎ、しきりに扇を使って、襟元に風を送っている。

利三は型通りの挨拶を済ませて、鳥取攻めのことなどを話題にした。

「聞き及びましたるところ、鳥取城には吉川経家が入城いたしたとのことですが」

「ははは、そなたも存じておられるか。まこと、山名殿も不甲斐なきものよ。またぞろ、戦の支度にかからねばならぬ」

「いまだ陣触《じんぶ》れには至りませぬか」

「まずは、ゆるゆるとな。陣触れは七月と定めておる。わしも家来どもも、しばらくは英気を養うのも悪くござるまい」

利三はひそかに舌を巻いた。秀吉のこの落ち着きと余裕は、いかなる目算があってのことなのだろうか。

「こたびは、いささか気掛かりなことがございまして、羽柴様のご存念を承りたく、それがしの一存にて参上仕りました」

利三はようやく本題に入った。

「羽柴様もご存じの石谷頼辰《いしがいよりとき》より、書状が届きまして、近頃、信長公と元親殿とのあいだが、何やら剣呑《けんのん》なご様子というのでございます」

石谷頼辰というのは、利三の兄が養子に行き石谷の家名を継いだ人物である。その石谷家の娘、つまり利三にとっては義理の妹にあたる女性が、元親の正室となっている。

「わが主ともども、それがしもご両家の橋渡しには、なにがしかの働きを致したものでござりますゆえ、よもやとは存じまするが……」

「ほう、されば光秀殿はご存じないとな」

秀吉はリスのような眼を見開いて驚いた。

「確かに、申されるとおり、上様はすでに三好殿と阿波の安堵について、ご約定なされた。そのこと、上様から疾《と》く光秀殿にお計らいかと存じておったが、さようか、いまだお話しなされてはおらなんだか」

秀吉は（やれやれ、上様も困ったもの――）と言いたげに苦笑して見せた。

そういう話になっていること自体にも、利三は驚いたが、それ以上に、秀吉が「上様」と言ったことに衝撃を覚えた。

およそ「上様」とは将軍家に対する呼称である。落魄《らくはく》の身とはいえ、いまの時点で

「上様」と言えば、すなわち足利将軍義昭を指すことになる。利三の主・光秀が信長について話す場合には「お屋形様」と呼んでいる。

それを秀吉は信長を指して「上様」と呼んだ。ごくさり気なく、である。つまり、織田家中ではすでにそれが習わしになっているがごとくに、である。光秀はまたしても、蚊帳《かや》の外に置かれたことになる。じつは信長についての「上様」の呼称がこの時点で一般化していたとも言えない。秀吉があえて当然のごとく「上様」を使ったのは、光秀に疎外感を抱かせる目的があったのだが、利三は真正直にそれを受け止めてしまった。

秀吉は、長宗我部元親とのあいだがギクシャクして当惑している——といった、弁解じみたことを長々と喋《しゃべ》ったが、もはや、利三の耳にはどうでもいいことのように聞こえた。

丹波の城に戻って光秀に報告すると、案の定、光秀も利三以上に動揺した。

「お屋形様を上様とな……」

言ったきり、しばらくは声も出ない有り様だった。

信長は京都に君臨し、畿内を制圧し、東は北陸路、そして三河・駿河の徳川氏を傘下に収め、西は播磨から因幡を勢力圏に入れた。すでに天正三年には征夷大将軍たり得る資格である「右近衛大将」に任じられている。もはや並ぶ者なき「天下人」であることは事実だ。

しかし「将軍」となると話は違う。現に鞆幕府が存在し、足利義昭公が将軍として在位する。その地位は朝廷から任じられたものだ。実力がないから、あるいは京都にいないからといって、それのみで将軍の地位が消えるものではない。

信長は、事実上は天下に君臨したとしても、天皇から正式に将軍の宣下を受けたわけではない。しかも、武士の頭領である将軍は、古来、源氏の出自でなければならないとされる。一方で信長は、当初藤原姓を称していたが、義昭と不和になった頃から平氏を称するようになっていた。これも、源平交代思想に基いた、あからさまな義昭への対抗策であった。

「僭越《せんえつ》でござりますな」

利三は遠慮のない口調で言った。

「これっ……」と、光秀が窘《たしな》めたほどである。周辺に余人はいないとはいえ、信長を批判することなど、許されるはずもない。

「ははっ、ご無礼仕りました」

利三は頭を下げたが、形式にすぎない。本心を言えば、光秀とて同じ気持ちだ。

「それはともかくとして、元親殿はこたびの織田方の心変わりに対して、いかように対処するものであろうか」

「それはもはや、放ってはおけますまい。直ちに織田家との盟約は反故《ほご》にして、毛利家に走るでありましょう。これより先、中国筋の経営は容易ならぬことに相成るのではありますまいか」

「秀吉殿も苦労のことだな」

「それは分かりませせぬ。あのお方はすべてご承知の上で長宗我部家と縁切り申したと思うべきでございましょう。抜け目なく、三好殿と結び、三好水軍を活用なさるおつもりです。それよりも、注目すべきは、鞆におわす義昭公と元親殿とが結ぶことでございましょう。義昭公は大いにお力を得て、いよいよ全国の諸公に対し、謀叛の旗揚げを呼びかけるものと推察いたします。四国の長宗我部氏、中国の毛利氏、越後の上杉氏、さらには奥州の伊達《だて》氏、芦名《あしな》氏、甲斐の武田氏、関東の北条氏などに加え、三河の徳川氏、本願寺勢の残党が将軍家を奉じていっせいに蜂起《ほうき》すれば、いかな信長公といえども容易ならざる事態に相成り申しましょう」

「なんと、徳川殿もと申すか」

光秀は驚いて、叱責するのも忘れた。

「あくまでも仮定のことでござります。なれど、このところの佐久間殿、林殿への信長公の仕置きのご様子、また元親殿へのつれなき仕打ちなどを拝察すれば、徳川殿とて安閑としてはおられませせぬ」

「そのほう、恐ろしきことを考えるものかな」

光秀はため息を漏らし「芦名家も、であるか」と、気にかかる名を口にした。

「御意。芦名家には随風《ずいふう》殿と申される、義昭公のお腹違いの弟君がおわします。僧形ではございますが、それは義昭公もかつては……」

「その儀なれば存じておる」

光秀は利三の饒舌《じょうぜつ》を遮った。遠い日、美濃路を歩いた時の随風の風貌《ふうぼう》が思い浮かんだ。

——日輪は明智様ご自身でしたか。

そう言い放った随風の言葉は、いまも耳朶《じだ》に残って、光秀の心を駆り立てるのである。

第十七章　随風駆ける

1

天正八年（一五八〇）六月十七日、会津《あいづ》の雄・芦名盛氏《あしなもりうじ》が没している。決して大国とは言えない会津の地を守り、近隣諸国をしばしば侵略して恐れられた。

その半月前の六月二日、死期を悟った盛氏は枕元に随風《ずいふう》を招いて、後事を託そうとした。自分が亡きあと、よき後継者に恵まれていないことは、誰よりも盛氏自身が承知していた。

「還俗《げんぞく》せよとは申さぬが、黒衣のままで暫時《ざんじ》、会津の面倒を見てはくれぬか」

「滅相もなき仰せ。僧侶《そうりょ》のそれがしに、政《まつりごと》のことなど、分かりようがございませぬ」

「いや、さにあらず。そこもとには天下の動きさえ見えておる。会津一国の消長など、手の内にあるがごときものではないのか」

盛氏が死ねば、求心力を失い、会津とその周辺の国衆《くにしゅう》が離反して、たとえば伊達《だて》家や上杉家に同心する可能性は否定できない。

「長くとは申さぬ。せめて三年、いや、二年のあいだでもよろしい」

「二年でございますか……」

意味もなく反芻《はんすう》した瞬間、随風は得体の知れぬ奇妙な感覚に襲われた。二年後の自分を思い、二年後の世界を思った瞬間である。

何か、大きな、しかも不吉な変動がこの世に生じる——という衝撃が奔《はし》った。

（会津の滅亡か——）

不吉なものの正体を見究めようとしたが、それではない。もっと、とてつもなく大きな何かが起こるような予感であった。盛氏の言うとおり、会津一国の消長どころではなく、日本国の動乱の兆しを感じた。

随風は天正四年に会津を訪れた大寧《だいねい》禅師という高僧から密教の極意「葉上流《ようじょう》」を授かっている。それを契機に、上野国新田郡世良田《にったごおりせらだ》の長楽寺で修行を積み、葉上流灌頂《かんじょう》大阿闍梨《だいあじゃり》の位に達した。

葉上流とは、臨済宗の開祖栄西《えいさい》が臨済宗以前に興した流派だ。栄西が旱魃《かんばつ》に苦しむ農民のために祈って、みごと雨を降らせた際、葉の上の雨粒一つ一つに栄西の姿が宿った。その奇跡から、後鳥羽《ごとば》天皇が栄西に「葉上」の称号を与えたのが由来とされる。

その葉上流を学んだ頃から、随風は自分の霊感が鋭さを増したような気がしていた。

もっとも、葉上流が奇跡を起こす法力をもたらす宗教というわけではない。およそ密教とは、凡夫の窺《うかが》い知ることのできない秘密の教えではあるけれど、空中浮揚のような魔術的な要素など、むろんない。ただ、事物の真理や深遠な意味を見通す能力は、確かに備わるのである。

十里の先に蠢《うごめ》く蟻を見ると言えば、人は驚くが信じはしないだろう。十年の未来を予測することのほうが、むしろたやすいとは思っても、完全に信じることはない。それが凡夫の常識というものだ。しかしある人には、それが見える。少なくとも見える瞬間がある。

随風の「予感」の中に、会津滅亡のすがたは映らなかった。「見えた」のは、それとはべつの、さらなる大変動であった。現在ある秩序――秩序と思われているものの崩壊であった。

「ご案じ召されますな」

随風は単なる慰めでなく、言った。

「会津は安泰でございます。それがしも、当稲荷堂を動きますまいほどに」

「まことか」

盛氏は随風の顔を見つめた。随風の双眸《そうぼう》にある穏やかな気配を確かめると、安心したように微笑して眠りに就いた。

盛氏に約束したとおり、随風は盛氏の死後一年は喪に服して会津を動かなかった。

一回忌の法要を終えた翌日の午後、方丈の縁先に僧形の者が佇《たたず》んだ。随風は一瞬、山伏の定済《じょうさい》かと思ったが、笠《かさ》を取ると見知らぬ顔であった。よほど長い旅をしてきたものと見え、僧衣は埃《ほこり》にまみれ、日焼けした額といわず頬といわず、汗の滴りもまた埃の筋を引いている。

「随風様とお見受けいたします。それがしは紀州根来《ねごろ》寺にて修行いたしました真光と申す者。お見知りおき賜りたく存じます」

地面に片膝《かたひざ》をついての丁寧な挨拶《あいさつ》だった。修行目的の行脚《あんぎゃ》とは思えない相手だ。真光は旅の埃を払って、方丈に上がった。若い僧が白湯《さゆ》を運んできた。客の渇きを察した随風は「ぬるめにせよ」と命じていた。

「まことに行き届いたご配慮」

真光は感服して、旨《うま》そうに白湯を啜《すす》った。

夏ではあったが、ここら辺りは木々が繁茂して、吹く風が心地よい。真光はそのこともしきりに褒めた。しかし、肝心の用向きはなかなか切り出さない。随風も先を急がず、旅の道すがらのことなどを聞いた。

突然、真光は威儀を正して言いだした。

「それがし、こたびは公方《くぼう》様の御諚《ごじょう》をお届けに参上いたしましたものでございます。公方様はいまは備後《びんご》鞆に仮御所を構えておいでですが、天下に号令なさるお志は少しも衰えておいでではござりませぬ。かくのごとくに……」

僧衣の襟元を解き、細く畳んだ文を取り出し、そのまま随風に差し出した。文を広げると、確かに義昭《よしあき》の花押があった。宛て先は「随風殿」となっている。将軍手ずからの書簡が送られてくるという事態は、ただごとではない。

用向きは、芦名家をして上洛《じょうらく》の軍に加わるようにせよとの要望である。随風の立場として当然、将軍家への忠誠があるものという前提に立った申し条だ。

「公方様は上総介《かずさのすけ》殿追討の戦を催すべく、諸公への下知《げじ》を発しておられます」

「上総介」とは、尾張時代の信長のことである。天下人となった信長に対して、まだ尾張一国の主であった頃の呼び名を用いるあたりに、将軍義昭の気概が感じられる。

「毛利殿をはじめ、長宗我部《ちょうそかべ》殿、武田殿、上杉殿など、公方様にお味方するお方は数多くございます。荒木村重《むらしげ》殿、松永久秀《ひさひで》殿は惜しむらく、事破れ申しましたが、先頃の佐久間信盛《さくまのぶもり》殿、林秀貞《ひでさだ》殿に対する信長公の仕置きを快しとせぬお方は、織田家内部にも少なくないのでござります」

「なんと……」

随風は思わず真光の顔に目をやった。外敵ならまだしも、織田家内に謀叛《むほん》を企てる動きがあるとなると、穏やかではない。真光なる人物は信ずるに足らないが、義昭の書状があるだけに、必ずしもなおざりにするわけにもいかない。

「織田家中にて、信長公の仕置きを快しとせぬお方とは、どなたでござるのかな」

「さ、それは……」

真光もさすがに言いよどむかに見えたが、不敵な笑みを漏らして、言った。

「織田ご家中には、公方様ご家来として幕府におられた方も、多いこと、随風様にはご存じかと思いますが」

知っているどころではない。細川藤孝《ふじたか》、明智光秀《みつひで》の名前がすぐさま脳裏に浮かぶ。筒井順慶《つついじゅんけい》も三好一派も、元をただせば信長と敵対関係にあった外様《とざま》である。真光が彼らを指しているのかどうかはともかく、そういう風説を流し、織田政権に動揺をもたらそうという底意が見えて、不快ではあった。

「随風様は公方様のお血筋と承っております。さすれば、藤孝様ともご縁つづき。それ故にこそ、公方様はまたとなき股肱《ここう》とも思《おぼ》し召しておられまする」

「ははは、それは風聞にすぎぬ。公方様のお血筋などとは、恐れ多いこと。藤孝殿はともかくとして、それがしは会津に産した。芦名家にゆかりこそあれ、一介の僧でござるよ」

随風は一笑に付すつもりだったが、真光は表情ひとつ変えずに言った。

「随風様は秀憲《ひでのり》殿をご存じでおられますか」

「ん？　向井秀憲ならば存じておる。そこもと、秀憲を見知っておられるのか」

「秀憲殿とは、近江の朽木家にてお会いいたしました。いまは朽木谷《くつきだに》にて晴耕雨読の、気儘《きまま》な暮らしをしておられますが、随風様、ご誕生の秘話など承っております」

「はて、何をお聞きか存ぜぬが、迷惑なことでござるな」

「そのこと、もはやこれ以上は申し上げることは差し控えまする。なれど、公方様のお心は、随風様の御同心を深くお望みであらせられること、ゆめゆめお疑い遊ばされなきよう、お願い申し上げます」

「はて、そう申されても、当方といたしては困惑するばかりでありますな。かかる辺境に逼塞《ひっそく》いたす僧侶風情に、何程のことができましょうや」

「さればです。公方様は随風様に芦名家を動かされんことをご期待なされておいでです。奥州の伊達殿はすでに同心の兆しこれあり。常陸《ひたち》の佐竹殿もまたしかりです。ご両家とも、上洛の志はありといえども、それを果たせぬのは会津との争いの帰趨《きすう》が見え申さぬゆえと、その理由を挙げておられます。なれど、ただいまは諸国が争っている時にあらず。もし時機を失すれば、上総介殿一門にて日本国が席巻され、各家は織田の軍門に降《くだ》ることに相成るは必定《ひつじょう》。ここにおいて芦名殿がご決意なされば、その障壁も雲散いたしましょう。さすれば上杉殿と併せて、北方の諸侯は十万の大軍を催し、北陸路、東山道、東海道を押し出すことに相成ります。さらに関東の諸侯を加え、甲斐の武田殿、相模の北条殿、駿河の徳川殿の軍を収めつつ、日本国の東半分の勢力を結集しての大上洛でございます。これに毛利殿、長宗我部殿の軍五万が西より攻め上れば、さしもの織田殿も滅亡疑いござりませぬ」

真光は一気呵成《かせい》にまくし立てた。

「ほほう……」

随風は感心した。随風も法論を語らせれば人後に落ちない自信はあるが、天下を論じてかくも大風呂敷《おおぶろしき》を広げられるのは、並の才能ではない。しかもよく人事や消息に通じている。

（あのご仁によく似ている――）

ふと思った。木下藤吉郎のことである。いまは羽柴《はしば》筑前守秀吉となったが、彼の弁舌もかくのごとくに、よどみなかった。それと、世情に通じた博識は明智光秀そっくりだ。

ただし、この真光なる男には、秀吉のような陽気が欠けている。いくら大言壮語を操ってみせても、何かしら陰気な底意を感じさせるのである。言辞の裏に下心が隠されているような気がするのである。

（詐術師かもしれぬ――）

そう思って見ると、義昭の書状までも詐術の道具のように見えてくる。

ことの真偽は定かではないが、秀憲によれば、随風は将軍家の血を分けた兄弟であるという。それを事実と受け止めるのは奇妙な感覚であった。自分のことはともかくとして、細川藤孝はまぎれもなく公方と父親を同じくしているようだ。幕内にあって、義昭に仕え、朝倉家にあって、ともに雌伏の時を過ごしていた時期も長い。

そういえば明智光秀も幕臣であった。

「光秀殿は息災でおられますかな」

懐かしさが口をついて出た。

「は、日向守《ひゅうがのかみ》殿はお変わりなくてあられますが、ただ……」

またしても言いよどむ。そういう気を持たせるような口調も詐術かと思えてくる。

随風はそれには乗らず、黙って庭を眺めていた。

「土佐の長宗我部殿と信長公とのあいだが、このところあい調《ととの》わず、長宗我部殿は毛利家と結ぶようです。となりまするると、日向守殿のお立場がございませぬ。さて、いかがなことに相成りまするこことやら、いささか気掛かりです」

気掛かりと言いながら、楽しげである。問いもせぬのに、真光は光秀と長宗我部家の縁など、こと細かに解説を加えた。

随風は光秀のあの生真面目な風貌《ふうぼう》を思い浮かべた。若き日の初対面の時、危機に直面した際の身の処し方を問うと、光秀は躊躇《ちゅうちょ》なく「斬ります」と答えた。

「先んじて襲い、敵を斃《たお》します」

いとも明快に言ってのけ、聡明《そうめい》さを物語る瞳《ひとみ》で真っ直ぐ遠くを見つめていた。

光秀の聡明さと生真面目さに、その時、随風はなぜか危ういものを感じた。

それがもし秀吉ならばそうは言うまい。

「逃げますな」

そう言って笑う顔が見えるようだ。もし危機に出遭ったら、一も二もなく逃げるだろう。いや、危機的状況になる前に辞を低くして、相手が望むより数倍の供物などを贈り、懐柔してしまうにちがいない。

「真光殿は徳川殿の名を言われましたな」

「はい、申しました。公方様からはご使者も遣わされておいでです」

「しかし、家康殿といえば、織田軍とともに各地で戦《いくさ》した、いわば信長公にとっては無二の盟友ともいうべきお方。公方様が催す上洛軍の中に、徳川殿が加わるとは思えぬが」

「いまの内は、でございますな。されど、この先のことは分かりませぬ。随風様は先年、信長公の命により、家康殿が正室築山殿とご嫡男信康《のぶやす》殿に死をお与えになったこと、ご存じでありましょうや」

「な、なんと申された。それはまことのことですか」

随風は仰天した。そういうことがあったとは、会津の地には伝わっていなかった。

「まことでございます。築山殿と信康殿に武田への内通の疑いありという理由からの仕置きですが、家康殿は万斛《ばんこく》の涙を呑む思いでございましたでしょう。されば家康殿といえども、天下の趨勢に逆らってまで、織田家にお味方することはありませぬ。そもそも家康殿は今川家に同心して織田家を攻められたお方。時の流れの中で織田殿に与《くみ》していても、背後の北条、武田両氏が公方様のお下知で上洛の軍を催した場合、織田家に頼ってはおられますまい。まして伊達殿、佐竹殿にご当家がお味方に加わるとなれば、天下の大流は滔々《とうとう》として徳川殿を巻き込み、尾張を破り、美濃を抜き、畿内《きない》へと流れ込むでありましょう」

真光の弁舌は、それこそ滔々としてやむことを知らぬがごとしであった。

「なるほど」

随風は精一杯、真顔を繕い、言った。

「しかと承り申した。なれど拙僧に何ほどのことが叶うものか、心許なきかぎりでござる。その旨、公方様にはよしなに言上《ごんじょう》のほど、お願い申す」

それ以上のことは約さず、真光が引き揚げた後、随風はしばらく天下の形勢を窺っていた。

2

七月に入ると間もなく、服部半三《はっとりはんぞう》が訪れて、羽柴秀吉が鳥取城を包囲したという話を伝えた。土佐の長宗我部元親《もとちか》が毛利と通じ、信長と離反したことも確かめられた。かの真光の言っていたことは、まんざら嘘ではなかったことになる。

さりとて、半三の話では、明智光秀に特別な動きがある様子など、まったくないという。

「明智様は信長公の重鎮として、近江、丹波に城を構え、畿内に睨《にら》みをきかせておられます」

「徳川家はいかがか？」

「さ、じつを申しますと、こたびはそのことで参りました次第」

半三はわずかににじり寄って、言った。

「徳川殿に何ぞあるのか？」

随風は真光の言があるだけに、思わず身を乗り出した。

「いえ、家康様のことではなく、それがしが禄《ろく》を食《は》んでおります穴山信君《あなやまのぶきみ》様、昨年の十一月に入道あそばされ『梅雪《ばいせつ》』を名乗られておいでですが、その梅雪様のことです。

梅雪様はこのところ、密《ひそ》かに徳川様との和睦《わぼく》をお望みで、随風様のご助力が得られぬかと、そのことでお使いに参上仕《つかまつ》った次第で」

「ははあ、そのことであるか」

随風はほっとして、笑みが漏れかけたが、半三の手前、それは不謹慎であると気づいて、表情を引き締めた。

穴山信君――梅雪といえば、武田信玄の甥《おい》にあたり、勝頼《かつより》の一族以外ではもっとも武田家にゆかりのある存在だ。六年前に駿河の江尻に信君を訪ねた際、武田家の将来と自らの去就について、深刻な悩みを漏らした。その後、武田家を巡る状況はさらに悪化していることだろう。

「あの穴山殿がそこまでお考えとは、武田家の行く末も定まったようなものだな」

「御意《ぎょい》。武田家同心の諸将は、このところ浮足立って見えまする。さしも強気の勝頼様も、諸将への威令が届かぬことを悟り、いまは織田家との和睦への方策を探っておられるご様子」

「はて、うまくゆくものかな?」

「なかなかに難しゅう存じます。信長公の仕置きは、ここに至っていっそう苛烈《かれつ》さを増しております。荒木村重殿の残党狩りはいまだにやまず、噂では、村重殿を匿《かくま》った罪で、諸国を行脚する高野聖《こうやひじり》を皆殺しにするとか……」

半三は恐ろしげに言ったが、その噂は間もなく現実のものとなり、高野山金剛峯寺《こんごうぶじ》の念仏僧数百人が虐殺されるのである。

「さようなわけですので、武田家を取り潰《つぶ》すまでは、お許しになりますまい」

「武田家と上杉家とのあいだはいかがか。結んで共に織田家に立ち向かう気配はないのか」

「もはやそれも難しゅうございましょう。上杉家はむしろ、武田家より先に信長公に誼《よしみ》を通じるのではありますまいか」

どうやら、真光の弁舌の少なくとも半分は偽りであることがはっきりした。

「穴山殿がそなたに胸の内を打ち明けた以上、その志は固いものと思われる。穴山殿には委細、承知仕ったと伝えられよ」

随風の言葉を聞いて、半三は足取りも軽く引き返して行った。

会津黒川城の当主、芦名盛隆《もりたか》は、いまは亡き盛氏が暗愚の嫡孫に替えて二階堂家から求めた養子である。まだ二十一歳の若さだが、なかなかの素質の持ち主で、随風の意見もよく求め、善政をしいていた。その盛隆が「折入って相談がある」と随風を招いた。

「じつは、二階堂家の家老より伝え聞いたことだが、いまは備後におわす足利公方が、当家に対してひそかにご加勢を求められておいでという。正式なお使者が参られたわけではなさそうだから、真偽のほども定かではないらしいが、この儀、そこもとはいかが思うか」

どうやら真光が接触してきたのは、随風ばかりではないようだ。

「無視されるのが上策かと存じます」

「それで構わぬか」

「構いませぬ。正式のお使者が訪れたのであればともかく、風聞のごときものに惑わされては、お家を過つことになりかねませぬ。それよりも、なるべく早い時期に織田信長公にご挨拶なさるようお勧め申し上げます」

「ほうっ、そこもとがそう言うとは、意外であるな。先のお屋形様より、そこもとの出自のことなど伺っておる。ゆめゆめ粗略に致すなともな」

「滅相もないことです。お屋形様にはそのようなご斟酌《しんしゃく》は無用になさるよう、お願い申し上げます」

「うむ、よかろう。して信長公への挨拶は急がねばならぬか」

「御意。当家に公方様よりの働きかけがあるがごとき噂が、信長公の元に聞こえぬうちがよろしかろうと存じます。御進物は会津の駒と、特産の蠟燭《ろうそく》を贈られるのがようございましょう」

盛隆はすぐにその提案を容《い》れ、家臣荒井萬五郎を使者として遣わすことにした。

「随風殿、そこもとも共に参られよ」

随風が願うより先に、そう言った。その辺りの明敏さが頼もしい。

八月、随風は萬五郎に帯同して安土を表敬訪問した。

近江の地は、今浜に築城中の秀吉を訪ねて以来のことである。随風が去って以来、近江はまったく様変わりしていた。北近江の覇者浅井《あさい》家は滅び、坂本には明智光秀、長浜には羽柴秀吉、そして安土には信長が城を築いた。

久方ぶりの琵琶湖畔に立って、安土城を見上げた時、随風は時代が動いたことを実感した。

壮大にして華麗。言葉を失うような景観が現出していた。

安土城の天守は五層七重で、屋根は黒瓦葺《かわらぶ》き。軒先の瓦は金箔押《きんぱく》し。屋根の隅木には風鐸《ふうたく》が吊るされている。最上層の壁も金閣のような金箔押しで、その下の層は朱塗りの八角堂という、奇抜な構造である。山を包む樹木がまだ若木であるところが多いので、麓《ふもと》から城の全貌のほとんどが見える。いや、あえて誇示しているのではないかとさえ思えるほど、絢爛《けんらん》たる光景であった。

城下を行き来する武士や商人たちは引きもきらない。その中にあって、随風の黒衣は珍しく、人々はまるで異端者を見るように振り返った。比叡山《ひえいざん》に始まる、信長の宗教弾圧は、いまだに民衆を畏怖《いふ》させているにちがいない。随風たちは百々《どど》橋を渡り、勾配《こうばい》のきつい登城路に入る。途中、摠見寺《そうけんじ》の境内を通り抜けて、城にたどり着いた。

随風ら会津芦名家の一行を迎えた信長は、上機嫌であった。家臣の重役か家老あたりが応対する程度かと思ったのだが、信長本人が引見し、親しく長旅を労《ねぎら》ってくれた。贈られた駿馬《しゅんめ》一頭と蠟燭千挺《ちょう》にも、随風が予想したとおり大いに喜び、その場で芦名盛隆を三浦介《みうらのすけ》に任じた。

「この馬は鳥取におる秀吉にやろう」

突然、そう言いだした。

「あやつから、そこもとのことは聞いておる。随風が連れてきた馬と言えば、秀吉もさぞかし喜ぶにちがいない」

「はは、ありがたき仰せ。秀吉殿にもよしなにお伝え賜りたく存じます」

「承知いたした。秀吉は鳥取攻めに難渋いたして、しきりに援軍を求めて参る。わしも早晩、行ってやるつもりだったが、わしの代わりに馬を贈れば、それで満足するであろう」

信長は愉快そうに笑った。

「ところで随風よ、義昭殿よりそこもとに、何ぞ言って参ってはおらぬか」

笑いの消えぬままの顔で言った。公方を「義昭殿」と、さり気なく対等に扱っている。

「ご明察、恐れ入ります。仰せのとおり、公方様よりそれがしの元に、お文を届けに参った者がございます」

「さもあろう。書状の趣は、信長攻めの軍に加担せよとでも申すか」

「御意」

「して、返事はいかがいたした」

「お返事はいたしませぬ。それがしの手元にて、握り潰しました。本日のご機嫌伺いが芦名家のお返事でございます」

「うむ、面白きことを言う。立ち帰り、芦名殿に向後、粗略には致さぬと申すがよい」

信長は終始、機嫌がよかった。

席を立ってから、信長はふと思い出したように振り向いた。

「そこもと、摠見寺の本堂には立ち寄ったか？」

「いえ、境内は通りましたが、お城まで脇目もふらずに参りました」

「そうか。ならば、本堂に参ってみよ」

「畏《かしこ》まりました。して、お寺の御本尊はどなたでござりましょうか」

「本尊か。本尊など、ないわ」

信長は随風に対して、初めて苦い顔を見せた。この客が仏徒であることに、いまさていると思ったが、神も仏もデウスも祀《まつ》らぬ。しいて申さば、本尊はこのわしかな」

かすかに口を歪《ゆが》めたが、目は笑っていない。随風は信長が存外、本心からそう思っているのではないかと思った。

石仏を土台石に使っているというのは、つまり偶像破壊の精神である。キリスト教徒への手厚い保護政策を打ち出していることといい、比叡山や本願寺への凶暴な弾圧といい、信長の仏教に対する反感の強さは随風も承知しているつもりだったが、じつはそれだけではなく、偶像を崇《あが》める思想そのものを嫌っているのかもしれない。

信長に無形の「神」に対する信仰心がないわけではない。実際、桶狭間《おけはざま》出陣に先立って、熱田《あつた》神宮に参拝しているし、伊勢神宮も崇敬している。津島社や石清水八幡宮の再建に尽力もした。

およそ武人たる者は、誰にしたって日夜、片時も死を意識しないことはない。戦って死ぬのは、相手か、さもなくば自分なのである。死の恐怖を乗り越えるよすがとして、神仏に頼りたくなる。信長とて例外ではあるまい。

だが、信長の場合は相次ぐ宗教者の抵抗に遭って、彼らと、彼らの崇める偶像をひっくるめた宗教に対して、憎悪を抱かざるをえなかった。

神仏に頼ることができなければ、自分自身に頼るほかはない。「天上天下唯我独尊」の思想に行き着くのは、当然の帰結かもしれない。家臣たちにも、民衆に対しても「おれのみを信じろ」と叫びたい気持ちだったろう。

ある時期から、確かに信長は、自身を「神」であると思い込んだふしがある。その一つの証拠が摠見寺といえる。城郭の内に寺を造ること自体、ただごとではないが、自身の誕生日、五月十二日に、安土の摠見寺に参詣《さんけい》しろと、家臣の主立った者たちに命じているのである。

安土城を退出して、随風は大げさでなく、信長の呪縛《じゆばく》から解放されたような安らぎを感じた。それほどに、信長の発する「気」は相手に重圧を与える。信長に無縁で、ある程度、修行のできている随風でさえそれなのだから、家臣や新参の大名たちは、信長の前にいるだけで、竦《すく》み上がるほど畏怖するにちがいない。

信長は自分の樹《た》てた政策や軍略は、必ず実行するし、家臣がそれに抵抗したり異議を唱えることを許さなかった。桶狭間の合戦や浅井・朝倉攻めなど、かつては一応、重臣を集めて軍議に諮《はか》ったが、近頃ではほとんどそういう場を持つことはない。持ちたくても、主立った家臣たちは、いずれも司令官として第一線にあった。

信長が話しかける相談相手といえば、丹羽長秀《にわながひで》などわずかばかりの老臣を除くと、森蘭丸《らんまる》などの近習衆くらいのものだ。それぞれ才能はあるにしても、まだ経験の浅い、悪くいえば嘴《くちばし》の黄色い若者の意見である。

その連中の意見が、信長の施策を決定するとは思えないものの、大なり小なり、何らかの影響をもたらすであろうことを、日頃、主君に接することの少ない家臣たちは気遣っている。そういう環境の中で、たとえば四国の長宗我部氏に対する仕打ちなどが決定されたとすれば、影響を受ける明智光秀らは、たまったものではあるまい。

とはいえ、信長の施策の多くが、これまで、世の中を閉塞《へいそく》状態にしていた旧弊を除いてきたことに、随風はつくづく感心させられた。

たとえば道路や橋の整備である。近江から美濃へかけての道は、新たに切り開かれた峠路を含めて、どれも広く平らに整備されていた。軍用に役立つことはもちろんだが、人馬の行き来が楽になって、諸国間の往来も盛んになった。

それとともに関銭《せきせん》の廃止が目立った。国境ですら関所を無くし、通行税も無用になったところが少なくない。それによって物資の流通、商業が発達し、人々の生活を向上させている。

(信長の世がきたのだ——)

そのことを、誰もが認めざるを得ない。その象徴が安土城と新しい城下町であった。

「もはや、信長公に逆らう者など、ございますまいな」

同行した荒井萬五郎は、信長との対面中、ほとんど平伏しっぱなしだったが、城下を離れる頃になって、ようやく感想を述べた。会津や関東周辺から出たことのないこの男にとっては、安土の繁栄ぶりには、目も眩《くら》む思いがしたことだろう。

萬五郎と彼の郎党を先に帰して、随風は独り、美濃、尾張の社寺を巡って東海道を下った。三河はこのところ武田の脅威が消えたせいか、のどかな気配に満ち満ちて、農家は秋の採り入れに勤《いそ》しんでいる。

とはいえ、遠江《とおとうみ》に入ると、それなりに緊張感が漂う。遠江東部における武田勢の主城であった高天神城が、この春、ようやく徳川勢の手に落ちたばかりで、その向こうの駿河はまだ武田の勢力下にある。その要《かなめ》ともいうべき江尻城には穴山梅雪が立てこもっている。崩壊しつつある武田勢にあって、いまや最強の軍団と称されていた。

しかし、長篠《ながしの》の合戦以降、徳川勢と武田勢とのあいだで、はっきりと戦闘能力の差が見え始めていた。徳川勢が遠江を平定したというのに、武田軍には反攻の気配もないのだ。

江尻城下に入った瞬間、随風は周辺に立ち込める厭戦《えんせん》気分を感じた。行き合う武士たちの多くは、見知らぬ客を見ても、さほど訝《いぶか》しむことなく、伏し目がちに通り過ぎるばかりである。

城門のところで誰何《すいか》され、しばらく留め置かれたものの、間もなく迎えに出た半三の案内で、随風は真っ直ぐ梅雪の居室へ向かった。

3

穴山梅雪とは六年ぶりの再会であった。

（変わった――）

ひと目見て、随風は梅雪の変貌に驚いた。入道して坊主頭になったせいだけでなく、かつての、気力体力ともに充実した若々しさは失われ、老成を通り越した衰えを感じさせる。

「やあ、よくお越しなされた」

梅雪は満面に嬉《うれ》しさを現して迎えた。一別以来の挨拶を終えると、側近を退がらせ、梅雪のほうから座を随風に近づけた。

「半三よりお聞き及びのことと存ずるが」

「聞いております。いまもなお、お気持ちに変わりはございませぬか」

「変わっておりませぬ。もはや、武田家の命脈を永らえるには、和睦以外の方法はござらぬ。なれど、当家のお屋形（勝頼）より織田殿に再三のお使者を送り申したが、いずれも不調に終わっております。織田殿は叛旗を翻した者に対しての仕置きが、ことのほか厳しく、無二の盟友であるはずの徳川殿に対しても、ご正室築山《つきやま》殿とご嫡男信康殿に死罪を求めたことからも明らかでありましょう」

「たしかに……」

梅雪の話を聞くだに、あらためて信長の冷酷さを思い、随風は慄然《りつぜん》とした。信長の天敵ともいうべき足利義昭と血の繋《つな》がる自分が、無事に安土城から帰ることができたのを不思議に思った。

「さような次第ですから、織田殿は武田家を根絶やしにするつもりであるに相違ござらぬ。われらとしても、むろん、手を拱《こまぬ》いてなすがままにさせるわけもなく、戦えば双方に無用の犠牲を生じることになり申そう。この上は徳川殿を動かし、和睦の道を探るほかはないと思案いたしました」

梅雪は憂いを込めて話した。

「時機を失しましたな」

随風は首を横に振った。

「勝頼公は、長篠の戦を機に、織田殿の軍門に降るべきでございましたでしょう。聞けば、それ以降も勝頼公はしばしば軍を催し、美濃、三河、遠江を攻められたとか。それこそ無益な戦と申すもの。甲信駿三国の守りに徹して、国人衆《こくじんしゅう》の結束を固めることに専念いたすべきでござった。この先、国人衆の離反が相次ぎ、武田家は内外とも、石垣が崩れるごとくになり申そう」

かつて信玄は「人は石垣」と言ったという。その比喩《ひゆ》を随風は引用した。

「もはや、勝頼公はおろか、武田家をお救い申す方策はございますまい」

随風は明言した。梅雪の面上にみるみる失望の色が広がった。随風に相談を持ちかけたことを悔いる気持ちが露骨に現れた。

随風は構わず、言葉を繋いだ。

「されば、向後は武田家の血筋を絶やさぬ方策を立てることこそ肝要かと存じますが」

「と、申されると？」

「勝頼公を措《お》いて、梅雪殿が徳川家と和睦を結ばれるがよろしかろう」

「なんと……それがしに家康殿に降れと仰せか。お屋形を裏切れと仰せか」

梅雪は眉間《みけん》に険しい皺《しわ》を寄せた。

「いかにも。それ以外に妙案はありませぬな。梅雪殿は信玄公の甥御にあたるとお聞きする。ご本家の勝頼公がかかる仕儀に相なった以上、武田ご一族の血脈を繋ぐには、外戚《がいせき》である穴山のお家を守るにしくはございませぬ」

「そのようなこと……」

「でき申さぬか」

「でき申さぬ」

随風と梅雪は睨み合う形で対峙《たいじ》した。ただし、随風には相手を威圧する意思はない。梅雪の心の深奥にあるものを見つめるのみである。梅雪の鼻下に蓄えた髭《ひげ》がかすかに揺れ、怒りと悲しみと心の動揺を示している。

「このお城に上がりました際、ご家来衆に戦意のないことを察知いたしました」

随風は頑是ない少年を宥《なだ》めるような、穏やかな口調で言った。

「もはやご家来衆のみならず、甲斐の国人衆すべてが同様でありましょう。勝頼公の戦に大義名分がなければ、人は寄らず、動きませぬ。国人衆それぞれの家の保身のために動くのみです。惜しむらく、勝頼公は無益な戦をあまりにも多く、戦い続けてこられた。諸将の進言を用いず、ご一人《いちにん》の思いのままに軍を動かしてこられた。この御大将のもとにあっては、家を守ってゆくことすら難しいと判断する国人衆はいまも多く、今後、ますます増えて参りましょう」

「なれど、わが穴山家は他の国人とは異なる。お屋形の一族に連なる家系です。お屋形にとっては、われらこそが最後の城、最後の石垣です」

「さればこそ、梅雪殿の去就は難しい。梅雪殿が離反すれば、世人は卑怯者《ひきょうもの》と嘲《あざけ》りわらうでありましょう。それは甘んじてお受けなされ」

随風の言葉に、梅雪は眉をひそめた。

「それでは、武士の上に立つ将たる者の一分《いちぶん》が立ち申さぬ」

「武士の意気地を立てんと、織田の大軍を前に、敵《かな》わぬまでもと一戦、仕ったとして、何の大義がござろうか。およそ足軽郎党どもが命を賭《と》して戦うのは、御大将の大義を信じ、行く末に夢を抱くからでござる。大義もなく夢を抱けぬ戦など、誰が望みましょうや。下知すれば戦いもし、死地に飛び込みもいたしましょう。なれどそれは犬死《いぬじ》にと申すもの。かの者たちに犬死にを強いるのは、真《まこと》の将たる者の取るべき道にあらず。武士の一分など、小さきこと。大いなる時の流れを止めるすべは、すでにござりませぬよ。堪えがたきを堪え、忍びがたきを忍んでこそ、真の武将というもの。梅雪殿ひとり世の誹《そし》りを浴びても、ご家来衆とその者たちの係累は、よき主に恵まれたと喜びましょうほどに」

「それがしはそうは思いませぬな。臆病者《おくびょうもの》の穴山に仕えしこと、武家の恥辱と口惜しく思うでありましょう」

「ならば軍議にお諮りなされ。それがしの見るところ、十人が十人とも、梅雪殿のご英断に安堵《あんど》いたしましょうな」

「よしんば、百歩譲って、徳川殿に同心いたそうとしても」

梅雪は不純な誘惑を振り払うように、大きくかぶりを振って言った。

「先方がいかが考えるか、いかなる出方をするかは分からぬではありませぬか。信長公の意向を体するならば、家康殿とて厳しき仕置きをもって臨まざるをえますまい。

そうなってから一戦を交えようとしても、腰の据わらぬ大将を見限って、郎党どもは戦意を失い、散り散りに城を落ちてゆくこと必定」

「それ故に」

随風は梅雪の言葉を制した。

「梅雪殿は表に立たず、それがしに家康公への橋渡しをお任せあれ。それがしの一存にて和睦のことを双方に申し入れる形にいたします。かの三方ヶ原合戦の直前、信玄公はそれがしに命じて、家康公に無益な合戦を避けるようお示しなされた。家康公はいまの梅雪殿と同様、武士の意気地を張り、信玄公に戦いを挑まれたが、無残な敗北を喫した。その折の家康公にはまだしも大義がござったが、それでも、あまたの士卒を失ったことに、大きな悔いを残されたに相違ござらぬ。その苦い経験をもとに理《ことわり》を説く所存です」

「さはさりながら……」

梅雪は天を仰いだ。

「武田ご本家を無にして、われらのみ生き長らえることを策すのは、いかがなものか」

「そのような些事《さじ》にこだわるは、仏教にいうところの小乗の道です。さらにさらに目を大きく開かれよ。ご本家といい、外戚というも、いずれも武田の血に差異はありませぬ。たとえ一時は織田、徳川の下風に置かれようと、その血脈が絶えぬかぎり、いつの日にかは武田家の再興が成り申すというもの」

随風が「武田家再興」と、すでに勝頼の没落を当然の帰結のごとく予言し去ったことに、梅雪は眉を顰《ひそ》めた。だが、それを前提にすれば、随風の言は正鵠《せいこく》を射ていると思わぬわけにいかない。さらに数刻、論議を重ねたが、結局、梅雪は随風の勧めに従った。

「家康殿は会うてくれましょうか」

肝心なことを、梅雪は気にかけた。いまや家康は三河、遠江、さらには駿河にまで勢威をふるう大名である。僧形の者がフラリと訪れて、にわかに目通りが叶《かな》うものか、危ぶんだ。

「三方ヶ原合戦を前に浜松城を訪れた折、家康公はそれがしに、いつの日にか相まみえることあらんと仰せでござった。その約束を果たしに参るまでです」

随風はこともなげに言った。

「随風殿が当家の正使としてではなく浜松に赴くとなると、供はいかがいたされる」

「もとより僧に供は無用です」

「とはいえ、遠江より先は敵地です。剣呑《けんのん》ではありますまいか」

「されば、案内に半三一人を連れて参ります」

その夜は城内に泊まり、夜明けとともに、随風は飄々《ひょうひょう》として浜松へ向かった。

4

随風は笠を目深にかぶった旅僧姿。半三はそれに従う小者然としたいでたちである。半三ほどではないが、随風も叡山の修行で鍛えた脚力には自信がある。二人が競いあえば、浜松までは二日の行程と思われる。しかし随風はあえて急がなかった。この時期、常人ではない速足は疑われるだろうと思ったからである。

大井川を渡り、山中の道にかかった時、背後から追ってくる、ただならぬ気配を感じて、二人は立ち止まった。

随風と同様の僧形の者に、武士が二人従っていて、追い抜きざま振り返った。僧は自然体だが、武士は油断なく構えている。

「笠の内は随風様とお見受けいたしますが」

声をかけてきた僧形の者は、真光であった。

「おお、真光殿か」

随風は笠を上げて笑いかけたが、真光は頰を緩めもしない。

「随風様にはいずれへお越しですか」

「いずれへとも、あてはない。風まかせ、足の向くままの旅でござるよ」

「さにあらず。安土より江尻の穴山殿を訪ね、その足で浜松へ向かおうとなされておいでです」

「ほほう。そこもと、会津より尾《つ》けて参られたのか。それはご苦労なことだな」

「それがしが、公方様の御諚《ごじょう》をお届け致したにもかかわらず、随風様には信長公の調略に、お手をかすお考えですな」

「はて、何のことを申すのか。安土へ参ったは、芦名のお屋形の命により使い致したもの」

「そのことは存じております。なれど、江尻へ参られ、いままた浜松へ参られるとなれば、見捨ててはおけませぬ」

「見捨てずに、何を求められるか」

「お命を頂戴《ちょうだい》いたす」

三人は真光を中心に左右に開いた。二人の武士は抜刀し、真光は錫杖《しゃくじょう》と見えた杖《つえ》の中から、仕込みの白刃を引き抜き、鞘《さや》に逆向きに差すと、短槍《たんそう》に変じた。

「愚かなことを」

随風も錫杖を構えた。その前に半三が出て、随風を守る態勢になる。透破《すっぱ》らしく、身を猿のごとくに縮める異様な構えである。

「伊賀者か？」

真光が怪しんで、半三の様子を窺った。

「いかにも」

「名を承ろう」

「服部半三」

「なにっ、服部殿とな……」

真光は半歩、退いた。左右の武士もそれに倣った。三人の刺客は動揺の色を見せた。それでもなお、しばらくは構えを崩さなかったが、やがて真光が得物を引き、「失礼仕った」と言うと、それぞれ刀を収めた。

真光らはあっけなく走り去った。

「どうしたことかな？　そなたをよほど恐れたかに見えるが」

随風は首を傾げ、あらためて、この忠実な従者を見直した。

「勘違いでございましょう」

半三は笑った。

「徳川様に仕える服部半蔵殿と見誤ったのでございますよ」

現在、皇居の「半蔵門」にその名を残す服部半蔵は、伊賀忍者の総師として知られる。徳川家康に直属して、謀略・諜報《ちょうほう》戦を担うばかりでなく、各地の野戦、城攻めに勲功があったとされる。

とはいえ、「伊賀者」の性格からいって、服部半蔵の存在やその武勲は、正規の武将たちのように、はなばなしく喧伝《けんでん》されるものではなかった。あくまでも陰の力として家康の軍略を支えたのである。

したがって、服部半蔵の実像を知る者は、徳川家以外にはそれほどいなかった。真光らが服部ハンゾウの名を聞いただけで退いたのは、そのことにもよっているのだが、彼らにはそもそも「伊賀者」に対する畏敬の念があったにちがいない。

服部半蔵に関しては、もう一つエピソードがある。家康の子信康が切腹した時、介錯《かいしゃく》を命じられたのが半蔵だった。しかし、日頃から信康に心を寄せていた半蔵は涙にくれ、どうしても信康の首を落とすことができず、同僚にその役を代わってもらったという。豪勇無双といわれる半蔵に、意外な面があったことを伝えるものである。

随風が浜松を訪れる直前の天正九年の九月、信長は息子の信雄《のぶかつ》に伊賀攻略を命じている。いわゆる「天正伊賀の乱」がそれで、信長は信雄に四万五千の大軍を与え、伊賀忍者集団を殲滅《せんめつ》せよというのである。

それまで伊賀者は、雑賀衆《さいかしゅう》と並んで、信長に楯突《たてつ》く、反信長同盟の一角にあった。信長はしばしば伊賀攻めを行なったが、神出鬼没の相手に手を焼いていた。

しかし、本願寺系の一揆を制圧した余裕から、信長はついに本腰を入れ、伊賀者の徹底的な弾圧に取りかかった。

　他の一揆攻め同様、信長は老若男女を問わず、伊賀者とあれば草の根を分けても捜し出し、殺すよう命じた。それでもなお、潜伏した伊賀者は多い。そのかなりの部分が、服部半蔵を頼って、徳川家にきた。

　半蔵は彼らを手厚く保護し、また家康も信長の意思に反して、ひそかに伊賀者を匿《かくま》った。それが後に家康自身を救うことに繋がるのだが、その時点ではむろん、誰ひとり、そうなることなど想像もしていない。

　じつは「服部半蔵」は彼自身というより、伊賀者の代名詞として、象徴的に認識されていたと考えられる。個々の忍者たちの働きは一つ一つ記録されるものではなく、伊賀者の働きはすべて半蔵のそれに帰していたといえよう。

　このことから見て、真光ら三人の刺客が退散したのは、服部半蔵の名を恐れたというより、反信長連合の象徴的な存在である「伊賀者」それ自体に敬意を表したと考えられる。

　いずれにしても、随風は無事に浜松に入った。城下はもちろん、城中に漲《みなぎ》る活気は、消沈しきっていた江尻城とは対照的なものであった。

　梅雪には自信のほどを伝えたが、家康がはたして会ってくれるかどうか、随風には一抹の不安はあった。しかし家康は即刻、随風を引見した。

　重臣が数名、すでに待機している広間に通されると、待つ間もなく家康が現れた。

「おお、息災でありましたか。あれから九年ほどになり申すかな」

偉ぶることもなく、親しく声をかけた。随風も家康の健康を祝し、徳川家の繁栄を言祝《ことほ》ぐ挨拶をした。

「そこもとには、借りがござったな」

　家康は笑って言った。

「三方ヶ原の敗北を予言されたにもかかわらず、それに気づかず、痛い目に遭うた。三月待てと言われたとおり、信玄殿は入寂された。あれ以後、わしも忍耐することを学びましたぞ」

　その「忍耐」の中には、築山殿を殺し、信康を自刃させたことも含まれているのだろう。その苦衷を思って、随風はしぜん、頭を低くした。

「して、こたびは何事かな？　先般は安土へござったそうだし、ただの表敬訪問とも思えぬが」

「おお、すでにそのこと、ご存じでしたか。仰せのとおり信長公にお目にかかり、芦名家の安堵、お許しを賜りました。こたびは、甲斐武田家の調略について、殿のご意向を承りたく、参上いたしました」

「ほう……」

家康は少し仰向《あおむ》き加減に、見下ろすような目になって、随風の次の言葉を待った。

「拙僧が申すまでもなく、もはや武田家の命運は見えております。この先は、戦の帰趨が決するまでに、徳川様の差配なさる土地を、いかに増やしておくかにかかっておりましょう。信長公の戦になってしまってからは、武田領の分配、殿のお心のままというわけには参りませぬ」

「待たれよ、随風殿」

家康は手を挙げ、随風を制した。素早く左右を顧みて、陪臣の顔ぶれを確かめている。

「それは、信長公に先んじて戦せよという意味でござるか」

身を乗り出すようにして、訊いた。

「さようではござりませぬ」

随風はかぶりを振った。

「戦となれば、無用の犠牲も生じましょう。そればかりか、信長公の陣触《じんぶ》れを待たずして、正面きっての合戦をお始めになるのは憚《はばか》られます。そうではなく、何もせぬのに領地が増えるぶんには、いずれにご遠慮なさることもございませぬ」

「つまり調略せよと申されるか」

「御意」

「それは当方も望むところではあるが、して、調略の先はいずこと?」

「江尻城がよろしかろうと存じます」

「なに、穴山梅雪をか……」

よほど意外だったのか、家康は絶句した。穴山梅雪は武勇、智略をもってきこえる武将であり、武田の外戚。勝頼にとって股肱《ここう》中の股肱ともいうべき存在だ。

「穴山を調略など、できようか」

「試みて、損はございますまい」

「それはそうだが、ほかならぬ梅雪ですぞ。世の笑い物になりそうな気がいたすが」

「されば、殿は正使をお立てなさらず、先方より降伏を申し入れるよう、仕向けるのがよろしかろうと存じます」

「そのようなことは、いよいよもって、無理でござろう」

家康はほとんど呆《あき》れ顔である。

「拙僧にお任せいただければ」

「できると申されるか」

「御意」

随風は軽く請け合ったが、家康はなおも信じがたい顔だ。

「うーむ、梅雪がわしに服従するものかな。武田本家、勝頼殿を裏切ることになるが」

「おそらく。殿のご寛大な処遇さえあれば、世の誹《そし》りにも甘んじて、降りましょう」

「寛大な処遇とは？」

「まず、一滴の血も流さぬこと。梅雪殿を徳川家の臣下の列に加えること。この二つさえ約束すれば、梅雪殿の名分は立ち申そうかと存じます」

「かの梅雪を家来にするか。ははは、それは愉快ではござるが」

「試みて、もし梅雪殿が肯《がえ》じれば、殿はそれをお受けなさりますな？」

「ん？　うむ、喜んで受けましょうぞ。梅雪が降ってくればの話ではござるが」

家康は結局、最後の最後まで半信半疑のままであった。

「随風殿は細川藤孝殿、明智光秀殿、羽柴秀吉殿と昵懇《じっこん》だそうですな」

別れの挨拶を交わす段になって、家康は突然、言いだした。

「はあ、昵懇とまで申すのはおこがましいことですが、お三方を存じ上げております。なれど、家康様はそのこと、よくご存じで」

「この春、信長公が京で馬揃《うまぞろ》えを催された際、その話が出ました。帝《みかど》も親しくご臨席なされた、盛大な馬揃えでござったが、これは明智殿が差配したもの。あのご仁もなかなかに忙しい。体に障りが出なければよろしいが」

「何かご不調の様子でございましたか」

「そうではないが。少しく屈託した気配を感じました。明智殿がなまじ、有職故実《ゆうそくこじつ》に通じておられるので、信長公に重宝がられるのはよいが、武士の本領は戦の場にこそありますからな。それに比べると、羽柴殿ははなばなしく立ち回っておられる。明智殿としては、髀肉《ひにく》の嘆《たん》をかこつ日々でござろう」

家康が言っていることは同情的に聞こえるが、言外に、どこか楽しむような気分のあることを、随風は感じた。もちろん、長宗我部氏が離反したことなどを背景に語っているのだろう。他家の内輪に波風が立つのは、誰にしたって愉快なものだが、家康には、その先にある軋轢《あつれき》まで予測する老獪《ろうかい》さがありそうだ。

家康の前を辞して、随風は家康の言った言葉を反芻《はんすう》した。光秀が必ずしも、現在の信長の処遇に満足していない状況が伝わってきた。

随風はまたしても、光秀の律儀な表情と、対照的に陽性そのもののような秀吉のそれとを思い合わせた。若き日、比叡山に登る旅の途中で出会った道すがら、光秀は乱世にやがて「日輪」が現れるであろうことを語ったが、いまや光秀は、その日輪にひそかに彼自身を擬しているのではないかと、随風は思った。

その光秀にしてみれば、馬揃えの催事などにかまけていては、陽が昇りきらないうちに、はや夕景を迎える気分がするのではないか。

（焦らねばよいが――）

光秀のために心底、そう思った。

江尻城に戻り、密談の席を設けて、随風は梅雪に、家康との会談の次第を報告した。

「残るは梅雪殿のご決断のみです」

そう言ったが、さすがに梅雪も「即断は致しかねる」と吐息を漏らした。

「もはや、猶予はさほどございませぬぞ」

随風はその言葉を残して、駿河を去った。

第十八章　中国攻め

1

随風《ずいふう》が江尻城を後にした頃、羽柴《はしば》秀吉の鳥取城攻めは終局を迎えようとしていた。秀吉が弟の秀長《ひでなが》とともに、二万の大軍を率いて鳥取城を包囲したのは、天正九年（一五八一）七月である。

鳥取城攻略戦に先立って、秀吉は最初から、周到な兵糧攻《ひょうろうぜ》めを計画していた。因幡地方に商人を送って、その辺り一帯の米を買い占めた。相場よりかなり高い価格をつけたから、地元の農家は挙《こぞ》って米を売った。城内の米を横流しするという、不心得な兵士も少なくなかった。

そうしておいて、突如、兵を動かし、包囲網を敷いたのである。播磨の三木城で経験を積んでいるから、秀吉の包囲作戦に齟齬《そご》はなかった。鳥取城のある久松山《きゅうしょうざん》の周囲に柵《さく》を巡らせ、文字通り蟻の這《は》い出る隙間もない包囲網が完成していた。出城の丸山と雁金山《かりがね》にも兵を配備したまま動かず、城内から突撃してきても、鉄砲で追い散らすだけで、まったく相手にしない。

それから三カ月、その間、一粒の米も城内に運び込めないまま、鳥取城は飢餓の地獄へと進んでいった。

城中には兵ばかりでなく、一般人も多かった。秀吉軍の侵攻とともに、城下の人々は慌てふためいて城に逃げ込み、そのため、城内の人口は膨らんだ。籠城《ろうじょう》用に備蓄した食糧はそれなりにあったのだが、みるみるうちに費消されて、九月の末頃にはほとんど枯渇状態に達したと思われる。

むろん、毛利軍が黙って見過ごしていたわけではない。八月には毛利の大軍が押し寄せ、秀吉軍の背後を襲う——という情報が流れた。

秀吉はすぐに安土に使者を送り「上様のご来援をお願いします」と泣きついた。

じつは、毛利軍来襲の情報は誤報であった。というより、秀吉の自作自演であったともいえる。そういう危機的状況を演出してみせて、信長に甘えるような要請を出すのは、秀吉の、よく言えば可愛げのあるところ、悪く言えば狡猾《こうかつ》なところである。この戦は自分だけのものでなく、あくまでも「上様」の戦であり、自分はその手足となって働いているにすぎないことをアピールしているのである。

信長は「いつまでもわしを頼りにしおって、しようのないやつめ」と苦笑しながら、明智光秀《みつひで》、細川藤孝《ふじたか》、池田恒興《つねおき》、高山右近、中川清秀など、畿内《きない》の大名たちに出陣を通告し、自らも馬廻《うままわり》の者どもに出陣の支度をさせた。信長は本気で、自身が総指揮を執り、毛利軍と対決するつもりになっていた。

毛利軍の来襲が誤報であることは、追いかけるようにして、秀吉から安土に伝えられた。その頃、毛利は国内に不穏な動きがあって、主力軍を動かすことができずにいたのだ。秀吉の耳には、とっくにその情報が入っていて、それを計算に入れての鳥取城攻略戦であった。

とはいえ、毛利側が手を拱《こまぬ》いていたわけではない。「噂」が流された八月には、毛利の軍船が兵糧米を満載して鳥取湾に入った。

しかし、そこには秀吉の軍船と、細川藤孝麾下《きか》の船団が待ち構えていて、千代川《せんだいがわ》河口で毛利の輸送船団を追い散らした。六十五艘《そう》もの船が、満載の米とともに沈んでしまった。

九月に入って、ようやく毛利の本国から、吉川元春《きっかわもとはる》の嫡男元長《もとなが》が救援に駆けつけようとしたのだが、はるか西の羽衣石《うえし》城に立てこもる南条元続《もとつぐ》の抵抗を受け、鳥取城まで達することができないまま、そこで釘付《くぎづ》けになった。

十月に入ると、城内の一木一草まで食いつくして、ついに餓死者が出始めた。牛や馬はもちろんのこと、鉄砲に撃たれて倒れた者がまだ息のあるうちに、人々は群がって肉を食らったという。さながら地獄絵のような状況だ。

毛利から送りこまれている城将の吉川経家《つねいえ》は、このありさまを見て、ついに降伏を決意する。自分が切腹するので、城内の者どものいのちを助けてくれと、秀吉に申し入れた。

秀吉は経家に好意的であった。殺すにはしのびない――と思っていた。そもそも、経家は毛利から送り込まれた援軍の将にすぎない。織田側についていた本来の城主・山名《やまな》豊国《とよくに》を追い出し、反乱を起こした責任者は森下道誉《どうよ》と中村春続《はるつぐ》という二人の重臣だった。

秀吉はその二人に切腹を求め、経家は助命すると伝えた。しかし経家は頑として自分の主張を譲らない。あくまでも城将は自分であり、自分一人が責任を取って自刃すると言った。

「清々《すがすが》しい侍ぶりかな」

秀吉は感心して、家臣たちに経家の覚悟の見事さを学ぶように語った。

結局、秀吉は経家の希望を受け入れることとなり、十月二十五日、鳥取城は落ちた。吉川経家と、謀叛《むほん》の張本人である二人の武将も腹を切った。開城と同時に、城内の人々には食事が与えられたが、餓死寸前の状態で、食い物を貪《むさぼ》り食ったために、多くの死者が出た。

鳥取落城の翌日、西の伯耆《ほうき》・羽衣石城に毛利の吉川元春の軍が攻め寄せ、城を包囲したという報告が、城将の南条元続からもたらされた。遅きに失した感はあるが、毛利方としては、せめてもの名分を立てたつもりなのだろう。

秀吉はただちに行動を起こし、その日のうちに先陣を送り、自らも二日後には出陣した。南条元続は鳥取攻めのあいだ、毛利の攻撃に脅かされながら、終始、織田方に味方し続けた功労者だ。それに報いるために、秀吉は全力を挙げる姿勢を示した。ために元春の軍はなすすべもなく、陣を引き払った。

このことも含め、鳥取城陥落は羽柴秀吉の声望を高め、もはや織田家の一部将というだけの存在ではなくなった。中国に君臨し、あわよくば公方義昭《くぼうよしあき》を押し立てて上洛《じょうらく》の軍を催そうとしている毛利にとっては、その野望に立ちはだかる巨大な壁のように思えただろう。

しかし秀吉は、それほどの威勢にもかかわらず、あまり偉ぶる様子を見せない。少なくとも信長に対しては「上様のご威光のお蔭《かげ》で」といった調子の報告をしている。それどころか、鳥取を落として戦後処理を済ませ、姫路《ひめじ》に帰城するやいなや、信長の命を受け淡路島へ出陣した。

淡路島は毛利水軍の拠点で、本願寺が大坂を退去した後も、いぜんとして毛利の前進基地として機能していた。信長は四国平定の準備として、この淡路島を制圧したかったのだ。

秀吉は十一月十七日には早くも淡路に入り、岩屋城を始め諸城を攻め、たちまちのうちに降伏させ、二十日に姫路に戻っている。電光石火、獅子《しし》奮迅、八面六臂《ろっぴ》の大活躍である。

こういう秀吉が、信長の目に「好《う》いやつ」に映らないはずがない。信長は長谷川秀一や若い森蘭丸《らんまる》などの側近にそう述懐した。側近たちのあいだでも、秀吉の評判はすこぶるいい。秀吉の巧妙なところは、彼ら側近に対しても抜かりなく心遣いをしている点だ。それは秀吉の誠実さというより、老獪《ろうかい》さと言ったほうが当たっているかもしれない。

明智光秀のように律儀で真面目いっぽうの人間にしてみれば、そういった秀吉の八方美人ぶりはむしろ苦々しく思えたことだろう。とはいえ、秀吉の人気はもちろん、実力的にも確実に、自分を凌駕《りょうが》してゆく恐れのあることは認めなければならない。中国攻めの応援出陣など、秀吉の指揮下に入るような命令を受けると、あたかもこの先、秀吉の下風に置かれるような不安さえ感じたにちがいない。

しかし、光秀が織田家中《かちゅう》で蔑《ないがし》ろにされていたわけではない。それどころか、織田政権の経営の中枢では、常に光秀が重要な役割を担っていたと言っていい。武将であるとともに能吏でもある光秀にしてみれば、自分がいなければ、織田政権の組織は成り立たない――という自負があったことだろう。じつは、その自負こそが、後に彼をして「天下取り」を夢見させるのだが、そういう心理は隠しても面に表れるものである。慇懃《いんぎん》な物腰を装っても、若い側近たちの目には、かえって尊大ぶって見える。少なくとも秀吉とは較べようもない、とっつきにくさではあったろう。そのことがやがて、事あるごとに光秀と側近たちの陰湿な衝突を生み、信長の心証を悪くしていった。

秀吉軍が毛利の動きを完全に抑え、後顧の憂いがなくなって、ついに信長は待望の武田征伐の準備に取りかかることになった。

その頃、すでに勝頼《かつより》は信長に楯突《たてつ》く戦意を喪失していた。十一月には、かつて信玄が信長に請うて養子にしていた信長の四男・津田勝長《かつなが》を織田家に返して、和睦《わぼく》を申し入れた。養子とはいえ、人質の意味もあった勝長を返したのには、恭順の意を示したものと見ることができる。

しかし信長はあっさり、これを一蹴《いっしゅう》した。もはや何があろうと、武田に対する信長の「仕置き」を止めるすべはなかった。勝頼はそれまで武田家の本拠になっていた躑躅ヶ崎《つつじがさき》館を出て、新たに建設した韮崎《にらさき》の城に移った。信長に対する徹底抗戦の覚悟を示すものだ。

躑躅ヶ崎館は城とは言えない脆弱《ぜいじゃく》なものだ。かつて信玄が「人は城、人は石垣」と言い、甲斐を守るには城には拠《よ》らず、人の和こそが大切であると説破した、その思想の象徴といえる。

その館を出て、堅固な城に拠らなければならないというのは、すでにして甲斐の団結が失われたことを物語る。武田の諸将は失望し、かえって離反を加速させることになった。

凋落《ちょうらく》の一途を辿《たど》る勝頼とは対照的に、信長はまさにこの世の春を謳歌《おうか》していた。

十二月の末頃には諸国から大名小名が安土詣《もう》でに殺到し、競うようにして歳暮の贈り物をした。中でも秀吉の進物は桁《けた》外れ――というより、想像を絶するようなものだった。何しろ、献上品を捧《ささ》げる行列の先頭が城に達しているのに、列の後ろのほうは麓《ふもと》の百々《どど》の橋にさしかかった辺りというのだから、常軌を逸している。信長に献上する品のほか、小袖《こそで》二百着分をはじめ女房衆にまで配り物をするという、いつものことながら、気配りの行き届いた豪華な供物であった。

天守からそれを眺めた信長は驚き呆《あき》れ、「あの筑前の豪気なことよ」と、大いに笑った。

進物の多かったこともあるのか、信長は秀吉の戦況報告にも大満足であった。

「こたびの鳥取城攻めについては、堅固な城であり、また大敵を相手に苦労であった。身を捨てる覚悟で当国を平定したこと、武勇の誉れであり、前代未聞のことである」

諸将の居並ぶ前で、信長はこれ以上はない褒め言葉を述べ、褒美として茶の湯の道具十二種、それも名物といわれるほどのものを与えた。

面目を施して、秀吉は文字通り欣喜雀躍《きんきじゃくやく》した。喜びを表現するのに、彼ほど正直な者はいない。猿面をくちゃくちゃにし、涙さえ浮かべて感激した。信長の目には、まだ小者で草履取りなどをしていた頃の藤吉郎と変わらなく映ったろう。

挨拶《あいさつ》を終えると、秀吉は中国表の情勢、いまだ予断を許さず――と、慌ただしく暇《いとま》乞《ご》いして、姫路に戻って行った。こういう具合に律儀さをアピールするところが、秀吉の抜け目なさで、信長に愛される所以《ゆえん》といえる。

2

明けて天正十年元旦、織田一族をはじめ隣国の大名、重臣らのほとんどは安土に集まり、新年の挨拶に城に上がった。百々の橋から摠見寺《そうけんじ》を通り城に入るのだが、あまりにも大勢が詰めかけたために、摠見寺の石垣が重みに耐えかねて崩れ、多くの死者を出すほどのありさまだった。

年賀の挨拶の順番は、まず嫡男の三位中将信忠《のぶただ》から始まり、北畠《きたばたけ》中将信雄《のぶかつ》と織田一門が続く。その後、諸大名が陸続として上がった。

摠見寺毘沙門《びしゃもん》堂の舞台を見物したあと、今回初めて公開された、天皇の行幸を迎えるための座敷「御幸《ごこう》の間《ま》」に案内される。御幸の間はもちろんだが、どの座敷もすべて金銀がちりばめられ、また壁には狩野永徳《かのうえいとく》の描いた名所絵が、人々の目を楽しませた。

太田牛一は『信長公記《しんちょうこうき》』の中で「一天の君・万乗の主の御座御殿へ召上せられ、拝濫に及ぶ事、有難く、誠に生前の思ひ出なり」とその感激ぶりを書いている。

信長は早い時点で、安土城に天皇の行幸を仰ぐことを計画していたことは間違いない。そのための朝廷に対する布石も、着々と打っていた。正親町《おおぎまち》天皇の子誠仁《さねひと》親王の皇子・五宮を猶子《ゆうし》（養子）にして二条御所に入れているのはその表れだ。正親町天皇が譲位して、誠仁親王が即位すれば、五宮が皇太子になり、後に天皇に即位すれば、信長は義理の父親として、王権を牛耳ることさえあり得る。

安土城の「御幸の間」は、正親町天皇の譲位に際して、天皇の行幸を迎えるために用意されたものである。もし天皇の行幸が実現したとすると、戦国時代を通じて京都を離れたことのない天皇が、信長に対して挨拶に訪れるという、前代未聞の「事件」が起き、これは天皇を頂点とする中世的な権威構造の変革を決定づける重大な儀式になったはずだ。

しかし、このとてつもない重大事に気づいた者は、まだ少なかった。むしろ公家《くげ》たちの多くでさえ、信長が公家化しつつあることに期待し、承久《じょうきゅう》の変以前のような、朝廷中心の公家による支配社会が再来することを夢見た。彼らにとっては、誰であれ実力者が公家社会の頂点に立ち、自分たちの安全を保障してくれさえすればよかったのだ。

こうして、多くの人々が信長公の天下が訪れたことを疑わず、信長公の世の繁栄を言祝《ことほ》ぐ中で、明智光秀は浮いた気分にはなれずにいる。信長の前を下がってきた光秀を迎え、斎藤利三《としみつ》が主君の顔色が冴《さ》えないのに気づいて、「ご気分がすぐれませぬか」と尋ねた。

「そうではないが……」

光秀は天を仰ぐようにして、言った。

「上様が御幸の間を設《しつら》えられたということは、近々に帝《みかど》をお招きするおつもりであろうな」

「御意《ぎょい》」

「そのほう、畏《おそ》れ多いとは思わぬか」

「は？」

「帝が御自ら行幸をお望みであるならともかく、わしの知るかぎり、臣下が帝をわが城に呼びつけるなど、前代未聞のことである」

「あっ……」

利三は思わず周囲を見回した。

「それがしは不学にして、さような禁裏のしきたりは存じませなんだが、上様にはその知識はございましょうな」

「ご存じないはずがなかろう。異例をご承知の上で、禁を破るお考えかと推察いたす。もしそうであれば、いささか不穏と申すほかはない」

「と申されますと？」

　利三の問いに、光秀は「ん？……」と言ったきり、回答は与えなかった。

光秀は信長の「天下布武《ふぶ》」の思想が、次第に変質し、際限なく膨張してゆくのを感じていた。

　事実、信長は朝廷をも相対化しつつあった。その一つの証拠が、宣教師フロイスに語ったという信長の言葉である。京を訪れたフロイスは信長に謁見し、正親町天皇への取り次ぎを願った。すると、とたんに機嫌の悪くなった信長は、「余がいる処では、なんじらは他人の寵《ちょう》を得る必要がない。なぜならば余が国王であり内裏《だいり》である」と答え、フロイスの依頼を断ったという。

　イエズス会の巡察師ヴァリニャーノが信長に会った際も、この話を聞いていたため、天皇への面会要請をしなかったほどだ。

　光秀はそこまで見通してはいないが、信長の権力欲がすでに将軍の上を目指していることを察知していた。それに加えて、このたびの「御幸の間」である。信長が朝廷をさえ蔑ろにしようとしているのを感じて慄然《りつぜん》とした。

(上様は伴天連《バテレン》に毒されておられる——)

そうも思った。ヨーロッパには「王」というものが存在し、王はしばしば武力で権力を奪い、国家の頂点に立つと聞いた。その思想をフロイスあたりに吹き込まれて、途方もないことを考えついたのではあるまいか。

そのフロイスでさえ、自らを神格化しようとする信長の意図に戦慄し、信長は、「自らが単に地上の死すべき人間としてでなく、あたかも神的生命を有し、不滅の主であるかのように万人から礼拝されることを希望した。そしてこの冒瀆《ぼうとく》的な欲望を実現すべく、自邸に近く城から離れた円い山の上に一寺(摠見寺)を建立することを命じ」た、と『日本史』に記している。

(危険な思想である——)

信長の暴走を誰かが止めなければ、天皇を中心とする日本の美しい文化的土壌は破壊されてしまう——と、光秀の思い込みもまた、際限なく膨張するのであった。

光秀の危惧《きぐ》は単なる杞憂《きゆう》ではないことがその後、明らかになっていく。同じ年の四月二十五日、京都所司代《しょしだい》の村井貞勝が、武家との取次役である伝奏《てんそう》の勧修寺《かじゅうじ》晴豊《はれとよ》に、安土へ女房衆を使いさせ信長を太政大臣《だじょうだいじん》、関白、将軍のいずれかに推任するよう要求したのだ。うろたえた朝廷は五月四日に晴豊を勅使として安土に送り、「関東討ち果たされ珍重に候の間、将軍になさるべきよし」と朝廷の意向を伝える。

しかし、信長はその場での回答を保留した。これには朝廷は困惑した。いかに功臣であろうと、朝廷からかかる栄誉を与えられれば、さぞかし感激し、手の舞い足の踏むところを知らないことだろう――と予想していたものが、まったくあてが外れるのであった。

(信長はいったい、何を考えているのか――)

不気味に思った。

信長にとって朝廷、あるいは天皇は、天下統一のための「権威」でしかなかった。いままさに事実上の天下統一を目前にして、象徴的権威は信長自身でこと足りる。

いったんは冷淡を装いながら、しかし信長は勅使の帰京後すぐに村井貞勝を通じて将軍推任への回答を行ない、狼狽《ろうばい》していた朝廷を安堵《あんど》させる。実力で天下を掌握しようとしている信長にとって、征夷《せいい》大将軍などさして興味は無いのだ。むしろ朝廷を翻《ほん》弄《ろう》することで、どちらが頂点に君臨しているのかを思い知らせるのが目的だったのであろう。もはや信長にとって、朝廷の意義は相対的に低下していたのである。光秀には、そういう信長の考えが分かるような気がしていた。

そうして、光秀以外にもその信長の野望に気づいた人物が一人いた。先の関白、太政大臣近衛前久《さきひさ》がそれである。

3

年賀には出席できなかった秀吉は、一月二十一日になって、宇喜多《うきた》家の家老たちを伴い、安土城へ上がった。あらためて年賀の挨拶をするとともに、先頃亡くなった宇喜多直家《なおいえ》の病没の様子などを伝え、宇喜多家からは黄金百枚を進上し、直家の遺児秀《ひで》家《いえ》の家督相続を願い出た。

信長はこれを了解し、家老たち一人一人に馬を与えた。老臣どもは感激し、信長公への忠誠を誓って、国元へ帰った。むろん、彼らに馬を贈ったのも、家督相続の件と同様、秀吉の計らいである。このように秀吉は面倒見がよく、新たに織田側についた大名や豪族たちの信用をかち得てゆく。

秀吉は姫路に立ち帰ったあと、ただちに備中へ出陣する用意に取りかかることになっていて、その暇乞いもかねていた。

「備中を取ったら、そちにやろう」

信長は冗談まじりに秀吉を励ました。しかし秀吉は「いえいえ」と手を振った。

「備中は上様に差し上げます。備中はおろか中国筋、九州もすべて上様の御為《おんため》に刈り取り、それがしは唐天竺《からてんじく》に渡り、かの地を頂戴《ちょうだい》いたします」

「ははは、たわけたことを」

信長は終始、上機嫌であった。

「いよいよ、甲斐へご出陣でございますな」

秀吉は真顔になって言った。

「こたびは上様の御供を仕ることが叶《かな》いませぬのが、まことに残念」

「よいよい。もはや武田など、熟柿《じゅくし》を落とすほどのものぞ。そちはわしの名代のつもりで、中国攻めに専念するがよい」

「はは、ありがたきお言葉」

わしの名代のつもりで――とは、部将にとって最大級の名誉な言葉だ。このことは近習たちの口からたちまち城内に伝播《でんぱ》され、いまや羽柴秀吉こそが、押しも押されもせぬ織田家の旗頭《はたがしら》であるという印象をつくり出した。

信長の前を退《さ》がってきたところで、秀吉は光秀と顔が合った。

「おめでとうござる。上様にお言葉を賜ったと聞き及びます。いや、さすがは秀吉殿、羨《うらや》ましいことです」

生真面目な光秀は本音を漏らしたにすぎないのだが、この人物が言うと、何となく厭味《いやみ》に聞こえないこともない。

「何の何の、それがしには身に余る光栄。ただただ、重き責任を感じるばかりです。

それよりも光秀殿こそ、武田攻めでは上様のお側で存分なお働きができましょう」

秀吉は褒め返したが、光秀は浮かぬ顔だ。

「さあ、いかがあいなるか。武田攻めは信忠様が御大将にあたられましょう。それがしの出番などは、なかなかござらぬかもしれませぬな」

自分が脚光を浴びるような、はなばなしい場面はないだろうと言っている。それに引きかえ、中国攻めの総大将は秀吉が務める。そのことに対する羨望《せんぼう》が、やり場のない悔しさと、先行きへの不安となって、光秀の表情を暗くしていた。

「そうそう、先頃、斎藤利三殿が来られて、長宗我部元親《ちょうそかべもとちか》殿のことを申されておりましたな」

秀吉が言った。光秀のほうから、いつ切り出そうかと思って、躊躇《ためら》っていた話だ。

「さようでござったか。あの者は元親殿に縁があるので、一入《ひとしお》、気掛かりなのでござろう。何ぞご無礼を申さねばよかったが」

「いやいや、さしたることは言いませんが、明智殿がその件、ご存じなかったように聞きました。斎藤殿の立場としては、さぞかし難しいことにあいなっていることでありましょう。なれどそれはすでに上様のお心づもりが定まったことでござれば、われわれ家臣は従うのみです」

「とは申せ、このまま進めば、元親殿の軍と事を構えるような仕儀になりかねませぬ。

それについて上様はいかがお考えか、お訊きし、ご翻意願いたいものではござるが」

「いや、それはおやめなされたほうがよろしい。ご不興をかうばかりですぞ。上様とて、苦しいお考えの上にて決めたことゆえ」

「さればとて……」

「明智殿」

秀吉は光秀の目の奥を見つめるような顔で、ゆっくりと首を振った。

「貴殿にこのようなこと申すは、釈迦《しゃか》に説法するがごときものですが、世の中は動いてござる。昨日の敵は今日の友であり、そのまた逆もあると思わねばなりますまい。元親殿の気持ちを忖度《そんたく》いたせば、まことに難しいが、世の動きを止めることはさらに難しい。上様が三好康長《やすなが》殿をお抱えになった以上、阿波三好家に所領の安堵をお約束することは定めです。この上は、元親殿に土佐一国といくばくかの領地を安堵することを条件に、上様のお考えどおり、四国平定を進めるほかはないものと存じます」

「その条件を、元親殿が呑《の》むとお思いか」

「それは分かり申さぬ。もし呑まねば……」

「呑まねば、いかなることに？」

「長宗我部家は滅び申そう」

秀吉は冷やかに言い放った。

「なんと……さような仕儀になれば、元親殿は毛利と組んで、中国を攻めておられる羽柴殿に手向かいいたすでありましょう」

「やむをえませぬ。それがしとて元親殿とは昵懇《じっこん》の間柄でした。決して望みはいたさぬが、さようなことになれば、お相手仕り、切り取り、従えてゆくのみです」

光秀は絶句して、秀吉と睨《にら》み合った。


秀吉と別れ、城下の屋敷に戻ったあとも、光秀は鬱々《うつうつ》として思案に沈んだ。

その様子を、斎藤利三が案じて「いかがなさいました」と訊いた。光秀は「さしたることではない」と首を振ったが、利三の目は主の異変を察知している。

「秀吉殿と会うて、元親殿のことなど、いささか語らった」

「して、羽柴様はどのように仰せでしたか」

「阿波を三好殿に安堵することなど、上様の仕置きはすでに定まったものと申された。わしが上様にご翻意をいただくよう、申し上げると言うと、それはやめたほうがよいと」

「もちろんでございます」

利三は眉を顰《ひそ》めて、言った。

「ご諫言《かんげん》など、絶対になりませぬ」

「ははは、承知しておる。わしも秀吉殿の言うとおりだと思う。すでにして世の中は動き、上様のご方針は変わるまい。あのお方は、一度こうとお決めになったが最後、誰が何と言おうとやり遂げるご性分であられる。わしにしても、そのご性格に魅力を感じたがゆえに、公方様を離れ、上様に仕えたのである」

光秀はしばらく瞑目《めいもく》して、やがて目を開くと、絞り出すような声で言った。

「なれど、上様のすべてが正しいとは、わしは思っていない。比叡山《ひえいざん》焼き討ちも、あれが唯一、正しい仕置きであったかどうかと問われれば、別の方法があったのではないかと思う。一向一揆《いっき》の時もそうだ。阿鼻叫喚《あびきょうかん》の中を、女子供まで、相手構わず切り殺したあのおぞましき感触は、いまもこの手に残っている。そちはどうだ？」

「それがしとて同じ、まことにむごいことをいたしたものでした。世の中を動かし、変わらせる力を、上様はお手にしておられますが、この先、そのお手で何を切り、何を動かそうとなさるのか、想像するとそら恐ろしくなります」

利三はいかつい髭面《ひげづら》に似ず、恐ろしげに首を竦《すく》めて見せた。

「それにつけても、すぐに思い浮かぶのは、追放された佐久間《さくま》（信盛《のぶもり》）殿父子と林秀貞《ひでさだ》殿のことである。上様に叛意《はんい》を抱いたわけでもなく、ことさらな罪を犯したわけでもない。それにもかかわらず死罪にも等しい罰をお与えになった」

光秀は身震いするような思いだった。昨日まで織田家の重臣として、家来を従え、女に囲まれ、栄華をほしいままにしていた身が、一夜明ければ路傍を這《は》うようにして、遠国へ逃れる身分に成り下がったのだ。

「人ごとではない……」

光秀は、おのが心臓をグサリと刺すような思いで、そう言った。

「わしもすでに老いた。いまはまだ、こうして働く余力があるが、やがて上様に尽くせる体力が無くなった時、無惨にも織田家からうち捨てられるのではあるまいか、などと思う」

「殿、さほどまでご案じめさることは……」

「分かっておる。なれどこれは愚痴ではない。そちだけには、わしの本心を申しておきたいのだ。妹のこともあるしな」

『多聞院《たもんいん》日記』によれば、信長が寵愛《ちょうあい》した光秀の妹は天正九年八月の七日か八日に死去しており、光秀がこの件でいたく落胆していたことも記されている。光秀の従妹《いとこ》であった信長の正室帰蝶《きちょう》（濃姫）も、道三《どうさん》の死後、信長が斎藤家と対立するようになって以来、すっかり表舞台からは姿を消している。自分を信長の一門衆たらしめていた女性が二人ともいなくなったことで、光秀は主君との距離がいっそう遠くなったと感じていた。

「それに、上様は近習の堀秀政殿に近江長浜を、また菅屋《すがや》長頼殿に越前府中をお与えになるお約束をなされたと聞き及ぶ。われら重職にある者を差し置いて、年若な側近にのみご配慮されるとは、心許《こころもと》なきことである」

光秀は嘆かわしそうに首を振った。

「嫡男の十五郎は十三歳に相成ったが、家督を任せるにはまだ幼い。わしが死して後、いや、死なぬまでも、隠居して家督の相続を願い出ても、丹波はおろか、本拠である近江坂本の安堵もおぼつかないかもしれぬ。それを思えば、働けるうちにせいぜい戦功を樹《た》て、織田家旗頭としての地位を不動のものとしておかなければならない。だが現実はどうか。このところのわしは、本願寺攻めにおいても、はたまた秀吉殿の中国攻めにおいても、合力ばかりを務めさせられている」

話しているうちに、光秀の胸には抑えていた無念の思いが込み上げてきた。

まったくの話、近頃の光秀は、戦場にいることより、催事を司《つかさど》る方面で、能力を用いられていることのほうが多い。天正九年正月の左義長《さぎちょう》（小正月に行なわれる火祭りの行事）や、その後の京都での馬揃《うまぞろ》えの盛儀で奉行を命じられ、朝廷をはじめ内外の喝采《かっさい》を得たが、そんなものは武人本来の姿にはほど遠い。

秀吉の中国攻めのほか、北陸方面軍を指揮する柴田勝家《かついえ》、伊賀を平定した織田信雄、さらには、これから始まるであろう武田征伐の総大将織田信忠と、織田家の部将たちが、それぞれ、司令官として存分に活躍できる場を与えられている中で、そのどこにも、光秀の入り込む隙はなかった。

「とりわけ、元親殿とのことでは、わしばかりでなく、そちも難しい立場にある」

「御意」

利三は頷《うなず》くほかはない。

「本来ならば、四国の経略はそれがしにお任せいただくのが筋であるが、そのことあるがゆえに、上様のお心づもりでは他のお方に宰領を委《ゆだ》ねられることにあいなろう」

長宗我部家と手切れとなり、四国攻めが始まるとなれば、おそらく信長の三男である神戸《かんべ》信孝《のぶたか》が総大将に任ぜられることになるだろう。

これまで、元親と縁戚《えんせき》関係を密にするなど、営々として長宗我部家との関係を深めてきた光秀や利三の努力が、かえって仇《あだ》となった。

「上様のお考えが分かりませぬな」

利三が言い、期せずして、二人とも安土城天守の方角を振り仰いだ。

4

正月の行事が一段落した頃、浜松城の徳川家康の元に穴山梅雪《あなやまばいせつ》の使いが密かに訪れた。その頃、駿河の武田勢が高天神城奪回を目指して攻撃してくるという噂があったために、取り次いだ家老は何事か――と緊張の面持ちだったが、そのことを予想していた家康は落ち着いて、すぐさま使者と接見した。

使者の趣は、昨年秋、会津の随風殿が参られ、徳川殿への降参を勧められました、ついては家康公のご真意のほどをお聞かせいただきたい――というものである。

家康は随風の「一滴の血も流さず、梅雪を臣下とする」という提案を呑んでいる。それを条件にして調略したということか。それにしても、あの穴山梅雪がよもやと思っていただけに、随風の迅速な行動力にあらためて舌を巻いた。

「随風殿に申せしこと、あい違《たが》わぬと、梅雪殿にお伝えあれ」

家康は即答した。使者は恐懼《きょうく》感激の態《てい》で引き揚げて行った。

その後、しばらく間を置いて、開城の段取りなどを取り決める密使が梅雪の意を伝えに訪れ、また家康の側からも密使を送った。いよいよ煮詰まってからは、安土へも報告を送り、信長の内諾を得た。甲斐攻撃の駿河口は、穴山梅雪が案内するであろうことも決まり、あとは時期の問題のみであった。

武田家の崩壊を促したのは、ひとり穴山梅雪の変節だけに止《とど》まらなかった。天正十年二月一日、木曾福島城主の木曾義昌《よしまさ》が突如、人質を信長に届け、降伏した。

義昌には武田信玄の娘が嫁いでいる。いわゆる「御親類衆」の一員であり、武田二十四将の一人でもあった。その義昌が寝返るとは、勝頼にとってまさに寝耳に水の悲報といっていい。

　勝頼は怒り、ただちに一族の武田信豊《のぶとよ》に三千、高遠城主の仁科盛信《にしなもりのぶ》に二千の兵を与えて木曾懲罰の軍を送ったが、折からの風雪に苦しめられた挙げ句、義昌の精兵に敗れた。そのため、勝頼は自ら一万五千の兵を率いて木曾へ向かった。

　だが、義昌の寝返りをきっかけとして、すでに信長は武田征伐の軍を発していた。織田軍の総大将は織田信忠。三河、遠江《とおとうみ》の徳川勢と、新たに同盟関係に入った相模の北条勢を加えて、総勢十万とも十五万とも伝えられる。義昌が救援を求めた木曾口には、織田長益《ながます》らが率いる一万五千の軍勢が進軍してきた。

　一方、伊那《いな》口から侵攻する信忠の大軍の前に、早くも小笠原信嶺《のぶみね》が投降したという。勝頼はやむなく、軍を諏訪へ、さらには新府の城へと引き揚げざるをえなかった。その勝頼に追い討ちをかけるように、穴山梅雪の謀叛が報じられた。

　武田勝頼の悲運の原因のほとんどは、彼自身にあった。その典型的なケースは長篠合戦の大敗に表れている。常勝武田軍団という自縛に囚《とら》われ、諸将の意見に耳をかそうとしなかった。この際は戦わず、馬を返すべしと進言するのをことごとく斥《しりぞ》け、無謀な突撃戦を繰り返した。織田軍の防塁の堅固なことに気づかなかったのか、偵察を出して気づいていながら軽視したのか、いずれにしても、一軍を率いる大将たる者の配慮に欠けた。

また、外交政策にも一貫性がなかった。

かつて、武田信玄は相模の北条氏政《うじまさ》に娘を嫁がせ、それ以来、甲斐と相模は同盟関係にあった。織田、徳川の圧力が増すのを懸念した勝頼は、さらにその関係を強化すべく、天正五年、北条氏政の娘を正室に迎えた。

そこまではよかったのだが、そこから先の勝頼のとった行動が理解に苦しむ。

翌天正六年、越後の上杉謙信亡きあと、後継者問題で養子の景勝、景虎のあいだで内戦が起きた時、氏政の要請に応じて、勝頼は二万の兵を率いて越後へ向かった。謙信の養子となった景虎は氏政の実弟だったから、当然、景虎の応援であったはずである。

ところが、景勝が側近を通じて講和を申し込むと、勝頼はあっさりそれを受けている。景勝側から示された講和の条件は、「上野《こうずけ》一国を差し上げます」「妹君との縁組をお願いします」の二点だったが、その下工作に、景勝は勝頼や側近に対して莫大《ばくだい》な金品を贈ったとされる。

勝頼の援軍を得た景勝は天正七年、ついに景虎を滅ぼした。

氏政は大いに怒り、勝頼を見限って甲斐との同盟を反故《ほご》にした。武田征伐の織田・徳川軍に、かつて武田と同盟関係にあった北条軍まで加わったのには、そういう経緯がある。

それらのことを含めて、もはや勝頼の政策、戦略、采配を頼るに足らずとして、武田家を支えてきた国人衆や豪族たちの勝頼離れが急速に進んでいた。木曾義昌や穴山梅雪のような御親類衆から譜代・家老衆の中にさえ、勝頼を見放す者が次々に現れたのである。

木曾口、伊那口、駿河口、上州口と、織田、徳川、北条連合軍は各方面からいっせいに甲斐になだれ込んだ。それを防ぐべき「石垣」のごとき人の和は、もはや甲斐にはなかった。

もっとも、離反相次ぐ武田勢の中にも、意地を貫いた武士は少なくない。中でも信州高遠城における、勝頼の異母弟仁科盛信の奮戦は、武田氏滅亡の最期を飾る壮絶なものとして、いまも語り継がれている。

高遠城の戦いでは、仁科盛信の奮戦もさることながら、織田軍の総大将信忠の戦ぶりがすばらしかった。自ら塀を乗り越え、肉弾戦に加わったという。これを目のあたりにした織田の将兵は、信長公の後継者として信忠公を戴《いただ》くことに、まったく不安感はなかっただろう。

高遠落城の報を、勝頼は新府の城で聞いた。躑躅ヶ崎の館を捨て、韮崎の新府に移ったのは、つい昨年暮れのことである。織田軍の襲来に脅え、突貫工事で造った新城は、まだ壁も乾ききっていないような状態だ。籠城《ろうじょう》するには不備が多く、兵糧《ひょうろう》の備えも不足している。おまけに軍勢も整わなかった。

籠城か撤退か——勝頼の心は揺れ動いた。嫡男の信勝《のぶかつ》はこの時十六歳、若輩ながら悩む父親を励まして、城を枕に討ち死にする覚悟を示した。

だが、宿将真田昌幸《まさゆき》が「ここはひとまず撤収して、再起を期すべきです」と、自分の本拠である上州岩櫃《いわびつ》城への移動を進言した。

また同様に、小山田信茂《のぶしげ》も本拠の岩殿《いわどの》城へ誘った。勝頼は退城を決意、武田家にとっては外様《とざま》である真田の岩櫃城よりも、譜代である小山田を頼る方針を選んだ。

天正十年三月三日、真新しい新府の城に火をかけ、一族郎党を引き連れて岩殿城へ向かった。

ところが、頼りにした小山田勢が、笹子《ささご》峠で鉄砲を撃ちかけ、勝頼一行の行く手を阻んだ。その時、すでに信茂は織田に通じていたのだ。

小山田信茂の裏切りを、後世、極悪非道のように言うが、たとえ譜代といえども、あるいは身内といえども、自国や自分の城を護《まも》るためには、これもまたやむを得ない方策、いわば乱世の習いというものだろう。木曾義昌の場合も、穴山梅雪の場合も同じことである。

信茂に欺かれたことを知った勝頼はやむなく、行く先を天目山に変えて落ちてゆく。従う者は、新府の城を出た当初は千人以上いたのが、途中、次々に列を離れ、最後まで従ったのはわずか九十人。しかもその半分は女性で、ほとんどが徒歩《かち》という惨めさであった。
目指す天目山にも、早くも織田の軍勢が待ち構えていた。勝頼はついに進退極まって、山麓《さんろく》の田野《たの》というところで討ち死にする。嫡男信勝と夫人は自刃し、従う女たちも殺され、あるいは自刃して果てた。

時に天正十年三月十一日、勝頼三十七歳。『甲陽軍鑑』には、最後まで勝頼に従った武士は「ただ四十四人なり」と記されている。名門武田家の最期としては、まことに哀れなものであった。

光秀が予想したとおり、武田征伐は信忠が率いた軍によって、ほとんど片づいたと言ってよかった。信長の「本隊」が岩村城から伊那口に入ったのが三月十三日、すでに勝頼が果てたあとのことであった。

翌十四日、信長は勝頼らの首級を実検。勝頼・信勝父子の首は、十五日から三日間、信濃飯田でさらされた。

勝頼を裏切り、投降した小山田信茂父子は、許されず斬首《ざんしゅ》に処せられた。その一方、いち早く寄せ手側に合力した木曾義昌、穴山梅雪には旧領の安堵を許している。梅雪は三月二十日、信長の前に伺候して名馬を献上、挨拶した。

信長は上機嫌で梅雪を引見し、「三河殿より聞いておる」と、家康から合力の条件として提示されていたとおり、梅雪の所領を認めるという、寛大さを見せた。

その報告を、服部半三が会津の随風にもたらしたのは、甲斐におけるすべての戦後処理が終わった四月半ばである。

「梅雪様は何もかも随風様のお蔭であると、いたく感謝しておられます」

「さようか。それは何よりのこと」

随風は頷《うなず》いたが、同時に、甲斐の国が織田軍団に蹂躙《じゅうりん》された様子を思い浮かべ、武田家の末路にそぞろ哀れを催した。

随風が三河攻めの信玄に従って、三方ケ原合戦をこの目で見たのはおよそ十年前、元亀三年（一五七二）のことである。あの時、信玄の病状を見て予感した武田家の衰微が現実のこととなった。

「栄枯盛衰は世の常とは申せ、悲しきことではあるな。信長公のことゆえ、さぞかし仕置きも厳しいものであったろう」

「御意。恵林寺《えりんじ》の快川《かいせん》様までもが、まことにむごきご最期を遂げられました」

「快川国師がいかがなされたか」

「恵林寺は、六角次郎殿を匿《かくま》い申した罪で、仕置きを受けました。快川様は百余人のお坊様とともに、恵林寺山門の楼上にて火をかけられ、はかなくなられたとのこと」

「なんと、焚殺《ふんさつ》されたというのか……」

「焦熱地獄のごとき炎に、老幼、あまたの僧侶《そうりょ》が苦しむ中、快川様のみ端然として、『安禅、必ずしも山水を須《もち》いず。心頭滅却すれば、火も自ずから涼し』と喝破され、火中に没したとお聞きしました」

快川紹喜《じょうき》は天皇から「国師」の称号を賜ったほどの高僧である。それを――と、随風は数珠《じゅず》をまさぐり、念仏を唱えるほかはなかった。

比叡山を焼き、伊勢長島の一揆勢二万を焼き殺した信長公のことだ。この程度のことがあっても不思議はないのかもしれない。

随風が諦《あきら》めをこめてそう言うと、半三は「さようではございませぬ」と手を振った。

「こたびのご下知は信長様でなく、ご嫡男の信忠様が奉行にお命じになってのことです」

「なに、信忠殿が、か……」

随風はあ然とした。(血というものか――)とも思った。信長の激しく、容赦ない気風は、そのまま嫡男に受け継がれているのだろうか。

「救いがたきものがあるな……」

思わず述懐した。織田家の前途に、言い知れぬ不吉なものの気配があるのを感じた。

人間は神ではない。神でない者が人の善悪を裁くことには、つねに過ちがつきまとう。一時の怒りに任せて断罪を行なえば、それこそ神を恐れぬ悪業を犯すことになりかねない。信長が行なってきた数々の殺戮《さつりく》の中には、悪業としか思えぬものが少なくない。比叡山、長島、越前……そしてこのたびの恵林寺。

世の人々が沈黙しているのは、信長が恐ろしいからであって、決して認め、許しているわけではない。神でもない者が犯した悪業は、とどのつまり、許されるものではないのだ。いつか必ず、天の「仕置き」を受ける時がくる。善男善女でさえそれを恐れ、仏の慈悲に縋《すが》るのである。いや、縋るばかりでなく、己が身にも慈悲の心を保つべきである。まして、人を殺すことを生業《なりわい》にしている武人ならばこそ、信仰を忘れてはならない。仏でもよし神でもよし、人それぞれに信仰を得て、己が罪を振り返るよすがとするのがいい。

恵林寺が六角次郎を匿った、ただそれだけの罪――罪とも言えぬ、善意から出た行為にすぎないではないか。窮鳥懐に入れば、猟師も殺さずというのに、なまじ慈悲をかけたばかりに、老幼百余人もの命を焼いてしまうようなことを、天が許す道理はない。

よしんば父親が神を恐れぬ悪業の人であったとしても、その子までがそれを真似ることはない。むしろ、父親のむごさから慈悲を学んで、人々の崇敬を集め、世を掌握する道を選ぶべきだ。

信忠の評判は、随風の耳にも入っている。明敏で勇敢で、信長の後継者として申し分ない――という噂だ。その信忠の前途のために、このたびの暴挙が彼の命によるものであったことを、随風は惜しんだ。

「あのご仁はいかがであったか」

随風は気を取り直して言った。

「どなたのことでございましょうか」

「うむ、まず明智光秀殿から聞こうか」

「明智様は信長公の本営近くを進まれ、こたびの武田攻めでは合戦の場に遭われず、格別のお働きはなかったとお聞きしております」

「では秀吉殿は?」

「羽柴様は西国へご出陣。ご滞陣は長くなるとのお噂のほかは、さしたるご報告はございませぬ」

「さようか。遠いことよの」

随風はその遠さに、理由のない寂しさを思った。窓外を見やれば、会津の山並みのはるかな空には、暗雲が立ち込めていた。

5

信長が伊那口から信濃へ入った三月上旬、ほぼ時を同じくして、羽柴秀吉は播磨、但馬、因幡の兵を率いて姫路を出陣、備中へ向かっている。いよいよ、本格的な中国・毛利攻略が開始されるのである。

信長が新府城の焼け跡を視察し、甲府に入った頃、秀吉は備前宇喜多家の岡山城に到着した。宇喜多家は奸雄《かんゆう》直家はすでに亡く、その子秀家が家督を継いでいる。秀吉はこの秀家をわが子のように可愛がり、秀家も秀吉を慕っていた。そのお蔭で、秀吉は宇喜多家の五十七万石と一万二千の兵を、さながら自分のもののように利用できた。こういうところが秀吉の人徳であり、見方を変えれば狡猾《こうかつ》ということになる。

武田氏滅亡の報はすでに秀吉の手元にも届いていた。後顧の憂いが無くなり、織田軍は全兵力を挙げて中国攻めを行なう条件が整ったといえる。

秀吉は、いずれは信長に出馬要請をするつもりでいた。かりに単独で勝てる自信があっても、最後の「花道」は信長のために残しておかなければならないと思っている。

信長はすでに「天下人」らしく振る舞う生き方を示している。その兆候はすでに天正三年、河内高屋城の三好康長勢を攻めた頃から現れていたと言える。その折、信長は十万の大軍を催し、合戦場を望む駒ケ谷山から、文字通り高みの見物を決め込んだのだが、今回の武田征伐ではその形式が定まった。信長はまさに天下人に相応《ふさわ》しく、すでに戦いやんだ戦場を視察し、遊ぶがごとくに進んでいるのである。

四月二日、北条氏政が狩を催し、捕らえたキジ五百羽を進上してきた。

四月三日には台ヶ原を進んで、かねて見たいと願っていた富士山を遠望し、そのあと、新府城の焼け跡を検分、さらに躑躅ヶ崎に立ち寄った。武田信玄の館跡には信忠の命で新たに仮の御殿がしつらえられており、信長はそこに陣を据えた。

そうしている同じ日の同じ時刻、そこからわずかに離れた塩山《えんざん》では、恵林寺が炎上し、快川以下の僧侶たちが焚殺されていたのである。


「この先、梅雪様はいかがなことにあいなりましょうか」

半三は気掛かりそうに言った。

「案ずることはあるまい。信長公によって本領が安堵された以上、織田家の被官と等しいことになる。もはや、当の信長公以外には梅雪殿を脅《おびや》かす者はいないということだ。梅雪殿は信長公に駿馬《しゅんめ》を贈られたそうだが、信長公にしてみれば、梅雪殿という、またとない名馬を手に入れたごときお気持ちでござろうよ」

随風は笑顔で言ったが、やや表情を曇らせて、

「ただ……」と呟《つぶや》いた。

「は？　何か？」

「いや、少し気になるのは、家康殿がいかがお考えかである」

「と、申されますと？」

「家康殿のおつもりとしては、梅雪殿をご自分の家臣にとの存念がござったろう。それがしもそのように申し上げた。それが信長公自ら被官として旧領を安堵されたとなると、梅雪殿は信長公の家臣の一人として、家康殿に与力《よりき》する立場とあいなる。江尻の城も領地も、家康殿の思いのままというわけには参らぬ。名馬を横取りされたような具合で、いささかあてが外れた思いをされておいでではあるまいか」

随風はそう言いながら、さらにその先へと、想像が広がった。

「そればかりか、信長公のお考えとしては、家康殿への目付の意味もあって、梅雪殿の旧領を安堵なされたのやもしれぬ」

「なるほど。なれど、それは梅雪様にとっては望外のことではござりませぬか」

「そうよの。とはいえ、家康殿にご不満が残るのが、少し気になるところじゃ」

正直に言えば、少しどころではなく、そのことが大いに気掛かりであった。そもそも、家康が随風の提言をそのまま受け入れ、梅雪と和睦を結んだことも望外だが、それをまた信長が快諾して、旧領安堵を即決したというのも、あまりにも「望外」すぎる。

梅雪は必死の思いだったろうけれど、家康にせよ信長にせよ、いずれも余裕の上に立って、舞い込んできた「窮鳥」をいかに利用すべきか、権謀術策を働かせているにちがいない。とりわけ、苦労人で、とてものこと一筋縄ではいきそうにない家康がこのままで納まっているのには、それなりに思惑があると思うべきだ。

随風がそう語ると、半三は悩ましげに顔を曇らせた。

「さように入り組んだ仕組みでござりますか。もし仰せのとおりと致しますと、喜んでばかりはいられませぬな。梅雪様は家臣の前ではいたく明るくお振る舞いですが、お気持ちは揺れ動いておいでのご様子。かかる折に随風様においでいただければと、そのようにお思いであることは、ありありと見て取れます」

「さもありなん。梅雪殿は豪傑ではあるが、心の細やかなお方でもあるからな」

「いかがでござりましょう。再度、江尻にお越し願うわけには参りませぬか」

「ははは、こたびのそのほうの目的は、そこにあったか。それは拙僧としても、梅雪殿のもとに伺うのはやぶさかでない。さりとて、それがしが参っても何ほどの役に立つとも思えぬが」

「いえいえ、さようなことはござりませぬ」

「分かった分かった。そうよの、話し相手ぐらいは務まろうか。いちど、様子を見に参るといたそうかな」

「えっ、まことでござりますか」

半三は嬉しそうに目を輝かせた。

第十九章　凶　兆

1

　天正十年（一五八二）四月二十一日、随風《ずいふう》は半三《はんぞう》を供に、会津《あいづ》黒川城を出た。織田信長が甲斐、駿河、信濃方面の経略を終えて、安土城に凱旋《がいせん》したのと同じ日のことであった。

　今回は韋駄天《いだてん》の半三ばかりでなく、随風も飛ぶように足を運び、先を急いだ。戦いやんですでに一ヵ月を経過して、甲州路も平和な気配に包まれている。農民たちは、何事もなかったかのように野辺の作業に勤《いそ》しみ、要所要所に詰める兵たちの表情にも緊張感はなかった。

「天下が定まるというのは、よきことだな」

　随風はしみじみ述懐した。たとえ羅刹《らせつ》のごとき暴虐は憎むにしても、信長が掲げた「天下布武《ふぶ》」の旗の目指すところそのものは、決して間違っていないのだと思う。ただ、真に天下泰平に到るまでには、この先、どれほどの戦が起こり、あまたの犠牲を経なければならないか。それを思うと、仏門の内にいる者としても、安閑としてはいられない。

富士川沿いの街道を南下し、江尻城下に入る。戦乱に遭わなかった町の人々は笑顔を浮かべ、道を行く足取りも軽やかだ。町並もそうだが、江尻城も城門の辺り、見違えるように美麗に装われていて、これが敗軍の将の居城とは思えない。

「それがしが会津へ出立する時、耳にいたしましたが、信長公が甲斐よりご帰国の道すがら、当城にお立ち寄りになるとのことでございました。そのために、急ぎご普請をなさったのでございましょう」

半三が解説した。

梅雪《ばいせつ》は玄関まで出迎え、手を取らんばかりにして、随風の来訪を喜んだ。家臣たちが居並ぶ中、自らが先に立って、これまた信長を迎えるために模様替えをしたという座敷に通し、かたちを改めて挨拶《あいさつ》した。

「半三よりお聞き及びのとおり、すべてご坊の仰せのごとくになり申した。いや、それ以上と言うべきでありましょう。信長公ご自身より旧領を安堵《あんど》する旨、お許しを賜った。向後は家康殿を与力するようにとの仰せでした」

梅雪は身内から込み上げる喜びを、抑えきれない様子である。

「それは何よりでございました。なれど、心いたさねばなりませぬぞ」

「と、申されると？」

「こたびのこと、家康殿のお計らいあったればこそです。信長公のご沙汰《さた》とはいえ、この先、あくまでも家康殿をお立てなさるが肝要かと存ずる。三河の譜代の方々の中には、梅雪殿のことを必ずしも快く思わざる方もおられましょう。それにつけても、家康殿をお立てになり、臣下の礼をお尽くしになるほどの気遣いをなさいますよう」

随風の言葉に、梅雪は不満顔であった。

「さようでござろうか。ご坊がそう申されるならそのように心掛けますが。なれど、重ねて申すようですが、それがしの立場は、あくまでも信長公の配下でありますぞ」

（やはり——）と、随風は自分が案じたとおり、梅雪の認識が甘いことを憂いた。梅雪は育ちがよすぎるのである。優れた資質を持っているとはいえ、武田家の御親類衆として育ち、戦場ではつねに信玄の側近であった。おそらく、自ら手を汚すような、あくどい戦などしたこともないにちがいない。

それに対して家康は千軍万馬《ばんば》。今川家での人質生活に始まり、三方ヶ原合戦のように九死に一生を得たような死に物狂いの修羅場を、幾たびとなく体験し、生き抜いてきた。

一方では、信長という、きわめて難しい権力者を相手に、おのれを殺しじっと耐えている。その家康の目から見れば、梅雪など、赤子のように未熟に思えるだろう。

かな」
「いかがでありましょう、随風殿。しばらく当家に留《とど》まってはいただけないものです
随風は案じた。
(危ういかな——)

梅雪のほうから言いだした。随風の様子に懸念を抱いたのかもしれない。そういう明敏さは備えた人物だ。

「かたじけない。拙僧も歳でござろうか、長旅がこたえるようにあいなりました。お言葉に甘え、逗留《とうりゅう》させて頂きとう存じます。ご当地は会津と異なり、気候温暖、風光明媚《めいび》で、富士山の眺めは格別でございますしな」

「おお、富士を眺められるのなら、これより少し南の有度山《うどやま》にお登りなされ。興津《おきつ》の浦に浮かぶがごとき富士山は、まことに美しゅうござる」

梅雪は勧め、随風もそれに従うことにした。その有度山と谷を隔てた久能山《くのうざん》山頂に、後に家康を祀《まつ》る東照宮が建立される。

五月二日の朝、随風は半三の案内で有度山へ登った。山頂には一宇の堂があり、誰の作か、粗削りの木仏が鎮座している。堂は傷み、仏像は傾いていた。随風はとりあえず、仏像の台座を平らにして、野の花を供え、念仏を献じた。

梅雪の言葉どおり、有度山からの眺望はまことにすばらしく、興津の浦に影を落と

さんばかり、長く裾《すそ》を引いてそびえ立つ富士山は、息を呑《の》むほどの美しさであった。

ただ、富士山の真上に横たわる鼠色の雲がいささか気になった。そのことを言うと、半三は「あれは笠雲《かさぐも》でございます」と解説した。

「笠雲が出ると、やがて天気は崩れるという言い伝えがあるそうです」

「さようか……崩れるのは天気のみであるか」

「は？」

「戦乱の兆しとは言わぬのかな」

「と、申されますのは、武田の残党が挙兵いたすのでございますか？」

「いや、よもやそれはあるまいが、いささか気になる。不吉の兆候でなければよいが」

目を転じると、南に久能山、西には駿府《すんぷ》からさらに先、遠江《とおとうみ》方面の低い山並みが望める。

「京はこの方角であろうか」

「はい、京も近江も大坂も、大方この方角でございましょう」

「ははは、そなたは大雑把《おおざっぱ》よの」

随風は笑ったが、半三が口にしなかった比叡山《ひえいざん》を心に念じて、しばし合掌した。

「中国筋は、そのさらに遥かであるな。秀吉殿もさぞやご苦労なことであろう」

「笠雲が示す戦乱とは、羽柴《はしば》様が向かわれた、中国筋の戦のことでございましょうか」

「そうではあるまい。あのご仁のことは、富士権現《ごんげん》様にもお分かりになるまいて」

表情が豊かで、喜怒哀楽を正直に見せるようでいて、どこか捉《とら》えどころのない秀吉の風貌《ふうぼう》が、随風の脳裏に浮かんだ。だが、すぐさまそれを打ち消して、明智光秀《みつひで》の生真面目な顔が鮮烈に蘇《よみがえ》る。あの笠雲のように、どこか物悲しく、重苦しさを感じさせる表情である。

その随風の危惧《きぐ》を裏付けするように、まさに不吉の兆候は光秀の前に現れた。

2

話は少し遡《さかのぼ》るが、信長は武田攻めにおける各武将の出陣において、二月九日に十一カ条の細かい指示を出した。その中で、摂津《せっつ》の池田恒興《つねおき》と丹後の細川藤孝《ふじたか》については、本人が領国に留まり息子たちを出陣させるよう命令している。総司令官はすでに述べたように信長の嫡男信忠《のぶただ》であった。そして、信忠軍の武将である滝川一益《かずます》と河尻《かわじり》秀隆に、信忠の行動に関する事細かな指示を与えている。これらの残された文書が物語るのは、自分の息子を含め、軍団の世代交代を注意深く行なおうとする信長の姿である。

十一ヵ条の最後に「惟任日向守《これとうひゅうがのかみ》、出陣の用意すべき事」とだけ短く触れられた光秀は、この書き出しを見て自ずと自分の役割を悟ったことだろう。近習衆だけではない、いまや臣下の武将たちも世代交代の波に洗われているのだ。

そして信長自身が細川藤孝宛の書状で語ったように、「我ながら驚き入る計《ばか》り」にあっけなく終わってしまった武田攻めの論功行賞は、光秀にとってさらに感慨深いものであった。

信長が三月二十九日に行なった知行割《ちぎょう》を見てみよう。

甲斐国は穴山梅雪の知行を除き河尻秀隆に、駿河国は家康に、上野国は滝川一益に、信濃国の高井・水内《みのち》・更科《さらしな》・埴科《はにしな》四郡は森長可《ながよし》に、同国の木曾谷二郡と安曇《あずみ》・筑摩《ちくま》二郡は木曾義昌《よしまさ》に、同国の伊那郡は毛利秀頼に、同国の諏訪《すわ》郡は穴山の替地として河尻秀隆に、同国の小県《ちいさがた》・佐久《さく》二郡は滝川一益に下された。他にも、美濃の岩村城を団平八に、兼山《かねやま》と木曾川対岸の米田島《よなだじま》を森蘭丸《らんまる》に宛てがっている。

これらはすべて『信長公記《しんちょうこうき》』の記述である。寝返った木曾義昌でさえ本領以外に新たに二郡を獲得している一方、信長に従っただけの光秀の名は当然ながらない。さらに特徴的なのは、森長可、河尻秀隆、団平八という信忠軍団の主力が手厚く遇されているところだ。ここには、信忠の軍団を形成しようとする信長の意図がはっきりと見える。

滝川一益が関東方面軍を率いることになった結果、北陸方面軍の柴田勝家《かついえ》、中国方面軍の羽柴秀吉、信忠の軍団――という体制ができあがった。残る四国方面軍は信長の息子神戸《かんべ》信孝《のぶたか》が率いることになっている。少し前までは信長家臣団随一と自負していた光秀の胸中に、ざわざわと波が立ち騒ぐのも不思議ではない仕置きであった。

天正十年五月、信長はいったんは保留した将軍推任を受諾すると朝廷に伝えている。これは鞆幕府の義昭《よしあき》から権威を奪い、毛利氏の大義を失わせ、中国、四国攻めを容易にしようという、信長の周到な計算であった。その上で、五月七日、信孝に四国出陣を命じ、四国平定後の人事案を示した。いうなれば、信長の施政方針と言っていいものだ。

その内容は、四国攻撃軍の最高指揮官である神戸信孝を讃岐《さぬき》国主に、三好康長《やすなが》を阿波国主にするという。つまり、長宗我部《ちょうそかべ》元親《もとちか》を制圧して――という前提での、領地の分配方法でもある。当時すでに信長は、若い一門や近習たちを有力大名として取り上げ、畿内《きない》とその周辺に配置し始めていたが、この人事案はその一環と位置づけられる。

これに光秀は衝撃を受けた。長宗我部家の滅亡は、彼が営々として築き上げてきた四国融和政策を無にするものであり、三好氏の抱え込みにより四国全土を織田政権の支配下に置こうとする、秀吉の膨張政策に敗れたことを意味する。

「これは一大事でございますぞ」

　斎藤利三《としみつ》が血相を変えて、光秀に言上した。

「上様は長宗我部殿ばかりか、わが殿までも蔑《ないがし》ろになさろうというおつもりです」

「言わずとも分かっておる」

　そう叱ったが、光秀はほとんど放心状態と言ってよかった。

「それのみではありませぬ。近頃、近習衆の噂を耳に致しましたが、上様は成利殿《なりとし》（森蘭丸）に坂本城をお約束なされたとか」

「まさか……」

「殿、殿は律儀に過ぎまする。羽柴殿のごとく、賂《まいない》をもって上様を籠絡《ろうらく》し、栄達を図るがごときは唾棄《だき》に値しますが、ご油断は禁物でございます。先の佐久間《さくま》殿および林殿の例もあり、上様の元にあっては、かつての幕政のごとく、本領が子々孫々まで安《あん》堵《ど》されることはなきものと、お覚悟あってしかるべしと存じます」

「利三、そのほう、わしに何をせよと言うのだ」

「されば……」

　利三は膝《ひざ》を進めたものの、さすがにその後に続く言葉は飲み込んだ。主と臣は、畳一枚を挟んで睨《にら》み合う形になった。やがて利三は視線を外し、「昨夜、真光が参りました」と言った。

「またか。そのほうの元には、足繁く参っておるようだの」

「御意。月に二度は、当地とこの地を往復いたしておるようでございます」

利三は畳を指さして、言った。畳の表は備後《びんご》産である。備後鞆の浦に在る義昭公方《くぼう》のことだ。間もなく毛利が自分を擁して、上洛戦を開始するであろうから、その際は協力するように——という趣旨を、反復して使いしてくる。

「それとは別に、太政大臣様のご意向もお伝えくださるようにとのことを申しておりました」

「はて、前久公《さきひさ》が何と？」

「近々に、殿をお屋敷にお招きいたしたいとのご意向とのことでございます。真光は詳しくは明かしませぬが、上様の御幸《ごこう》の間《ま》ご披露のことについて、何かご不快の旨、お漏らしとか」

「ほう、それは意外なことよな。前久公は上様とご昵懇《じっこん》のはずであったが」

「それがこのところ、必ずしもそうとのみは申せぬとのこと。上様の朝廷へのお仕打ちに、前久公はことのほかご不満と、真光は申しております」

「そうか、前久公までがな……されば、潮時やもしれぬな」

光秀は表情を強張《こわば》らせた。

「殿……」

利三は緊張して、光秀の口許《くちもと》を見つめた。

「いつまでも耐え、待つほど、わしは若くはないし、すべてを諦《あきら》めるほど老いてもおらぬ」

光秀は初めて、自分の本心の一端を漏らした。言葉は抑えているが、胸中には不安と怒りが渦を巻いていた。左遷される――という個人的なことばかりでない。誰かが止めなければ、帝《みかど》を中心にして営まれている、奥床しい日本の古式が、信長の暴力的な思想で打ち破られてしまう――という危機感が突き上げてくる。

その一方で（秀吉ごときに虚仮《こけ》にされてたまるか――）と、強い競争心もむらむらと湧いた。

その秀吉は二万数千の兵を率いて、備中《びっちゅう》に攻め込んでいた。

羽柴軍は毛利方の第一線にある五つの小城を攻め落としたり調略したりして、備中高松城を孤立化させた。

ところが、ここで進軍が停まる。高松城主の清水宗治《むねはる》は毛利勢きっての名将で、軽い気持ちで寄せた羽柴勢に手痛い一撃を与え、さっと城に引き揚げた。高松城は岐阜城のように要害堅固な山城ではなくただの平城《ひらじろ》である。しかし、周囲に広がる水田地帯が攻略を難しくしていた。

秀吉は城を北西に望む石井山に本陣を構え、軍師の黒田官兵衛とともに攻略の方針を練った。

「難しゅうございますな。無理攻めをすれば落ちましょうが、味方の損害もまた多うござる」

官兵衛はこの男には珍しく、弱音を吐いた。

「まこと、水田は広大な堀のごときものです」

「堀か」

秀吉は腕組みをして、やがて言った。

「ならば、堀を深くすればよかろう」

「は？」

「浅田を深堀にし、水攻めにするのよ」

「なるほど、それは妙案でございますな」

官兵衛ははたと膝を打って、すぐに動いた。

高松城周辺は、足守川《あしもりがわ》の水位が上がると、水田地帯の水捌《は》けが悪くなり、盆地の南の、山地が東から張り出している「蛙ケ鼻《かわずがはな》」でせき止められ、停滞した水が民家の床下を浸すことがある。秀吉と官兵衛は、その蛙ケ鼻と対岸の高台とを結ぶ堰《せき》を建設することを考えついたのだ。その距離およそ百八十間（約三百メートル）。

降雨で増水した足守川の水を導入すると、盆地はたちまち湖水と化した。じわじわと水位が上がり、田を覆い、民家を浸し、城の石垣に波が寄せてくる。この水攻めは大土木工事という意味では「付城戦」と見ることができる。武力のみによる戦というより経済戦でもある。包囲網を固め、敵が干上がるのを待つという、長期戦の究極的なものだ。ただ、この高松城水攻めはその規模において類を見ない画期的なものとして、驚嘆に値する。

羽柴軍はあとは時間との戦いであった。時が移れば、毛利本軍が後ろ巻きに攻め寄せるであろうことは間違いない。秀吉は毛利の援軍への備えを固めるとともに、いよいよ信長の出陣を要請する時が迫ったことを思っていた。

援軍を待つ理由の第一は、何といってもこの兵力で決戦を挑むことの危険である。両軍の兵力はほぼ拮抗《きっこう》していた。柵《さく》を巡らせて守りに徹している分には、たとえわれに倍する敵であっても、撃退することは難しくない。

現に、毛利軍は総大将の毛利輝元《てるもと》をはじめ、吉川元春《きっかわもとはる》、小早川隆景《こばやかわたかかげ》がほぼ稼働可能な将兵を率いて出陣したものの、ただちに攻撃を仕掛けてこない。秀吉軍の防御陣は柵を幾重にも連ね、その手前に巡らせた土塁には鉄砲が列をなしている。

しかし、柵を出ての純然たる野戦となると、敵味方の立場・条件は等しく、地理地勢に通暁している分、毛利軍のほうが有利だろう。

第二の理由は、かりに力戦奮闘して、運よく敵を破ったとしても、信長が手放しで褒めてくれるかどうかは大いに疑問だ。むしろ「出過ぎ者め」と叱責《しっせき》されそうな気がするのである。やはり最後の花道は信長公のために残して、「見たか、余の威勢を」と見えを切る舞台を設定しておくべきだという、いかにも秀吉らしい細心からきている。

残るは信長の支援を仰ぐタイミングの問題だ。あまり早くても、信長に怯懦《きょうだ》を叱られそうだし、遅すぎれば、味方の士気が萎《な》えて、援軍が届く前に敵襲に敗退するか、それとも、長雨で堤防が緩み決壊する危険もある。

「上様のご出陣を求めに参りましょうか」

吉備津彦《きびつひこ》神社の裏山に信長の本陣とすべき付城が完成した頃合いを見計らって、官兵衛が言いだした。

「いや、安土にはわしが行く」

「御大将が陣を離れられるのは、いかがなものでしょう」

「ここはそなたに任せておけばよい」

秀吉は先触れの者を走らせ、街道筋に早駆けの馬を用意させておいて、百騎ほどの供を引き連れて安土へ向かった。

その頃、家康と梅雪も安土へ向かっていた。信長からの招待があったのだ。家康は駿河国を贈られたお礼、梅雪は旧領を安堵されたお礼がその目的である。梅雪は安土行きを家康からの使者に告げられた時、興奮ぎみに随風にその話をした。

「信長公は、それがしまで、ご招待賜るとのことでした」

「それは結構なことで」

随風はそう祝ったが、すぐに「拙僧もお供仕《つかまつ》りましょう。先年、ご挨拶に参上いたした折のお礼も申し上げたい」と言った。

「おお、それはかたじけない。ご坊にご同道願えれば、まことに心強いことです」

梅雪は単純に喜んでいるが、随風はなぜか、心晴れぬ思いがしていた。有度山頂で、富士山の笠雲を見て以来、得体の知れぬ不吉な予感に襲われ続けているのである。この先に、何か予測もつかない出来事が待ち構えていて、その「異変」に梅雪が巻き込まれるような気がしてならない。

信長が家康と梅雪を招いた公式的な目的は、武田征伐における両人の功労を謝すものであった。とりわけ信長は、家康に対しては気を遣い、家臣に「ひときわ、心をこめておもてなしせよ。街道を整備し、御宿舎においては国持ち、郡持ちの大名がご挨拶し、十分にご接待いたすように」と、きめ細かい指示を与えている。

家康、梅雪の一行が近江の番場《ばんば》に着いた五月十四日の夜は、にわかに建てられた館に酒肴《しゅこう》が用意されていたほど、行き届いたものであった。

その夜、随風は酒肴の席には着かず、安土まで出掛けて、托鉢《たくはつ》の真似事をしながら、城下を散策してみた。少し見ないうちに、城下町はさらに拡がり、この地がいずれ、京をしのぐほどに発展するのではないか——とさえ思える。随風のほかにも托鉢僧をちらほら見かけるのは、この地の豊かさを物語っている。

小半時《こはんとき》ばかり歩いて、そろそろ引き揚げるかと思った時、月光が照らす薄闇の中、随風と同じ僧形の者がやってくるのが見えた。僧形だが、歩き方や身のこなしで尋常の者でないことが分かる。随風も及ばないほどの早足である。

(真光か——)

随風は驚いた。会津に現れ、義昭公方の書状を伝えた、あの真光である。随風は気づかれぬよう背を向け、托鉢の誦経《ずきょう》を続けながら、真光の行方を目の端で追った。それから徐《おもむろ》に動いて、軒下や立木の暗がりを伝うように跡をつけた。

半丁ほど先を行く真光の姿が、ふっと消えた。(気づかれたか——)と思ったが、随風は足を止めずに、真光の消えた辺りへ急いだ。物陰から斬り付けてくることを警戒したが、真光のいる気配はなかった。

目の前に、大名のものと思える、いかめしい門構えの広壮な屋敷がある。多くの家がそうだが、まだ木の香が漂うほど新しい。真光はどうやら、この屋敷に吸い込まれたようだ。通りかかった商人らしき男に、「どなたのお屋敷ですかな」と訊いた。出入りの商人なのか、すぐに「明智様のお屋敷です」と答えた。

随風の胸に、またしても黒い雲が湧いた。

3

家康と梅雪の招待が決まった時、安土では明智光秀が信長から家康たちの饗応役《きょうおうやく》を命じられている。大役とはいえ、接待係にすぎない。利三などは「わが殿にかような……」と、切歯扼腕《せっしやくわん》した。

「まあよい。ここはまず、嬉《うれ》しげに務め参らそうぞ」

光秀は冷笑を浮かべて言った。

言葉どおり、京都、堺にて精一杯、珍物佳肴《かこう》を調えた。五月十五日から十七日まで、盛大な宴が繰り広げられる。そのすべてを宰領するのが光秀と知って、家康は「惟任《これとう》殿がお手ずからとは」と、大いに恐縮し、信長を得意がらせた。

ところが、十六日の午後に至って、突如、状況が一変する。備中の戦線から急遽《きゅうきょ》、立ち戻った秀吉が、慌ただしく城内に入ったのである。

秀吉は中国における、のっぴきならぬ戦況を報告して、「かかる折からは、上様のご来陣を伏してお願い仕ります」と言った。

「あい分かった」

信長は即座に決断した。大将自ら駆け戻って、縋《すが》るように出陣を求めてくる、秀吉のひたむきな仕様が可愛いのである。まさに秀吉が目論《もくろ》んだとおりの反応であった。

「ただちに諸将に号令を発し、先陣を務めるよう申し伝えよう。余もそれに続く」

細川藤孝、池田恒興、高山右近、中川清秀、そして最後に明智光秀を指名した。それぞれ国元に立ち帰り、早々に軍備を調えよというものである。光秀にとって、饗応役を解任され、しかも秀吉の軍事作戦を手伝えというのでは、大いに不満だ。（またしても虚仮《こけ》にされるか——）という、砂を嚙《か》むような不快感が身内から湧いてくる。とはいえ、軍議の席では信長に対し、形だけ「はは、畏まりました」とありがたく拝命した。もはや、光秀の中では黒々とした野望が渦巻いている。

その軍議で、全軍に対する出動命令を、ただ一人、危ぶんだ者がいた。光秀に代わって家康の饗応役を務めることになった丹羽長秀《にわながひで》である。

「かくては、安土の守りが手薄になりますが」

信長の顔色を窺《うかが》いながら、恐る恐る言った。

この時期、すでに神戸信孝は四国出陣を命じられて住吉まで行き、四国へ渡る軍船の準備にとりかかっていた。それに加えて細川、中川、池田、高山、明智など、畿内の大名たちを遠征軍に出陣させ、さらに、岐阜城主の嫡男信忠も信長に従って行動することになると、長秀の言ったとおり、確かに安土の周辺はガラガラになる。

「ははは、年寄りの繰り言ごときことを申すな。四辺を見渡して見るがよい。いまにいたって、安土を攻める敵がいずれにおろうか」

信長は老臣の杞憂《きゆう》を一笑に付した。

しかし、長秀の言をさり気なく聞きながら、光秀は長秀同様、空白となった畿内の情勢を思い描いていた。諸将の配置と、それぞれの軍勢の動きが手に取るように見える。

軍議を終えて退座する光秀に、秀吉が寄ってきて、「ご加勢賜ることにあいなり、まことにありがたく存ずる」と挨拶した。

「なんの、それがしは長らく出陣の機会がなく、髀肉《ひにく》の嘆《たん》をかこっておりましたゆえ、願ってもないことです」

「そのように仰せいただくと、気が楽になりまする。なれど、明智殿にまで陣触れなされ、畿内を空にするとは、上様も豪気でござるなあ」

秀吉は感にたえぬように首を振った。

その時、光秀は秀吉に胸中を見透かされたのではないか――と疑った。空にした畿内に、最後まで残っているのは、ほかならぬ光秀なのだ。

「上様には、もはや恐れるものなど、ござらぬのですよ」

「さようでござるな。臆病者のそれがしなど、いつ、いかなることが起きようとも、すぐさま応じられるように備えておかねば、到底、安んじてはおれませぬがなあ」

秀吉は「あははは」と笑い、「ではこれにてごめん」と引き揚げて行った。さすがに油断のならぬ相手である。光秀は秀吉が備中まで遠ざかるのを、最後まで見届けたい心境であった。

秀吉が城を退出して摠見寺《そうけんじ》の境内まで下りると、旅姿の僧が近づいて来た。随風である。

「おお、随風殿ではないか。思いがけぬところにてお会いするものかな」

遠目で、秀吉は目敏《めざと》く気がつき、供回りの者を置き去りにして駆け寄った。

「秀吉殿にはご壮健で何より。お城にお登りと聞いて、お待ち申しておりました」

「それはかたじけない。随風殿もお変わりないご様子。して、ご坊はまた、叡山にお登りか。叡山も少しく落ち着きを取り戻してはいますが」

「いえ、さようではござりませぬ」

随風はことの次第を手短に語った。

「ほほう、さようでござったか。城内で家康公に会い、穴山梅雪殿を紹介していただいたが、穴山殿を調略したは、随風殿のはたらきでしたか。なるほど、いや、さもありなん」

秀吉はむやみに感心して見せる。

「こたびの中国表の戦、難しゅうございますか」

随風は言った。

「難しいが、さしたることはござらぬ。毛利方への調略も進んでおりましてな」

自信たっぷりである。

「なれど、仕上げは上様にお願いして、一気に毛利を破り、そのまま九州までも平定いたすべく、軍を進める所存です。上様もご快諾賜り、池田勝三郎殿、高山右近殿に加えて、明智光秀殿の軍まで、急ぎお貸し下さるとのことでした」

颯爽《さっそう》とした口ぶりであった。

「明智殿までも、でござるか？　たしか、明智殿は家康公饗応の役をお務めと存じましたが」

「さよう。上様は急遽、明智殿の出陣をお決めになった。饗応役は丹羽長秀殿が務められる。それがしにとっては望外の、まことにありがたきことです。光秀殿にも会うて、よしなにと、ご挨拶いたして参った」

秀吉はあっさり言ってのけたが、随風の胸には疑念が生じた。軍務の重大さもさることながら、大役を解任されるとあれば、事情を知らぬ者の目には、光秀に何か落度があってのことと、不名誉に映るであろう。秀吉がそのことに触れようとしないのも不自然に思える。

「秀吉殿のお耳に入れたき、少しく気になることがござるが」

「ほう……」

秀吉は随風にただならぬ気配を察知した。

「されば、それがしは摠見寺に参るつもりでござったが、随風殿も上がられませぬか」

誘われるまま、随風は草鞋《わらじ》を脱いだ。摠見寺の住持は、いまや信長の股肱《ここう》である秀吉を迎えて、うろたえ気味に客間に案内した。茶の接待をしようとするのを、秀吉は「構わずともよい。しばし人を遠ざけるように」と命じた。

広い客間の中央に膝を寄せるように向かい合い、秀吉は「何事でござるか？」と訊いた。

「元、根来《ねごろ》寺の僧にて、真光なる者がおります」

「うむ」

「この者、公方様の命を帯びた透破《すっぱ》で、会津のそれがしの元にもしばしば現れよります」

「なるほど。近頃、京や諸侯のあいだを跳梁《ちょうりょう》すると聞くは、そやつですな」

「ほう、すでにお耳に達しておりましたか」

「いささか……して、その者が何か？」

「昨夜、当城下にて見かけ、後を追うてみましたところ、明智殿の屋敷に消えました」

「さようですか」

さもありなん——とばかり、さして驚く様子を見せない。そのことにむしろ、随風は意外な感を抱き、不審の目を秀吉に注いだ。

「いや、ご坊のお心遣い、かたじけない」

秀吉は丁寧に一礼して、「なれど」と言葉を継いだ。

「このことに、深く関わらぬほうがよろしい。あの者ども、なかなかに剣呑《けんのん》でござるよ」

「それは承知いたしております。すでにいちど、襲われ申した」

随風は大井川辺りでの出来事を語った。

「されど、光秀殿のもとにかの者が出没いたすは、それこそ剣呑と存じます。のみならず、こたびは饗応役御免との由。かかる次第では、光秀殿はいま、難しきことに相成っておられるのではありますまいか。真光が邪《よこしま》な報《しら》せをもたらし、唆《そそのか》すごときことあれば……」

「待たれよ」

秀吉は随風を制した。

「その先は申されるな。それがしは何も聞かなかったことにしていただきたい。いまさら、ご坊に申し上げるまでもなく、世の中は転変定まりなきもの。何が起ころうと不思議はない。それを止めることが叶《かな》わぬならば、われらはいかなる変事に対しても備えを怠らず、過つことなく応じればよいのみでござる」

「止めること叶わぬとは、秀吉殿らしくもない。そこもとなれば、望んであたわざることなしと存ずるが」

「随風殿」

秀吉はこれまで随風が見たこともないような冷酷な目をした。

「それがしとて、神慮と大河の流れはいかんともしがたい。あるがままの流れに乗って、その先に活路を見出《みいだ》すほかはござらぬ」

「されば、秀吉殿はお見捨てになると言われるか」

「見捨てるとは、どなたをでござる？」

「ん？……」

随風は思わず息を呑んだ。秀吉に「どなたを？」と問われるまでは、光秀以外の名を想像もしていなかった。しかし、秀吉の冷淡な青々と澄んだ目は別の名を思わせる。

（まさか——）と、言葉を失った。

「つれなきことを申すとお思いやも知れぬが」

秀吉は眉をひそめた。

「明智殿には以前、ご忠告は申し上げてある。なれど、ひとたび流れだした水を止めるのは、詮《せん》なきことでござるよ」

そう言い切ると、「さて、思わぬ時を過ごしました」と、一転してこぼれるばかりの笑顔を見せた。

「ご坊とは、一別以来の物語りをいたしたいところだが、そうもしておられぬ身です。またいずれお目にかかることもござろう。それまでは御身お大事にな。さらばでござる」

肘《ひじ》を左右に張るようにお辞儀をすると、すっくと立ち上がった。随風もそれに従って、山門を出るところで秀吉を見送った。秀吉は西に傾きかけた日輪を背に振り向いて会釈すると、十名余りの従者を引き連れ、坂道を駆け降りて行った。まるで猿のように身軽な足取りだ。その時、随風は秀吉の後ろ姿に、日輪そのものを見るような思いであった。

4

間を置かず、明智光秀が城を退がってきた。十数名の供を引き連れているが、表情がまったく冴《さ》えない。随風を見ても、しばらくはそれと気づかない様子であった。随風が歩み寄ると、供の者が警戒して、行く手を遮った。

「おお、もしや、随風殿ではござらぬか」

光秀はわが目を疑うように言った。

「しばらくでござりまする。明智殿には、すっかりご立派になられて、われらはもはや、近寄りがたく存じますな」

「ははは、戯《たわむ》れを申されるな」

光秀は苦笑した。

「それがし、今宵《こよい》のうちには坂本に発《た》ち申すが、随風殿のご都合がよろしければ、ちと屋敷にお立ち寄りなさらぬか。つもる話もござる」

「それは拙僧も望むところです」

二人は並んで安土の山を下り、明智屋敷に入った。

客間に寛《くつろ》ぐと、随風は秀吉に話したのと同じ、一別以来、ここに到るまでの経緯を語った。

「ほうっ、梅雪殿を調略されたのは、随風殿でしたか。そうであれば随風殿も、梅雪殿、家康殿とご一緒に、上様に伺候なされればよろしいのではありませんか」

「いやいや」

随風は拝むようにした右手を横に振った。

「どうも、それがしは映え映えしき場所は苦手でしてな。それに、信長公のごとく高みにおわす、難しきお方の前に出ると、さながら猫に睨まれた鼠のごとく萎縮《いしゅく》してしまいます」

「さようなことはありますまい。上様といえども摩利支天《まりしてん》にあらず。同じ人間でござる。われら家臣なれば萎縮も致しましょうが、随風殿は何らご遠慮なさることはござるまい」

最前の秀吉とのやり取りがあるだけに、光秀の妙に気張った口ぶりに、随風は思わず気遣わしい目を向けた。光秀もそれと気づいたのか、急に表情を和らげた。

「随風殿を見ると、またしても明智庄での初対面を思い出します。おたがい、若かった」

光秀の感慨には実感がこもっている。

「まことにまことに。あれから幾星霜。叡山の焼き討ちもござったし、有為転変と申すべき世の移りようでございました」

「さよう。好むと好まざるとにかかわらず、まさに戦乱に次ぐ戦乱でござったな。ご坊と生きてこうして再会できたのが、不思議と申すほかはありませぬ」

光秀とは、叡山焼き討ちの直前に会っている。あの時、光秀は焼き討ちには断固、反対すると主張していた。それが蓋《ふた》を開けてみると、その思いどおりにはいかなかった。いかに反対の意思を持っていても、最後は信長の意思に逆らうことができなかったということだ。そのことを含めて、光秀には心ならずも信長に従った歴史が、いくつもあるのではないか。今回の饗応役解任はその象徴的な出来事といっていいだろう。

それにしても、光秀が時折、見せる、陰鬱《いんうつ》な気配は気になった。狂気とも殺気とも取れる気配である。かつて、「危機に」直面した際の身の処し方について随風が尋ねた時、「斬ります。必要とあれば、先んじて襲い、敵を斃《たお》します」と言ったことが、いまさらのように思い浮かび、危惧が現実のこととなるのを予感させる。

「中国表へご出陣と承りましたが」

随風はそれとなく水を向けてみた。案の定、光秀は顔を曇らせた。

「いかにも。秀吉殿の救援依頼がござって、にわかの出陣と相成り申した。毛利との戦は長陣になり申そう。上様の御諚《ごじょう》によれば、そのまま中国を席巻し、九州にまでご挨拶なされたき御旨《おんむね》。いずれ羽柴殿のご献策と存ずるが、いささか無謀ではありますな」

不満を露《あらわ》に言う光秀の眉間に、将来の凶事を暗示するような、陰影が浮かんでいるのを見て、随風は思わず「明智殿」と声を発した。

「は？　何か？」

「昨夜、ご城下にて月を眺めながら、托鉢など致しておりましたところ、いささか気になる人物を見ました」

「ほう、誰でござるか」

「真光と申す、根来寺を出奔いたした僧ですが、明智殿のお屋敷辺りで見失いました」

「はて、その僧が何か？」

光秀は明らかに、知っていながらとぼけているのが分かる。そういう演技は似つかわしくない男だ。しかし随風は構わず、話を続けた。

「この者、なかなかに剣呑でして、先ごろ、会津に参って、公方様のお使いと称し、芦名《あしな》のお屋形に接近せんと致しました」

「芦名殿に、何を？」

「公方様の挙兵に応ずるようにとのご沙汰《さた》かと」

「ほう、義昭公がそのようなことを」

「公方様としては、天下人の誇りを捨てきれぬのでございましょう。されど、時代の流れに逆らうがごときは得策とは思えませぬ」

随風は秀吉の言葉を借り、諭すように、静かに言った。

しかし光秀は意に染まない表情を見せた。

「さようでござろうか。時代は動いてござるが、流れの行く末まで定まってはおらぬ。義昭公のご野心も、ゆえあってのことやもしれませぬぞ」

「なれば、光秀殿は公方様が本心より上洛の軍を起こすとおぼしめしか」

「なしとはしませぬな」

「万が一、そのようなことになれば、信長公の天下平定は逆戻りいたしませぬか」

「はて、天下平定はいまだ途次にあるものと存ずる。いや、逆に義昭公の目から見れば、天下大乱のさなかと申すべきでありましょう」

光秀の鋭い視線は随風の上を通り越して、沈む日輪を追いかけ、狂気を思わせる双《そう》眸《ぼう》はギラギラと燃えている。声は心なしか上擦って、あたかも「天下大乱」を望んでいるように聞こえた。

「光秀殿もかつては公方様の許にあったお方。公方様ご謀叛の折はさぞかしお悩みだったことと推察いたすが、またしてもそのような仕儀となれば、ふたたび辛《つら》きお立場とあいなりますな」

「いやいや、それがしはもはや悩みは致さぬ」

光秀は、やや長身の随風を下目に見るように、昂然《こうぜん》と頭を上げて言い切った。

「ほう、それは鮮やかなるお覚悟。なれど、拙僧ごときがおこがましく存ずるが、くれぐれも慎重に事をお運びになるが肝要かと存じます」

言われて、光秀も少し気がさしたのか、苦笑いして言った。

「いやいや、慎重にも何も、近頃は動くのが億劫《おっくう》なほど、老いを感じることが多くなり申した」

「何をお戯れを」

「戯れではござらぬ。いろいろと気病みすることがありましてな。それも歳のせいかと」

「まずはご無理なさらず、深くお悩みになることもなく、風の流れに従うごとくに、お進みなされるよう」

「ははは、なかなかご坊のごとく、行雲流水というわけには参らぬのが凡夫でありますよ」

光秀は笑って、「では、出発の準備もござれば、これにて」と一礼した。秀吉が言ったとおり、流れだした水は止めるすべもないらしい。

「さらばでございます」

随風が暮れなずむ城下の街に出て振り返ると、門前で見送る光秀の姿が小さく見えた。

5

家康と梅雪は安土城での三日間にわたる盛宴を満喫し、一日置いた十九日には摠見寺で、信長が主催する能舞台を見物した。さらに翌二十日、信長は丹羽長秀、堀秀政、長谷川秀一、菅屋九右衛門（長頼）といった重臣・側近らに命じて、高雲寺御殿の座敷で家康一行をもてなす宴を催した。

二十一日、家康一行はようやく安土城を下がることになり、その別れの席で、随風ははじめて信長の前に顔を見せ、先般のお礼を述べた。

「なんと、ご坊も参っておったか。ならば宴にも参加すればよきものを」

信長は機嫌がよかった。およそ何の屈託もないようなその様子を見ていると、秀吉や光秀の深刻な述懐など、何かの間違いではなかったかと思えてくる。しかし、信長の上機嫌や安土の繁栄は、幾多の犠牲の上に成り立っていることは、まぎれもない事実なのだ。そしてこの先もなお、信長の進む先には新しい犠牲が生まれてゆくことを思わねばならない。

「いえ、それがしごとき世捨て人が御前に上がりましては、お目の汚れとなり、御馳《ごち》走《そう》の味もお下げ申しましょう」

随風は平伏して、精一杯の皮肉を言ったつもりだが、信長には通じるはずもなかった。

「ははは、いらぬ遠慮を致すものかな。そういうものではない。かつての朝山日乗《にちじょう》のごとく、時には出家がよき知恵を示してくれることがある」

信長は少し身を乗り出して、言った。

「とりわけ、天下が平定した後は、無骨者ばかりではなかなかよい知恵が出ぬものだ。そなた、会津を去って、三河に参られるのか」

芦名家から徳川家へ移るのかと訊いている。

随風は思いがけない問いに戸惑いながら、「いえ、さようなお話はございませぬ」と答えた。

「そうか、徳川殿も欲がないの。ならばいっそ、わしのところに参られぬか。住まいは摠見寺がよろしかろう」

「はは、ありがたき御諚なれど、とんと田舎暮らしに慣れ申したゆえ」

「まあよい、いますぐに決めずともな。なれどそのこと、心に留め置くよう、頼み参らす」

言って、「さらば」と席を立った。

家康、梅雪、それに随風らの一行は安土を発ち、船で大津へ渡った。家康と梅雪の供の者のほかに、織田信忠が護衛を兼ね、この後、中国へ出陣する信長に先行するかたちで、およそ三百余りの軍勢を率いて同行している。

秀吉が中国表に、光秀が坂本に去って七日を経た。大津の浜から京都への道中はどこへ行っても眠たいほど、平穏な気配が満ち満ちていた。

洛中では、土地不案内の一行のために、信長は側近の長谷川秀一を案内役につけてある。公家衆との交流を深め、清水寺での能興行を楽しむなど、京都で遊んだ後、二十七日に京都を発ち、大坂、堺、奈良を見物する予定である。そのために、信長は老臣の丹羽長秀と織田信澄《のぶずみ》を大坂に先行させ、家康一行をもてなすよう、手配してあった。

随風はいったん一行と別れ、比叡山に登った。焼き討ちの後、秀吉が「叡山はもはやござらぬ」と言い放ったごとく、すべてが消え失せてから二年ばかり後、随風は一度比叡山を訪れている。そのときは未だ焦土であった叡山だが、若木が芽吹くように、少しずつ復興しつつある様子だ。しかし、堂塔伽藍《がらん》が建ち並ぶ日が来るのかどうか、心もとないありさまではあった。随行した半三までが痛ましそうに眉を顰《ひそ》めた。

かつて師の実全《じつぜん》上人が「いつの日にか、そなたの行き着くところにて、理想の叡山を開くことを旨とせよ」と教えを垂れた言葉が、いまさらのように胸に蘇《よみがえ》る。随風は駿河の有度山を思い浮かべた。

「半三よ、かの有度山の一帯に、叡山を模した聖域を造ることはできないものだろうか」

ふと思いついたことを言った。

「おお、それはようござりますなあ」

「よいであろう。東の叡山ゆえ、東叡山《とうえいざん》と命名するのも許されよう。霊峰富士を拝む、またとない霊域になるであろう」

話しているうちに、実現可能のことのように思えてくる。半三もその随風の勢いに乗せられたように、昂《たかぶ》った声で、「早速、梅雪様に申し上げるのがよろしゅうございます」と言った。

「いやいや、梅雪殿には荷が重すぎようぞ。これほどの大業は家康殿にお諮《はか》りするのがよい」

思いつくと、矢も楯《たて》もたまらず、一刻も早く家康に伝えたくなった。「参ろう」と踵《きびす》を返すと、勇躍、山道を下った。半三が危ぶんで「随風様、お足元が悪うござりますぞ」と声をかけた。

「何のこれしき。回峰行《かいほうぎょう》に比べれば、城下の巷《ちまた》を散策するがごときものよ」

錫杖《しゃくじょう》を振り鳴らし、弾むような足取りで麓を目指した。

家康、梅雪ら一行は、すでに大坂へ向かっていた。随風と半三は、一行が石清水八幡宮に参詣《さんけい》、小憩しているところで追いついた。

家康と梅雪が同席している前で、随風は叡山での思いつきを語った。有度山に東叡山を造営するという案に、家康は即座に「むべなるかな」と膝を打ち、傍らの梅雪を顧《かえり》みた。

「いかがでござる、梅雪殿。戦乱の世が鎮まったあかつきには、死んだ者たちの供養にもなることではありますまいか」

「なかなかの妙案かと存じます。なれど、途方もない大事業でございますな」

「なに、かかる大業には勧進《かんじん》という方策がござってな、諸家をはじめ、堺などの豪商に拠出してもらうのがよい。のう随風殿、さようでござろう」

「御意」

随風は家康の狸ぶりに、思わず頬が緩んだ。

第二十章　天が下知る

1

天正十年（一五八二）五月二十四日、坂本城に在る光秀《みつひで》を、真光に伴われた男が密《ひそ》かに一人訪れた。京都吉田神社の神官・吉田兼見《かねみ》で、近衛前久《さきひさ》公の書状を帯しているという触れ込みである。光秀は余人を遠ざけ、兼見を太政大臣《だじょうだいじん》の使者として上座に遇した。書状は二通。いずれも短いものだが、一通は前久、もう一通には「義昭《よしあき》」の花押があった。

一読して、光秀は書状を畳み、無言で天井を見上げた。兼見にとっては、気の遠くなるほどの時間であった。

「ご返書はいかがなさる」

沈黙に堪えず、訊《き》いた。

「返書は無用でござりましょう」

光秀は光のない目で兼見を見つめて、言った。

「ありがたくお受け仕《つかまつ》ると、そうお伝えくだされ。よしなにな」

「承知仕った」

兼見はほっと肩を落とし、笑顔を見せた。

五月二十六日、明智光秀の軍列は坂本を発ち、京都の賑《にぎ》わいを避けるように、東寺の南を抜けて丹波の亀山城を目指した。坂本城に在る時から、光秀の表情は険しかった。主の気分がそのまま兵たちにも伝播《でんぱ》するのか、何となく気勢の上がらない隊列であった。

斎藤利三《としみつ》は何も訊かない。「ご気分でも」などと、月並みな質問は主の神経を逆撫《さかな》でするばかりであると察している。丹波へ向かう一歩ごとに、光秀の決意もまた、一歩一歩、ひとつの方向へ進んでゆくことが、しぜん、伝わってくる。

すでに利三は光秀の命を受け、透破《すっぱ》を放って、畿内《きない》の情勢を把握しつつあった。信長が諸将に対して、おのおの本国に帰って出陣の支度をするようにとの下知《げじ》を発しているのが、どのように遵守されているか、探らせた。

細川藤孝《ふじたか》、池田恒興《つねおき》、筒井順慶《つついじゅんけい》、塩河長満《ながみつ》、高山右近、中川清秀ら、畿内とその周辺の部将のほとんどは、すでに国元に帰り、出陣の用意にかかったということである。

柴田勝家《かついえ》、前田利家《としいえ》、佐々成政《さっさなりまさ》は北陸に、滝川一益《かずます》は関東に、羽柴《はしば》秀吉は中国方面に、織田信孝《のぶたか》は大坂で四国渡海を準備中——と、近江と丹波に本拠を持ち京都を守護すべき明智の軍を除けば、すべてが出払っている状況といってよかった。

大和の筒井順慶は光秀と姻戚《いんせき》関係にあり、しかも光秀の与力《よりき》として従う立場にある。高山右近も細川藤孝もともに与力であった。藤孝にいたっては、義昭公方《くぼう》擁立時の功労者同士であり、かてて加えて、嫡男忠興《ただおき》は光秀の女婿《むすめむこ》にあたる。「いざ鎌倉」となれば、無条件で頼れる相手だ。

ただ一つ気になるのは、織田信忠《のぶただ》の動向だが、信忠は家康一行を大坂へ送り出した後、二条の妙覚寺《みょうかくじ》に入って、そのまま信長を待つ構えのようだ。率いる軍勢は僅《わず》か七百。信長が安土から従えてくる人数も、さほど多いとは思えない。

（千載一遇の機会――）

光秀主従の胸には、暗黙のうちにその思いは通じ合っている。ただし利三も無言だ。言わずもがなであるし、主が何も言わぬ以上、臣たる者が建言するなど、おこがましい。

京を抜け、桂川を渡り、沓掛《くつかけ》を過ぎ、老《おい》ノ坂にかかる。峠を越えれば、はや丹波亀山は近い。

光秀は峠の頂で兵たちを小休止させ、馬の首を巡らせ、京都の方角を眺めた。しばらくはそのままの姿勢で、やがて利三に「隊列を整えるように」と命じた。城下に入る時には、威風堂々とありたいという、光秀らしい心遣いである。

先触《さきぶ》れが通り、城下の人々は、街道に出て城主の帰還を迎えた。光秀が丹波を支配してから数年を経たばかりだが、住民たちは、軍律は厳しく民政は細やかな光秀の政治手法に満足している。それがしぜん、穏やかな気配となって、盆地の町に漂っているのである。

光秀が亀山城に帰った頃、羽柴秀吉の高松城攻めは最終段階に入っていた。すでに「堀」の深さは数丈に達し、城のほとんどが水に漬かり、兵たちは上層階や屋根の上、塀の上、さらには木の枝に板を渡した上に追いやられているありさまだ。もし、城主が清水宗治《むねはる》という剛直な人物でなければ、とっくに降参しても不思議はなかった。

この段階で、毛利本国軍の、吉川元春《きっかわもとはる》と小早川隆景《こばやかわたかかげ》はすでに前線に到着していたが、総大将毛利輝元《てるもと》は備中猿掛《さるがけ》城から動いていない。その総数はおよそ四万と推定される。対する秀吉軍は二万余り。数の上では毛利軍がはるかに上回る。しかしなぜか毛利勢の動きは鈍かった。信長の到着に備えて、慎重を期していたものと考えられる。いまや風前の灯火《ともしび》である高松城の危機を傍観したまま、攻勢に出ることをしない。

じつは毛利方には、早くから秀吉の調略が進められていた。領地の一部割譲と、信長政権に従うならば、和睦《わぼく》するという条件だ。これには輝元と小早川隆景が動揺していた。ただ一人、吉川元春のみが強硬路線を譲らない。割譲される領地が元春に関係していることもあるが、それ以上に元春には、鳥取城で一族の経家《つねいえ》を死なせた悔いがあった。清水宗治に同じ轍《てつ》を踏ませたくないのだ。

いずれにしても、内部がこういう状態では、秀吉の軍とまともに戦う意思がないに等しい。それに、もし戦えば、その先にある運命の過酷さを覚悟しなければならない。彼らの脳裏には、武田攻略に動員した織田勢の二十万ともいわれる大軍のイメージがあったにちがいない。いま秀吉軍を攻撃して、たとえ辛うじて勝利を得たとしても、その報復に襲ってくるであろう織田の大軍に席巻され、毛利家が武田の二の舞に陥るのは目に見えている。

「和睦すべし」と主張する輝元と隆景も、どのタイミングで、いかに有利な条件で和睦を結ぶかに苦慮していた。陣僧の安国寺恵瓊《えけい》を送っては、秀吉の意向と和睦の条件を打診している。

もともと高梁川《たかはしがわ》より西を本領としていた毛利にとって、高松城はその外にあった。輝元も高梁川西岸の猿掛城を最終防衛線と見ていたのであろう。よって毛利側の示す条件は、領地の割譲はいいが、城兵の生命はすべて保証せよというものだ。秀吉側は、城兵はともかく、武門の一分《いちぶん》を立てるためにも、城主清水宗治の切腹だけは譲れないと突っぱねた。

輝元と隆景は、その条件もやむなし——と思っているのだが、元春は断固として拒絶し、一歩も引かない。その膠着《こうちゃく》状態のまま、重苦しい梅雨空の下、両軍とも動くに動けない。城内では餓死や溺死《できし》する者が出てきた。
そういう状況の中、運命は無情な時を刻みつつあった。

2

五月二十七日、明智光秀は無二の腹心である斎藤利三を連れて愛宕山《あたごやま》に登った。その目的は、利三には分かっている。最後の決断の可否を、神意に問わんとする主の苦衷を思うと、利三は胸が震える思いだった。

光秀は愛宕山の神前に参り、太郎坊の社前で三度、御神籤《おみくじ》を引いた。二度まで、卦《け》は「凶」と出た。そのつど、光秀は傍らの利三を顧みて苦い笑みを浮かべた。三度目にようやく「吉」の卦が出ると、「見よ利三、吉と出たぞ」と、幼児のように他愛なく喜んだ。

その夜、光秀は坊の寝所に利三を招き、ついに決断を伝えた。将軍家を追放したことはともかくとして、朝廷をすら蔑《ないがし》ろにするような人物が天下人《てんかびと》になるのは、断じて許すわけにいかない。「天下のため、義昭公を奉じて信長公を討つ」という方針は、かねてより主従のあいだで練り上げていることだ。

それでも、改めて主君の決意を聞くと、利三は「はは」と平伏したまま、面を上げられなかった。

「よくぞご決意なされました」

ようやく、絞り出すように言った。

利三はこれまでに収集した情報から、天下の情勢を分析した。決起すれば、細川、筒井の与力衆はそのまま味方につくだろう。すでに越後の上杉氏には義昭公の「挙兵」を告げ、「御馳走（お味方）申し上ぐべき」と誘ってある。羽柴、柴田、滝川らの軍は前線に張りついて、身動きすらままならない。たとえ反転攻撃するとしても、ひと月も先になるにちがいない。

「その間に諸将を集めた軍勢を整え、義昭公を京にお迎えして、大義名分の冠と致そう」

光秀は満足げに頷《うなず》いて、「天佑《てんゆう》はわれにある。残るは、その時はいつか、じゃな」と言い、頭脳を燃えたぎるほどに回転させ、思案した。旗揚げの時をいつにするかが、最後の、そして最も重要な決め手である。

近衛前久《さきひさ》などから入手した情報によると、ここ数日のうち――六月三日か四日に、信長は参内するらしい。おそらくは天皇から節刀を親授され、征夷《せいい》大将軍に親任されるのであろう。その瞬間に鞆の義昭とそれを支持する勢力は賊軍となってしまう。また、新たに「将軍」となった者を弑逆《しいぎゃく》すれば、逆臣の誹《そし》りを免れない。ゆえに信長懲殺の軍を起こすのは、遅くともその前でなければならない。

もう一つの問題は、四国の長宗我部《ちようそかべ》元親《もとちか》との連携であった。ことを起こし信長を誅殺したとしても、光秀の軍勢のみでは政権を維持することは難しい。そのためには同盟軍である長宗我部勢が合流してくることが不可欠だ。

その長宗我部を討つべく、神戸《かんべ》信孝を総司令官とする四国攻撃軍が大坂に終結。出陣日が六月二日に定まっている。その出端《ではな》を挫《くじ》き、四国攻撃軍の渡海を阻止し、長宗我部勢の応援を急がせる必要があった。

「六月二日の払暁を、その時といたす」

光秀は自らに宣言するように、言った。その瞬間、巨大なものが天地を揺るがせて動きだした。

夜更けていたが、光秀は連歌師の里村紹巴《じようは》に使いを出し、明日、愛宕山西坊《にしのぼう》にて連歌を興行いたしたいと伝えた。紹巴は、あまりにもにわかのことなので不審に思ったが、「中国表出陣を前に」という口上を聞いて、さては決死のお覚悟をもって戦場へ向かわれるか——と納得した。

同じ日、徳川家康、穴山梅雪《あなやまばいせつ》らの一行は大坂で丹羽《にわ》長秀《ながひで》ら織田家家臣の丁重なもてなしを受け、平和を満喫している。まことに居心地がよいのだが、すでに堺の豪商たちから誘いの使いが訪れ、首を長くしてお待ちしているとのことだ。なれば明日にも堺へ向かうか――などと語らった。

ひとり随風《ずいふう》のみは、得体の知れぬ不吉な予感を覚えていた。光秀の顔に浮かんだ狂気と殺気の気配が、片時も頭から離れない。夜、庭に出て天文を占おうとしたが、折からの梅雨曇りで晴れ間が見えない。そのこともまた、不吉の兆候のように思えるのだった。

五月二十八日、愛宕山西坊で連歌の会が催された。発句は明智光秀が務めた。

　ときは今あめが下《した》知る五月哉　　光秀
「ときは今」は危急存亡の秋《とき》を意味する言葉だ。さらに、明智家は源家の流れを汲む土岐《とき》氏に連なる家柄である。「とき」はその「土岐」にもかけている。「あめが下知る」はすなわち天皇が政治を司る意味を有す。まさに光秀の政治哲学であり美学でもあった。そして「五月」は古来、源氏が天皇家を奉じて平氏を討つ兵を挙げた時期に合致する。源三位《げんさんみ》頼政《よりまさ》が平氏に叛《はん》したのも、足利尊氏と新田義貞が平家の北条氏を滅《ほとぼ》ぼしたのも五月であった。それらを連想すれば、句意に秘した光秀の想いは自ずと迸ってくる。それを戦勝祈願である奉納連歌の会に呈上《ていじょう》するのは、さながら三国志にある諸葛孔明《しょかつこうめい》の「出師表《すいしのひょう》」を思わせるではないか。

これを見て、里村紹巴は愕然《がくぜん》とした。

（光秀殿は、「出師表」に擬しておられる――）

「出師表」は出陣に際して、臣下が君主に奏上する決意表明である。「今天下三分し、益州《えきしゅう》罷敝《ひへい》せり。此れ誠に危急存亡の秋《とき》なり」という言葉で有名な諸葛孔明の「出師表」では、皇帝が人材登用を誤ったため、後漢は衰退してしまったと嘆いている。

信長側近との確執、意に染まぬ秀吉への与力、そして御馳走役御免にまつわる不穏な噂……。

水上まさる庭の松山

付け句の行祐《ぎょうゆう》が何も気付かず、平凡に受けている間、紹巴はさらに考えた。

（しかも光秀殿は、ご自分を足利尊氏に擬しておられるのでは——）

尊氏は正慶《しょうきょう》二年（一三三三）、ここ丹波から京都に上り六波羅探題を攻め滅ぼしている。六波羅探題は、鎌倉幕府が朝廷を監視するためにおいた役所であった。平清盛邸跡に置かれた役所の歴代長官は平姓の北条氏であり、足利尊氏は源姓である。

信長が平氏を称していること、しかも禁裏との間に暦や譲位、安土城行幸をめぐって軋轢《あつれき》のあること、そして光秀の出自である土岐氏が源氏であることが、紹巴を脅えさせた。

紹巴はとっさに、光秀の昂りを宥《なだ》める句を付けた。

花落つる流れの末をせきとめて

句意は「花が落ちつもっていることです。遣《や》り水の流れの先を塞《ふさ》ぎ止めましょうぞ」と、それとなく謀叛の野望を押しとどめるものである。

光秀はそれと気づいたのか気づかなかったものか、それ以降も意味深長な句を交え、都合百韻を詠んで神前に納めた。

月は秋秋はもなかの夜はの月
おもひに永き夜は明石がた
旅なるをけふはあすはの神もしれ

光秀は上機嫌で、紹巴に望外な礼をして、亀山城へ帰って行った。帰城してからの光秀は、たんたんとして将卒に出陣の支度を整えるよう、触れを発している。

五月二十九日、信長は安土を出発し、雨の中を上洛の途についた。近習・小姓など三十名足らずの身軽な供揃えであった。安土本城の留守居役には老臣が多く、二の丸には蒲生賢秀《がもうかたひで》らが残ったものの、戦乱に備えるほどのものではない。

このことから見ても、信長はすでに天下を掌握し、自分に刃向かう者など存在しないと思っていたにちがいない。よもや、自分の立つ足元のようなところから、凶刃に狙われるとは思いもよらなかったことだろう。

信長は京都では本能寺を宿所としている。大坂の本願寺がそうであったように、当時の寺院は石垣や堀を巡らせ、さながら城郭のような佇《たたず》まいであるところが少なくない。本能寺も信長の命で、二年ほど前から普請に入り、ほぼ完成していた。仏殿のほかに客殿、奥書院などの殿舎が連なる、広壮なものであった。

六月一日、信長の元には太政大臣近衛前久をはじめとする堂上公家《とうしょうくげ》、高僧、茶人などが来訪した。勅使が来て天皇の言葉を伝え、あたかも内裏がそっくり移った観があった。貴顕たちに囲まれ、信長の得意は絶頂に達していた。やがて、妙覚寺から信忠も合流して、宴の賑わいは遅くまで続く。その様子は前久の手の者が使いして、光秀のもとに伝えられた。使者の言上《ごんじょう》によれば、「本能寺の備え、郎党《ろうどう》百ばかり」であった。

3

その頃、大坂湾に臨む堺の館では、家康の一行が堺衆と呼ばれる豪商たちの接待を受けている。堺には風流人が多く、宴を催してくれた。大坂本願寺の戦もやみ、久方ぶりに平穏な夏の夜である。随風を除くすべての者が、何の屈託も憂いもなく、短夜を楽しんでいた。

独り随風は庭に出て星を仰いだ。ようやく雲の晴れた星月夜である。中空にある火の色の星の輝きが異様に明るい。北極星を指す北斗七星の先端の星が黄色く濁って見える。細い雲が東から西へ切れ切れに飛ぶ。

得体の知れぬ不吉な予感が、随風の胸を掠《かす》める。

「随風殿、星を占うておられますか」

梅雪が声をかけた。微醺《びくん》を帯びてはいるが、酔っているというほどではないらしい。

「いささか気になる天文です」

「ははは、いずこの空にか戦雲が見えまするかな」

「いや、戯《たわむ》れごとではなく、何やら胸騒ぎが致します。京都のことが妙に気にかかり申す」

「京都にはすでに上様がお入りになったはず。明後日、征夷大将軍ご推任と承っておりますが」

それに間に合うように、明日は夕刻までに京に着く予定だ。

「明日の出立ですが、夜明けを待たずにここを発ち申そう」

「それはまた、慌ただしいことで」

「いや、方々はごゆるりとなさるがよろしい。それがしだけひと足先に発ちます」

「そうは参りますまい。随風殿がそのように仰せとあれば、落ち着かぬ気分になり申す。家康殿にもさようにお伝えいたしましょう」

結局、出発の刻限は切り上げて、卯《う》の上刻（午前五時頃）と決まった。それでも随風にしてみれば遅すぎる。一行の旅支度や、堺衆との別れの挨拶など、もどかしいことであった。

前夜、家康の一行が堺で宴を楽しんでいる頃、淀川の上流・桂川のさらに上流・保《ほ》津川《づがわ》のほとり、亀山盆地から、明智光秀の軍一万三千が動きだしている。

夕刻、出陣に先立って、光秀は女婿の明智秀満をはじめ明智次右衛門、藤田伝五、斎藤利三ら腹心の者を呼び集め、自分の存念を打ち明けた。

「一昨夜、わしは愛宕山に参籠《さんろう》し神意を問い、肚《はら》を決めた。信長公は朝廷を蔑ろにし、政《まつりごと》を私しようといたしておる。わが明智家の坂本も丹波も取り上げ、側近ばらに下げ渡し大名に取り立てんと仰せだ。さすれば、わしもその方どもも佐久間《さくま》信盛《のぶもり》殿父子の轍を踏むことに相成る。暴虐無道の信長公を弑《しい》し奉り、天下の筋道を正す。この戦は征夷大将軍足利義昭公の命により行なうものである。さて、いかがであるか、方々の申し状を聞こう」

諸将は動揺したが、異論を唱える者はいなかった。もし反対の気配を示す者があれば、斎藤利三がその場で討ち果たすつもりでいたが、その必要はなかった。むしろ異口同音、「よくぞご決断あそばされました」と、利三と同じ反応を見せ、感涙にむせんだ。

誰もが、在地領主を無視した信長の政治に強い不安を抱いており、主君光秀の決断にむしろ奇妙な安堵感を覚えたのだ。

このまま、信長公の意向に従って推移すれば、羽柴殿の後塵《こうじん》を拝し、やがては佐久間父子と同じ目に遭うのでは――という危惧が誰にもあった。そうなれば、家臣たちは領地を奪われ、あらたな生活の場を求めて彷徨《さまよ》わなければならない。

自分たちの命運を主君に託す以外、彼らには考える余地はなかった。また、光秀の才能と実行力を、日々、目のあたりにしている彼らにとって、それほどに光秀に対する信頼感が強かったと言える。この殿と共にあれば、過つことはない――と信じたのであろう。そうでもなければ、あの信長公に謀叛するなど、すんなりと受け入れるはずがない。

幹部以外には真相を知らせないまま、光秀は全軍に行軍を命じた。西進する道でなく、東へ、老ノ坂の峠へ向かう道を進んだ。

その時になって、兵たちのあいだに疑念が生じている。備中方面へ行くには、亀山から南西へ向かう街道（ほぼ現在の国道４２３号）で山陽道へ出るのがふつうである。正反対に京都へ戻る方向へ行き、老ノ坂峠を越えれば、その先の沓掛で南に折れ、長岡京を抜けて行くことになるけれど、それはかなりの遠回りになる。

その不審を払拭《ふっしょく》するために、利三は各隊の物頭《ものがしら》（弓組、鉄砲組などを率いる者）を集め、兵たちに情報を伝達するよう命じた。

「中国出陣の武者揃えを、京都におわす信長公にご覧に入れることになった」

兵たちは「おおっ」とどよめいた。昨年の春、御所の前に設《しつら》えられた馬場で馬揃えが催され、正親町《おおぎまち》天皇の天覧の栄に浴しながら、明智勢は三番目に行進をした。その晴れがましさを、誰しもが思った。

だが、その時、隊列の後方から二つの人影が離れ、森の中に消えたのを、誰も気づいていなかった。透破《すっぱ》である。これこそ、秀吉が随風に洩《も》らした、かかることもあろうか——と備えておいた透破である。明智軍に異常な動きが見られたならば、すぐに備中へ報じよと命じてあった。透破は夜を徹して駆けに駆け、途中から馬を乗り継いで、夜明け前には備中高松城を囲む秀吉の陣に辿《たど》り着いた。

明智勢東進す——の報告を受け、秀吉は黒田官兵衛と密議に入った。その席に第二の速報が届く。明智軍が老ノ坂を越えた——というものだ。そこから先、京都は指呼の距離だ。

「もはや間違いございませんな」

官兵衛はあっさり言ってのけた。秀吉も「うむ」と頷いた。

「だが、ことは成るかな?」

「それは成りましょう。相手は光秀殿でござる。万に一つの手抜かりもございますまい」

「官兵衛、その方はあたかも明智の手の者のごとき物言いだな」

　秀吉は苦笑した。

「これはしたり。殿とて同じお気持ちでございましょう」

「たわけたことを申すな。わしはそのようなこと、望みはせぬ。何事もなければ、それに越したことはないのだ」

　これは秀吉の本音でもあった。さすがに秀吉といえども、この事態を諸手《もろて》をあげて喜ぶ気にはなれない。遠い日、尾張の狩場で信長公に初お目見《めみ》えした時の情景が脳裏に浮かぶ。それからの日々の記憶が、風に舞う砂塵のごとくに湧いては、形をなさぬままに消えていった。（すべて世は、移ろい変わるものぞ――）と、そう思い、自らに言い聞かせるのみであった。

「かくなる上は急がねばならんな」

「御意、すでに時は熟しておりますれば、手筈《てはず》どおりに進め参らすのみでござるが……」

　高松城開城の交渉が毛利と進んでいた。開城の条件として、城将清水宗治の切腹と、備中の一部領地の割譲を示してある。毛利は後のほうは呑む意向だが、宗治のことについては一歩も譲る気配は見せない。毛利にとって最高の忠臣を見殺しにすれば、武家の面目が立たないというのである。

「あと一押しですが、これが難しゅうござる」

さすがの官兵衛も弱音を吐いた。同じ武士として、毛利の主張もよく分かる。理ではなく、情の部分で押し切れないものがあった。

「損得ずくで計ればよかろうものをな」

商人上がりの秀吉には、その辺の「武士の意気地」のようなことが理解できない。宗治一人の死によって、家臣、領民数千のいのちが救われるのである。しかも織田軍は撤退し、双方ともにこれ以上の犠牲を出すことはない。

しかし、これぱっかりは選択権は相手側に握られているから、官兵衛の言う交渉の難しさはよく分かる。とはいえ、宗治の切腹は秀吉側としても譲れないところだ。領地などは攻め返し取り返せば元に復するが、人の死は戻らない。いわば断固たる勝敗の証《あかし》である。織田軍が毛利軍に勝ったという事実を、世に知らしめる絶対条件であった。

太陽は中天にかかろうとしている。まだ信長の安否までは確証が得られていないが、おそらく今頃は——と、秀吉には京の修羅場が目に浮かぶようだ。

何はともあれ、一刻も早く反転東上を急がなければならない。光秀東進の報を受けてから、全軍に対しては、いつ撤退命令を出しても即応できるよう態勢は整えてある。早駆けのための乗り継ぎ馬も行く先々に用意させつつあった。毛利が「事件」に気づかぬうちにと、秀吉の苛立《いらだ》ちは募った。

4

夕刻近くに亀山を発した明智勢は、道々、思わぬ方向転換に遅れたため、馳《は》せ参じる兵馬を加えながら、深夜、老ノ坂峠を越えた。そこからおよそ二十丁で沓掛を過ぎる。軍勢は脇目もふらず、星月夜の中、松明《たいまつ》を掲げて進み、六月二日の未明には、一万三千の大軍が桂川西岸に達した。

ここで行軍は止まった。空はぼんやりと白みつつある。明けの明星がいちだんと輝きを増した。岸辺近い草原に蝟集《いしゅう》した軍勢に向かって、利三は馬上から大音声を発した。

「聞けや者ども、こたびの敵は備中にあらず、わが敵は本能寺にあり。目指すは織田信長公の御首級《みしるし》なり。今日ただいまより、われらが殿は将軍足利義昭公とともに戦をするものぞ。者ども、おくれを取って不覚を致すな。ただ一途に進め。されば出世は思いのままぞ」

一瞬、空白があって、その反動のように、瀬音を打ち消すほどの鬨《とき》の声が上がった。重臣ばかりでなく、誰もが主の忍従を悟っていた。信長に対する不満は、隅々まで浸透していたのである。信長を亡き者にすれば、わが殿が将軍を担う天下人となる――と、瞬時にして理解した。いや、理解を超えて、光秀を信じるほかの想念が浮かばなかったのかもしれない。

鬨が収まると、異様なほどの静寂に返った。兵たちは黙々として川を渡り、京都市街へ向かう。ザッザッ、ザッザッと、軍勢の踏む足音が波のように、まだ明けやらぬ京の街を走り抜ける。

洛中に放った物見《ものみ》が利三の元に来て、本能寺と妙覚寺の状況を報告した。

「いずこも静まり返っております」

その旨を告げると、光秀は明星を仰いで、また「天佑はわれにあり」と叫んだ。人に聞かせるのではなく、自らを鼓舞する叫びであった。

主力を本能寺の包囲に向け、その後に別動隊を妙覚寺へ差し向ける方針だ。この段階にきてもなお、光秀は信長の一種、神がかり的な能力に不安を抱いていた。いくら万全を期し、二重三重と包囲網を敷いても、その隙間を抜けられるのではないか――と恐れた。

山門へ堀を渡る橋の手前に本陣を置き、光秀はそこに止まった。総指揮は利三に委《ゆだ》ねる。包囲網が完成すると同時に利三は攻撃の合図を下した。各所からいっせいに堀を渡り、土塁に取りつく。堀はさほど深くなく、土塁も塀も高くなかった。兵たちは無言のまま、朝霧の立ち込める境内へ躍り込んだ。

信長は御殿（奥書院）の奥まった寝所にいて、外の騒がしさに目を覚ました。雄叫《おたけ》びや馬の蹄《ひづめ》の音も聞こえる。

最初のうちは、厩《うまや》辺りで下人《げにん》どもが喧嘩《けんか》でもしているのかと思っていたのだが、いっこうにやむどころか、そのうちに鬨の声が聞こえ、激しい鉄砲の射撃音が耳朶《じだ》を震わせた。

（謀叛か――）

すぐに思った。謀叛だとして（何者が？――）と模索したが、咄嗟《とっさ》に思いつかない。義昭公の手の者か、あるいは三好か、荒木の残党か――。

それならば、いずれにしても、寄せ手の数は知れているだろう。そのうちに妙覚寺の信忠が駆けつける。

その時、寝所の外から森蘭丸《らんまる》の声が聞こえた。

「明智殿、ご謀叛でございます」

「なにっ、光秀が？……」

信長は一瞬、耳を疑った。（なにゆえ？――）と思った。

越前の朝倉家で、飼い殺しのようにされていたのを、義昭、細川藤孝ともども拾い上げてやった頃のことから、これまでに到る経緯が、脳裏を駆けめぐった。

坂本に城を与え、丹波一国を与え、織田家中《かちゅう》随一の出世頭と言われるほどまで引き上げてやったというのに、何が不満なのか——。

そう思う一方で、光秀の不満も怒りも、理解できるような後ろめたさが、信長にはあった。

「そうか、光秀か。ならば是非に及ばず」

即座に断じた。光秀が軍勢を率いて寄せたとあっては、もはやいかんともしがたい。

「槍《やり》を持て。いや、弓だ」

寝所を出て、回廊まで進み出た。朝霧の下、雲霞《うんか》のごとき軍勢が、次々に土塁を越えて境内になだれ込んでくる。番衆はもちろん御殿の中間《ちゅうげん》まで健気《けなげ》に立ち向かうのだが、たちまち切り崩され、回廊近くまで敵兵が迫ってくる。近習、小姓たちが境内に飛び下りては、バタバタと斬られた。

信長は二度三度と矢を放って、敵を倒したが、弓弦《ゆづる》が切れたところに、鉄砲で肘《ひじ》を撃たれ、よろめいた。

「上様、ここはわれらが凌《しの》ぎまする。どうぞ中へお入りください」

蘭丸に急《せ》かされ、信長は奥書院の隠し部屋に入って木戸を閉めた。

「人間五十年……か」

好きな『敦盛《あつもり》』の一節を口ずさみ、その五十年をすら全うできない運命の皮肉に、苦笑した。最後になぜか、「猿、猿」と呼んだ、桶狭間《おけはざま》合戦の頃の、藤吉郎の顔が思い浮かんだ。（あやつ、どうしているかな――）と、妙に懐かしかった。

介錯《かいしゃく》する者もいない、こういう死に方も、いかにもわしらしい――。

信長はやおら小刀を抜き、躊躇《ちゅうちょ》なく腹を切り、首を刺した。飛び散る血の色が、夕映えのごとくに見えた。

何者が火を放ったものか、御殿のそこかしこから火の手が上がっていた。蘭丸たちの抵抗がやんだ頃には、すでに奥書院は火に包まれ、兵たちの眉を焦がすほどだった。それでも彼らは、必死になって煙の中を駆け回り、信長の姿を求めた。信長の死を確かめなければ、この「戦」は終わっていないのである。

光秀はたまらず、ついに自ら境内に入り、探索に当たる者どもを叱咤《しった》したが、虚《むな》しかった。

敵襲の際、たまたま本能寺の外にいた、信長の側近・村井貞勝らは、妙覚寺にいる信忠に急を知らせた。本能寺の異変を聞いて、信忠はすぐさま救援に駆けつけるべく身支度を整えた。しかし、貞勝はすでに明智の軍勢が迫りつつあることを告げ、ここよりは防備の手厚い二条御所へ移るよう進言した。

二条御所はもともと信長が造り、天正七年に禁裏に献上したもので、正親町天皇の第一皇子・誠仁《さねひと》親王が住居にしていた。内裏を「上《かみ》の御所」と称《よ》ぶのに対して、二条御所は「下《しも》の御所」と通称される。

信忠は親王に事情を説明し、ただちに上の御所に移座されるよう、申し出た。併せて、すでに御所を包囲している光秀にその旨を伝え、光秀もこれを了承した。

親王が移座するのと同時に、明智勢の攻撃が始まった。二条御所には信忠の兵およそ一千が立てこもっていたが、十倍の敵を相手に、さほど堅固とはいえない御所では、所詮《しょせん》、戦いきれるものではなかった。ほどなく火をかけられ、信忠もまた炎上する御所の中で自刃した。まだ二十六歳の若さであった。

5

「本能寺の変」は巳《み》の刻（午前十時頃）には、茶屋《ちゃや》四郎次郎の仕立てた早馬によって河内枚方《ひらかた》辺りで、京へ向かっている家康一行に伝えられた。四郎次郎は父の代に三河から京に上った呉服商人で、名のとおり茶をよくし、家康の戦にもしばしば従軍している。また、上方で家康のために諜報活動をしていたと言われている。京都では、家康は本能寺の近くの茶屋の屋敷に滞在していた。その四郎次郎からの報《しら》せにはむろん、誰もが衝撃を受け、一気に緊張が走った。しかし、情報はごく断片的なもので、「明智光秀謀叛」「本能寺炎上」「信忠様二条御所にて応戦中」としか分からない。信長の安否など定かなことは、その段階では把握されていなかった。

　家康にしても、「明智光秀謀叛」それ自体が信じられないことであった。

「何かの間違いではないのか。明智殿とはつい先頃、安土で会ったが、その気振《けぶ》りもなかった。あるいは毛利方の謀略では……」

　秀吉の中国攻めに苦しむ毛利が、後方攪乱《かくらん》のために騒ぎを起こした——とまで考えた。

　人々がうろたえる中で、随風は「さようではありますまい」と、落ち着いた口調で言った。

「明智殿のご謀叛は、さほど意外なこととは思えませぬ。すでに安土に在りし時より、明智殿の面貌《めんぼう》には異変の兆しが現れておりました」

「しかし、織田家きっての重臣ともいうべき明智殿が、なぜにまた？」

「信長公のあまりにも性急ななされように、危うきものを感じたのではありますまいか。叡山の焼き討ちに始まり、一向衆の虐殺、佐久間殿父子への仕置き、禁裏や義昭公への傲慢《ごうまん》などに加え、長宗我部殿への裏切りなど、天下布武を急がれるあまり、信長公は仁道の則《のり》を越えられました。さらに、側近を重用し、重臣を遠ざけられた仕打ちに、明智殿はご自身のみならず、ご家中の方々の行く末を心許《こころもと》なく思《おぼ》し召されたかと存ずる」

随風は嘆かわしげに首を振った。

「なるほど、いや恐れ入った。ご坊は仏法のみか、天下の諸相にも通じておられるな。なれど、明智殿の旗の下に、はたして何びとがどれほど合力いたすものであろうか？」

「おそらく、明智殿は義昭公を擁して名分とし、旗印《はたじるし》とされるおつもりでございましょう」

「なんと、義昭公をとな。いまさら……」

家康は幽霊に出会ったような顔をした。

「謀叛が義昭公を擁してとなると、すこぶる剣呑なことになり申そう。細川殿、筒井殿、さらには中川殿も、明智殿の与力として、共に兵を挙げたのではあるまいか」

「さあ、そうはなりますまい。明智殿のご謀叛は所詮、狂気のなせることと映りましょう。家康殿が仰せのとおり、義昭公はいまさらのお方でございます。もはや時代は流れておりまする」

「いやいや分からぬぞ。あの明敏な明智殿ですらご謀叛に走られたとあれば、最悪の事態を思うべきであろう。となると、大坂近辺には信孝殿をはじめとする織田勢がいるが、かかる変事にあって、どれほど頼りになるものか、あてにはならぬ。秀吉殿も備中に在って身動きが取れまい。三好殿の軍も、信長公すでに亡しと聞けば、またぞろ叛旗を翻さぬともかぎらぬ。ここは追手のかからぬ間に、早々と逃げるにしくはないな」

家康の状況判断は早かった。

「堺に引き返し、海路を取り、伊勢か、さらに尾張、三河へ戻られるのはいかがでしょう」

穴山梅雪が提案した。

「うむ、それはよろしかろう」

だが、堺衆にその旨、打診すると「東へ行く船は出せませぬ」という。

「東風《こち》が強うて、四国か、瀬戸の海へ流されましょう」

確かに、野分《のわき》のような風が草木を靡《なび》かせている。

ならば陸路を行くしかあるまい——ということになった。しかし陸路と言っても、どのルートが安全なのか、にわかには判断できない。

「伊賀越えの道をお進みなされ」

随風が進言した。「あの者がご案内仕るでありましょう」と、末席に控える半三《はんぞう》を指した。

「半三と申す伊賀の出の者です。半三が先触れに駆け、伊賀衆を糾合し、ご一行の護衛に当たるよう説いた上、先導を務めます」

「半三と申すか。わしの手の者に、やはり伊賀者で服部半蔵《はっとりはんぞう》がおるが。苗字《みょうじ》は何と申す」

「は、恐れながら、服部でございます」

半三は恐縮して平伏した。

「ははは、それは面白い。ならば頼むぞ。して、随風殿はいかがなさる。同道されるか」

家康の問いに、随風は首を振り答えた。

「いいえ、拙僧は西へ向かいます。何を措《お》いても、中国表の羽柴殿に急を知らせねばなりませぬ。さもなくば、羽柴殿は死地に陥りましょう。拙僧は叡山《えいざん》焼き討ちの折、羽柴殿にいのちを救われた恩義がございまして」

「さようか。なれど、備中は遠いが」

「船にて淀川を下り、備前まで、海路を参る所存。いかがかな？」

傍らの堺衆に尋ねた。

「仰せのとおり、この強風なれば、船が速うございます。東風に乗れば、備前牛窓《うしまど》まで丸一昼夜もあれば参りましょう」

堺衆は答え、「ただし、難破いたさねばの話でございますが」と付け加えた。

「ははは、それは大丈夫。法力をもって乗り切って参りましょうぞ」

随風は冗談めかして言ったが、むろん自信があってのことではない。長旅は常のことだが、船で海路を行くのは初めてだ。何はともあれこの変事、一刻を争って秀吉殿に伝えねば――と、一途にそう思うのみであった。

陸路を行く家康一行を見送ってから、随風は船に乗った。堺衆は、海路にはもちろん、淀川の水運にも明るい、屈強の船頭が二人ついて淀川を下り、河口近くの湊《みなと》で軍船にも使えそうな、脚の速い船に乗り継いだ。海上は白波が立つほどだが、幸い追い風だ。

「この風は長うは続きまへん、風向きの変わらへんうちに、船を進めましょう」

船頭はそう言って、帆を一杯に張った。船はつんのめるように、波を切って進んだ。

「艫《とも》のほうにおってください」と言われるまま、随風は胴の後ろに端座した。

船は上下左右に激しく揺れ、しばしば波しぶきが襲った。追い風だからいいようなもの、確かに伊勢方面へ向かっては船は出せなかったはずである。

「どないです。気分、悪いことはございまへんか」

船頭は同情するように、いくぶんからかうような口ぶりで言った。

「いやいや、なかなかに面白うござる。雲に乗って走るとは、このようなものかもしれぬな」

随風は負け惜しみでなく、そう思った。

「どうであろう、疾駆する馬よりも速いのではないか」

「そうですなあ、馬は疲れるけど、船は疲れへんよって、速いかしれへんねえ」

船頭も愉快がって、いっそう強く、帆を張り直した。

第二十一章　旭日と落日と

1

光秀《みつひで》は胃の腑《ふ》が爛《ただ》れるように痛んだ。信長の遺骸《いがい》が見つからないのである。信長公は死なぬのではないか——と、恐れていたことが現実となって迫ってくる。

「御首級《みしるし》とは言わぬ、たとえ御遺骨のかけらでもいい、いまだ見当たらぬのか」

くすぶり続ける焼け跡の周囲を巡って、探索に当たっている家臣どもを怒鳴った。

「殿、ご案じめされますな。御遺骨も灰となって風に舞い散ったのでございましょう」

利三《としみつ》が駆け寄って、諭すように言った。

「御仏殿の阿弥陀《あみだ》様も、影も形もなく消えてしまうほど、激しき火勢でございましたれば、信長公の御遺骨が無きも道理と思われます」

なおも光秀が異論を言いかけるのを押さえて、「かような時を過ごしている場合ではございませぬぞ」と、小声ながら厳しく戒めた。

だ。

「うむ……」

光秀もさすがにわれに返った。信長を殺したことで、ことが成ったわけではないの

「ひとまず、坂本のお城にお戻りを。京の女どもが殿の威風を見ておりましょうぞ」

利三はすでに決めてあった段取りを、思い出させるように言った。「女ども」と軽口を言ったことで、光秀の心を奮い立たせるつもりだ。

「こたびのこと、まずは鞆《とも》におわす公方様にお伝えし、毛利に挙兵させねばならぬ」

光秀はようやく、彼本来の鋭敏さを見せて、利三に言った。

「御意《ぎょい》。そのことであれば、すでに真光に命じ、先ほど備後表に出立させました」

「おお、さようか。あの韋駄天《いだてん》なら、三日とかからず行き着くであろう」

その後、光秀は細川藤孝《ふじたか》をはじめ、筒井順慶《つついじゅんけい》、高山右近、中川清秀から、遠く越後の上杉景勝《かげかつ》にまで、合力を依頼する書状を送っている。気がかりなのは、最大の提携相手であるはずの四国の長宗我部《ちょうそかべ》元親《もとちか》の動向だが、毛利と共に義昭《よしあき》公を擁して上洛《じょうらく》してくるものと信じることにした。

戦死者の片付けなど、後始末の人数を残すと、明智の軍勢は隊伍《たいご》を整え、大津街道を下った。

馬上に揺られながら、光秀は押し寄せる不安と悔恨と、それに睡魔と戦っていた。

大業をなし遂げたというのに、心は晴れない。その気持ちは兵たちに伝播《でんぱ》するのか、誰もが虚脱したような顔で行軍している。

粟田口《あわたぐち》にさしかかった時、路傍から見知った顔が現れた。吉田神社の神主・吉田兼見《かねみ》である。

「ご本懐、祝着《しゅうちゃく》至極に存じ上げまする」

「おお、かたじけない」

光秀は鞍《くら》を下りて、思わず兼見の手を執った。家臣以外で祝ってくれる者に、初めて出会った。やはり信長公を弑逆《しいぎゃく》したことは間違ってはいなかったのだ――と確信した。

兼見は光秀に謀叛への最後の働きかけをしている、いわば戦争責任者である。細川藤孝とも交流のあった人物だが、日和見で、光秀が失脚し死ぬと、たちまち豹変《ひょうへん》。秀吉の目に触れることを恐れて、その日までの日記を、年の初めに遡《さかのぼ》って書き換えたという、したたかな男だ。しかしこの時の光秀にとっては、またとない頼りがいのある友人であった。

現にその後、近衛前久《さきひさ》をはじめとする公家《くげ》や内裏との折衝を、この兼見が務めることになる。

「こたびのこと、私怨《しえん》ではござらぬ」

兼見に対してはいまさら弁明する必要もないのだが、光秀は利三に言ったのと同じことを言った。この辺りに彼の律儀な性格を見て取ることができる。

「かねてより、公方様の度々のご要請がありました。公家衆はもとより、内裏さえも蔑《ないがし》ろにする信長公の横暴に、天がそれがしの手をもって鉄槌《てっつい》を下したものと、貴殿もご理解賜りたい。時を経ずして、公方様もご上洛ありましょう」

「よく承知いたしております。明智殿がなさらなくとも、いずれ天命は下ったでありましょう。まこと、清々《すがすが》しき壮挙でございました」

兼見は追従《ついしょう》を述べて、この先、公方様ご上洛のあかつきには、どうぞ吉田家の所領安堵《あんど》を、よしなにお計らいくださいーーと頼んでいる。早くも権力者への擦り寄りが始まったのを見て、光秀は愚かしいとは承知しながら、何やら自信が湧いてくるのであった。


一方、脱出を図る家康、梅雪《ばいせつ》の一行は難儀をきわめていた。伊賀への道はただでさえ険しいところにもってきて、落ち武者狩りを避けて間道を選んだために、いっそう難渋した。

その当時、戦があれば、つきもののように、落ち武者狩りが横行した。日頃は畑仕事をしているような土民が、鍬《くわ》を竹槍《たけやり》に持ち替え、徒党を組んで武士を襲った。金品、鎧《よろい》、刀などを奪うのが目的だが、身なりのよい武者や、まして大将首などを取ろうものなら、恩賞を目当てに相手方の陣屋に持ち込むのである。

土地不案内の一行は、堺衆が用意した男の先導に従って、ひたすら先を急いだ。互いに声をかけあってはいるのだが、列は長くなり、最後尾についた穴山《あなやま》梅雪主従は遅れがちであった。

木津川の草内の渡しに差しかかった時、土民が襲撃する気配を感じた。しかし家康の周囲は石川数正《かずまさ》、本多《ほんだ》正信《まさのぶ》、榊原康政《さかきばらやすまさ》、井伊《いい》直政《なおまさ》ら剛の者ばかり三十余人が油断なく固めているから、手を出しかねたのだろう。無事に木津川を渡った。

だが、しばらく行ったところで、穴山梅雪の一行が追随していないことに気がついた。どうやら離ればなれになったらしい。

「梅雪殿はいかがした？」

まず家康が気がついて、側近の正信に尋ねた。言われてみると、梅雪とその家臣数名の姿が見えなくなっている。

「はて、先ほどまでお姿はあったようですが……尿《いばり》ではございますまいか」

「ならばよいが……」

その時、はるか後方から雄叫《おたけ》びが聞こえた。悲鳴とも絶叫ともつかぬ声も起きた。

「しまった、土民どもか」

梅雪の身を案じ、家康が二歩三歩、坂を下りかけるのを、数正は押さえた。

「殿、なりませぬぞ」

先導の案内役も「なりませぬ」と怒鳴った。他人を救出するどころではないのだ。そうでなくても、周囲には殺気が満ちている。一行は一固まりになって、警戒を強めつつ進んだ。その矢先、前方から集団を思わせる足音が響いてきた。少なくとも百人、いや、二百か――。

（命運尽きたか――）

家康は観念した。三方ヶ原で武田信玄に大敗した時と同じ感懐であった。家臣たちは家康を中心にして、円陣を作った。地響きは間近に迫り、ついに目の前に姿を現した。黒ずくめの軽装だが、明らかに土民とは異なる集団である。

血の気の多い本多忠勝《ただかつ》が抜刀して、先頭の男を斬ろうとした時、「お待ちくだされ」と、集団の奥から服部半三が飛び出した。

「伊賀の衆でございます。徳川様、穴山様のご加勢に馳《は》せ参じた者どもにございます」

「おお、伊賀の衆か」

助かった――と、安堵したとたん、ほとんどの者がヘナヘナと地べたに尻《しり》を下ろした。一歩も動きたくないほど、精根尽き果てていることに、いまさらのように気がついた。

「穴山様は、梅雪様はいずこにおわします？」

半三は数正に訊《き》いた。

「いや、それは……」

数正は言い淀《よど》んだが、隠しておくわけにもいかず、最前の騒ぎのことを話した。

「なんと……」

半三は愕然《がくぜん》として、数正が止める間もなく走りだしていた。一行が踏みしだいてきた藪草《やぶくさ》の乱れを頼りに道を辿《たど》り、乱闘の場を発見した。草内の渡しを越えて少し来た辺りである。すでに闘いは終わり、土民が十人ほど、数体の「獲物」から金目の物をはぎ取る作業をしている。

気配に気づいて振り向くのを、半三は飛び込みざま、たちまち三人を斬った。土民は「わっ」と散って、竹槍を執る余裕もなく藪の中に逃げた。弱者には強く、強者には弱い、土民の習性そのもののような者どもだ。

反撃してくる気配のないことを確かめてから、半三は倒れている武士たちの中に梅雪を見つけ出した。

梅雪はまだ生きていた。「梅雪様」と半三が呼びかけると、「おお、半三か」と、かすかな声が返った。目は開かず、体を動かす余力はないらしい。「随風殿《ずいふう》はいずれぞ」

と訊いた。意識が混濁しているのだろう。

「随風様もこちらにおわしますぞ」

梅雪の耳元に口を寄せて励ました。

「そうか……回向《えこう》を……」

それが最期の言葉になった。半三は随風の側にいて習い覚えた経文を唱えた。それから梅雪とほかの犠牲者たちの遺髪を取り、遺族のもとに届けるため、それぞれの着衣の紋の部分を切り取って束ねた。遺体を埋葬するゆとりはなかった。

立ち去りかねて、半三は振り返り、もういちど死者たちのために祈った。いずこと も名も知れぬ山城《やましろ》の山中で、土民の手にかかって死ぬとは、いかにも情けない。目を瞑《つむ》ると、若き日の穴山信君《のぶきみ》の、颯爽《さっそう》とした武者ぶりが瞼《まぶた》の裏にあった。

伊賀衆は、およそ二百人ほどが加勢してくれた。これほどの人数が一ヵ所に集うのは、信長の伊賀攻めの時以外、なかったことだ。ふだんは散り散りになって活動するのが、本来の伊賀衆の在り方というべきなのである。やはり、頭領・服部半蔵と家康の繋《つな》がりがあったればこそといえる。

これ以降は伊賀者たちの案内と警護の中、南山城路、南近江路、北伊賀路、伊勢路——と順調に疾駆して、四日目には早くも伊勢長太《なご》の湊《みなと》に辿り着いた。

2

随風の船は宵のうちには須磨《すま》沖を通過している。風はやむことがなかった。星明りの夜の海を船頭が交代で船を進め、予想より早い翌日の朝には岡山近くの牛窓湊に着いた。船頭の一人が道案内を務めたが、海の上のようなわけにはいかない。足の運びは常人のものだ。随風は船頭の労を謝し、応分以上の賃金を渡して、ここから先は独りで走ることにした。

途中の民家で高松城の方角を尋ねた。北西方向に二十里ばかり——ということであった。随風は風に追われるように、僧衣の裾《すそ》を翻して道を急いだ。間もなく、前方の森の上に戦雲のような気配が立ちのぼるのを感じた。さらに歩を早めた時、叢《くさむら》から足軽が五名現れ、行く手を遮り槍を突き出した。

「いずれへ参る」

敵か、味方か——と、随風は判断に窮した。

「率爾《そつじ》ながらお尋ね申す。こちらはどなた様のご陣でありましょうや」

「羽柴秀長《はしばひでなが》様のご陣だ」

「おお、なれば秀吉公のご本陣も間近でございますな」

「それを訊《き》いて何とする。その方、何者か」

「随風と申す者。火急の用向きにて参りました。早々に、秀吉公にお取り次ぎいただきたい」

足軽どもは取り扱い方を協議していたが、上級の武者を呼んできた。それからしばらく、用向きの内容を巡って押し問答のようなことになった。随風は苛立《いらだ》って、「火急の用と申しておる。時を逸して、秀吉公のお叱りを被《こうむ》らぬよう、心いたされよ」と怒鳴った。

剣幕に驚いて、さらに上の、足軽頭らしき者が現れ、ようやく随風の名前を秀長の本営に伝達するところまで漕《こ》ぎ着けた。

しかし、そこから先は速かった。秀長の家老と思われる人物が、数名の武者を率《ひ》き連れ、随風を護衛するように囲み、秀吉の陣屋に案内した。陣屋のある高台からは、眼下一面に広がる「湖水」が見える。その中央には、わずかに城郭の姿を見せて、高松城が浮かんでいた。いまだ、この城が落ちていないとは信じがたかった。

秀吉は山の中腹に設《しつら》えた、急ごしらえの陣屋の中で軍議をしているところだったが、随風の姿を見ると、軒先まで出てきた。

「おお、随風殿、何事でござるか」

「恐れ入りますが、お人払いを」

秀吉は一瞬、躊躇《ためら》ったが、随風の目の奥を見定めると、すぐに家臣たちを退《さが》らせた。ただし官兵衛だけは残している。

「この者は黒田官兵衛と申す、それがしの右腕のごときご仁でしてな」

官兵衛と随風は短く挨拶《あいさつ》を交わした。

「して、火急の用向きとは？」

「明智光秀殿ご謀叛《むほん》でござる。昨日の未明、信長公を本能寺に攻め、弑《しい》し奉ったとのこと」

「何と……やはり……」

秀吉は相反する言葉を呟《つぶや》いた。まるで予期していたように聞こえる。

「間違いござらぬか」

「間違いござりませぬ。信忠《のぶただ》殿は二条御所に在って、明智勢の攻撃を受けているというところまで聞き、こちらに急ぎ参った次第」

「上様のご遺骸《いがい》は？」

「そこまでは見定めてはおらぬようです。本能寺に火の手が上がり、もはやご最期かと」

「しからば、上様が亡くなられたかどうか、判然とせぬのではないのかな」

「秀吉殿、相手は明智殿でございますぞ」

「ん？……うむ……」

秀吉はどっかと腰を下ろした。

「上様が亡くなられた……」

天を仰いだ両の目から左右の頬を伝って、涙がポロポロ落ちるのを拭《ぬぐ》いもせず、声もなく泣いている。随風はこの老獪《ろうかい》な男にまだ残っている純情を思って、感動した。

「殿、これがまことであれば、一刻を争い、策を講じなければなりませぬ」

官兵衛が傍らから励ますように言った。

「分かっておる」

秀吉は涙を拭いもせず、随風に言った。

「随風殿、まことによきところにお越しいただいた。お疲れのところ恐縮だが、それがしの頼みを聞いていただけぬかな」

「何なりとお申しつけあれ。それがしにできることであれば、お受けいたしましょう」

「かたじけない。ならば、毛利の安国寺恵瓊《えけい》なる僧に使いしていただきたい。和議のこと、諮りたいと申してな」

「お引き受け申します。して和議の条件は？」

「それはこの官兵衛が心得てござる。万事よしなに。それがしはこれより京へ早駆けいたすよってな」

言うが早いか、席を立って出立の準備にかかった。陣の備えや旗印はそのままに、数百の騎馬武者を引き連れて、ひそかに戦線を離れて行った。

秀吉に代わって官兵衛が和議の進めようを説明し、随風の使者としての役割を解説した。随風は驚いた。この危急に際して、当然、秀吉側が折れて、毛利に妥協するのかと思いきや、従来のままの条件だというのである。唯一、講和の障害となっていた、清水宗治《むねはる》の自刃のことについても、当方の主張を通そうという、そのための使いであった。

一時《いっとき》も過ぎないうちに、随風は「湖水」の対岸に迂回《うかい》して、秀吉軍と毛利勢の接点でもある緩衝地帯に行き、安国寺恵瓊と会談した。初対面だったが、両人ともそれぞれ、相手の名と人となりについて、漠然とした知識はあった。

「この戦、無益とは思いませぬか」

挨拶もそこそこに、随風は切り出した。「いかにも」と恵瓊も頷いた。

「輝元《てるもと》公も、秀吉公のお申し出に、基本的には同意されておいでなのですが、家中には宗治殿を見捨てることだけは、武門の一分《いちぶん》として、でき申さぬと固執される向きもござってな」

「さもありなん」

随風は頭を下げ、「武門の一分」に敬意を表した。

「およそ武家とは不自由なものでござるな。なれど、あのお城を見るだに、城兵たちの難儀が思いやられませぬか。さればこそわれら出家どもが才覚せねばなりませぬ。一将の功を慮《おもんぱか》って、万卒を枯らすのはいかがなものか。さようなことは宗治殿も本意ではございますまい。名を惜しむ宗治殿にこそ、武門の一分を立てて差し上げるのが、われらが務めと愚考いたしますが」

「なるほど、つまり拙僧をして宗治殿に引導を渡せと、かように仰せですか」

「御意」

「うーむ……あい判り申した。立ち帰って、輝元公に言上《ごんじょう》仕ろう」

「いや、それはご無用かと。武門の一分はそれにて変わることはございますまい。恵瓊殿のご決断あるならば、舟を支度させてござる」

「ほほう、さすが、お手回しのよいことかな」

恵瓊は苦笑したが、方針はそれで定まった。すぐに舟に乗って、城へ向かった。両軍の兵が湖岸から（何事か？——）と見守る中、舟のまま城内に入った。城内からは、埋葬もできぬ死骸が、夥《おびただ》しい数、「湖水」に流されているのだが、まだ処理し切れない死骸がそこかしこに漂い、死臭を発している。さながら地獄絵であった。

説得はごく短かった。自分の死が一城の兵たちを救うことを知り、宗治は即座に切腹を決め、その旨を両軍本営に伝えるよう、恵瓊に頼んだ。

「これまで、それがしを庇《かば》うて下された、毛利のお屋形様ほか、元春《もとはる》殿、隆景《たかかげ》殿にも、よしなにお伝え下されそれがしに死場所を与えて下さり、まことにかたじけないとな。また、敵将羽柴殿に会うことがござれば、こたびの奇想天外なご采配、まことに天晴《あっぱ》れなりと」

宗治は爽《さわ》やかに言ってのけた。

清水宗治の切腹をもって、高松城の攻防戦は終息した。織田方の勝利なのだが、秀吉軍は鬨《とき》の声も上げず、粛々と兵を引いた。陣を離れるやいなや、堤を切り、堀の水を放った。ために大洪水が発生して、辺り一面は泥濘《でいねい》に覆われた。それを尻目に、秀吉軍はにわかに早駆けに移り、東へ東へと去って行ったという。

ほぼ時を同じくして、毛利輝元の陣に鞆の足利義昭からの使者として、真光が書状を運んできた。明智光秀に命じ、京都本能寺にて逆臣織田信長を討った——という書き方をしている。

「すぐさま兵を挙げ、明智殿と結び、各所の大名を糾合して、織田の残党を討つべしとの御諚《ごじょう》でございます」

毛利陣本営は色めき立った。輝元からの急報を聞き駆けつけた吉川《きっかわ》元春、小早川《こばやかわ》隆景も鳩首《きゅうしゅ》協議して、善後策を講じた。秀吉にまんまとしてやられたという気分である。

元春は「この機を逸せず、織田軍を急追し、秀吉を討つべし」と、またしても強硬論を主張した。

「いや、それはいかがなものか」

隆景が落ち着いて言った。

「公方様からのお報《しら》せとは申しても、あの明智殿が信長公を討ったとはにわかに信じ難い。明智殿といえば、数多《あまた》の重臣が遠く戦場に送られる中、常に京を中心として信長公のお側近く仕える寵臣《ちょうしん》ではないか。たとえ公方様の命とはいえ、何ゆえあって主君を討つであろうか」

「なるほど」と、この意見に元春も頷いた。

「とすると、これは織田方の謀略であるか」

「然《しか》り。聞けば信長公は間もなく四国表へ出陣というではないか。われらが秀吉軍を追って軍を進めれば、讃岐《さぬき》から備前に上陸する信長公の軍に背後を衝《つ》かれる恐れがある」

「そうよな。そもそも、京に近いわれらがいまだ知らぬことを、鞆におわす公方様がご存じというのも怪しい。これは公方様を利用した、悪しき策略ではあるまいか。まずはその真偽のほどを確かめようぞ」

一挙に消極姿勢に転換した。もっとも、義昭公方の呼びかけに応じ挙兵したくても、現在の毛利には上洛するだけの備えはなかった。それに、たとえ明智の謀叛と信長の横死が真実であったとしても、信忠、信雄《のぶかつ》、信孝《のぶたか》などの世継ぎがおり、羽柴、柴田、滝川などの重臣も健在である。公方の反信長勢力糾合も、どこまで実のあるものか計り難い。

「羽柴軍との和議が整った以上、荒れた国内の整備に当たるべし」

そういう結論に達し、その日のうちに兵を返した。

いまさらのように、亡き父・毛利元就《もとなり》の、みだりに外を攻めることなかれ――という戒めが思い出されるのである。

3

随風は官兵衛と共に早馬で秀吉の後を追い、毛利立たず――の報告を姫路《ひめじ》城で伝えた。それを聞き、秀吉は笑みを漏らした。随風がこれまで見たこともない不敵な笑いであった。眼光は射るように鋭く、視線は空間を彷徨《さまよ》って、今後の展開を模索しているのが分かる。さながら、思わぬ馳走の山を前に、どれから食してやろうか――と、舌なめずりしている様子にも受け取れ、不気味であった。

「随風殿ご苦労であった。毛利立たずとなれば、すでにわがことなれり」

秀吉は鼻下の髭《ひげ》を蠢《うごめ》かすようにして、言った。

「光秀もまた、わしのために道を開いてくれたも同然。可惜《あたら》、なまじの才智ゆえに先を急いだな。のう官兵衛よ、これより先の戦は、すべてこの秀吉のものであるな」

「御意」

この驚天動地の際にあって、この主従は落ち着き払っている。むしろ信長が死んだことによって頭の上の重しが取れた——くらいの気分でいるように見える。何となく、こういう展開はかねてより予想していたのではないかとさえ思えた。

「向後のこと、いかがなされる？　明智殿との和議をお諮《はか》りならば、及ばずながら拙僧がお使い仕りますぞ」

随風が言うと、秀吉はジロリと、随風を睨み、「和議はござらぬ。明智を討つ」と言った。

その時、随風は秀吉の眼差《まなざ》しに、信長の目にあった冷徹さと傲岸《ごうがん》さが宿っているのを見た。しかしそれは瞬時のことで、すぐにまた、あの人を蕩《とろ》かすような笑顔に戻っている。まるで、たったいま見たものが錯覚のようだ。

「こたびの戦の眼目は、誰が光秀に一番槍をつけるかにある。まず、この秀吉を措《お》いてほかにはあるまい」

秀吉の脳裏には、柴田勝家《かついえ》以下、織田家諸将の顔々々が浮かんでいるにちがいない。

それを一つずつ数え、楽しむように、秀吉は唇を引き締めて幾度となく頷いた。

「難しいのは、その先のことでござるよ。難しいが、面白うござる。さて、参るぞ官兵衛。ただちに陣触れを」

秀吉はすっくと立った。

「随風殿、これにて御免」

この時点で姫路城に辿り着いた兵卒は、まだ全軍の半分にも満たない。秀吉はとりあえず休息を取った者たちのみを引き連れ、再び早駆けで進軍して行った。

随風は姫路城の石垣に佇《たたず》んで、秀吉が視界から消え去るのを最後まで見送った。何かとてつもない幻覚を見ているような、ここ数日の転変であった。あのとき墨俣《すのまた》の粗末な宿で、「木下藤吉郎」の名を与えた若者が、いま走り去った男とどう繋がっているのか、随風には分からなくなった。

後に「中国大返し」と呼ばれる、この時の迅速果敢な秀吉の進軍が、結果的に山崎合戦の勝利へと繋がることになるのだが、それは単に速度だけの問題ではなかった。秀吉は、すでに第一報を得た瞬間、この結末までの流れを見据えている。何よりも肝心なのは、光秀誅伐の一番槍をつけなければならないということだ。そのために秀吉は、自身の持てる情報収集力のみならず、情報操作能力をも最大限発揮した。まず、播磨《はりま》、摂津《せっつ》、さらには畿内周辺にある信長の家臣や大名たちに、自軍の動向や信長に関する情報を次々と送った。

「信長様明智に討たれる」――「羽柴軍、備中を撤収」「羽柴軍、早くも摂津に入国」

毛利と対峙している羽柴軍は身動きが取れない――というのは常識であった。それがすでに指呼の間に迫っているという情報がもたらされるから、信長をめぐる状況さえはっきりと把握できずにいる諸将は、秀吉の大軍を待って光秀討伐に参加しようと、後続の情報を待っているばかりだ。

一方で、光秀が味方を期待している摂津の池田、高山、中川氏などには、「上様、ご無事」という誤った情報さえ流して、これを牽制した。もし早駆けして京へ上ったりすれば、それこそ謀叛に加担する意思あり――と疑われかねない。かくては誰一人として、「われこそは」と名乗りを上げる者もなかった。

中には自らの手で確かな情報を手に入れた者もいたが、明智光秀の名と、彼の軍の勇猛は聞こえているし、自軍はといえば、どこも三千に満たない小勢である。相互に連絡を密にするどころか、それぞれが疑心暗鬼に陥って、明智につくべきか否か、探りあっているのが実情であった。そうして気がついた時は、秀吉軍の主力はすでに摂津を過ぎていた。

「秀吉が、上様の弔い合戦仕るべく候。恩顧の諸大名は挙《こぞ》ってお味方に参集されよ」

秀吉は初めて、周辺の諸将に向けて、大号令を発した。

ここに至って、明智との弔い合戦は羽柴秀吉の戦いであることが明確に示された。後から「参集」するのは、秀吉の旗のもとに集う援軍に過ぎない。織田信孝《のぶたか》でさえ、主将たり得なかったのだ。

すべて秀吉の計算どおり、戦の流れは彼に味方した。怒濤《どとう》の「大返し」に驚き慌てた織田家臣団は、相次いで秀吉軍に合流した。大坂にいた織田信孝が参陣したのを皮切りに、中川清秀、高山重友、堀秀政などが続々と馳せ参じた。その瞬間から、秀吉は暗黙のうちに彼らを結集する頭領の位置に立ったことになる。

秀吉の「大返し」を迎えて驚愕したのは、諸将よりも誰よりも、明智光秀にほかならない。少なくとも半月、長ければひと月は毛利勢と対峙したまま、身動きもなるまいと踏んでいたものを、わずか十日も経ずに目の前に大軍を率いて現れたのを見て、身の竦むほどの奇跡に映った。

（あやつは神か――）

光秀は初めて秀吉の武威に恐れを抱いた。その才知は疑いもせぬとはいえ、まだまだ自分には及ばぬであろうと、いささかの優越感があったものが、大きな錯誤であることを思い知った。

山崎の北東、小高い御坊塚《ごぼうづか》から雲霞のごとき秀吉「連合軍」を望見しながら、光秀の脳裏にはなぜか、東美濃山中の街道を随風と歩いた旅の日の風景が蘇った。

（もはやこれまでか——）

光秀は我知らず苦笑した。武士が懐旧《かいきゅう》の感傷に耽《ふけ》るようでは、己が末路を覚悟したからに他ならない。闘志をかき立てねばならぬ合戦の時を前にしながら、気持ちは氷のごとくに冷えきってゆく。

かくて明智光秀は「三日天下」に終わった。その情報を、随風は堺で聞いた。堺から海路、伊勢を経由して帰路につくところであった。山崎合戦に敗れた光秀は、坂本へ敗走する山中で、名も知らぬ土民の手にかかって死んだという。

またしても随風の脳裏には、美濃山中で旅をした、若き日の光秀の面影が浮かんだ。「日輪」を夢見たであろう好漢が、こうして無惨な最期を遂げる世の無情が情けなく、そういう結末を予感しながら、とどのつまり、光秀を救うどころか、結果として彼の滅亡に一役買ったことになる、自分の無力が疎ましかった。

誰か英雄が出て、乱世を終わらせる日が訪れることを祈りたい。まさに雄図を達成しようかと思われた信長が、かくもあっけなく空しくなった。それを引き継ぐのはおそらく秀吉であろう。しかし、彼の前途も平坦《へいたん》というわけにはいくまい。さらにその先となると、どこへ行くものか、この船よりも風まかせ、頼りないことだ。

船は湊を出た。生駒《いこま》辺りの山が遠ざかる。波乱も何も知らぬげに、超然と、穏やかな姿を横たえている。かくありたいものよ——と随風は願った。

4

随風が「天海」と名乗ったのは天正十八年（一五九〇）三月、武蔵国入間郡仙波《せんば》（川越）の星野山無量寿寺《むりょうじゅじ》の北院で、豪海僧正に師事している時のことである。その夏、天海は豪海に法座を譲られ、事実上、北院の院主となった。

この年には秀吉の「小田原征伐」が行なわれている。駿府の家康もこの小田原城包囲陣に参加した。天海は包囲軍に加わる芦名《あしな》義広に従って小田原に赴き、秀吉と再会した。「本能寺の変」から八年が経過していた。

わずか八年のあいだに秀吉は「豊臣」を名乗り、すでに「天下」となっていた。陣中でありながら豪華な館に住まいし、はるかの上座に在った。変わらぬ墨染めの衣をまとった天海を「懐かしや」と近くに招いた。

「姫路以来じゃな。慌ただしき別れであったが」

秀吉はその日の出来事を、詳《つまび》らかに覚えていた。

「は、まことに夢のごとき心地がいたします」

「いやいや、夢ではない。人の世というものは、成るべくして成ってゆくものである。成らぬはおのれが成さぬゆえよ。ははは、かような悟ったことを申して、釈迦《しゃか》に説法であるな」

「畏《おそ》れ入ります」

「もそっと近う寄るがよかろう」

秀吉は手招いて、声を落として言った。

「高松城滞陣の折だが、あの時のご坊の報せを、わしがすぐさま信じたこと、不思議には思わなんだか？」

「は？……」

「もしご坊の話が誤っておれば、わしの陣返しは軍法に背き、信長公に楯突《たてつ》くことに相成ったはず」

「あっ……いかにも……」

「なれど、わしには信じるだけの裏付けがあった。細作《さいさく》を放ってもおったが、それ以前にな」

秀吉は若い日の藤吉郎のような、いたずらっぽい笑みを浮かべた。

「じつはわしの手の者が、京から丹波、丹波から姫路へと、路傍の草のごとくに点々と住まいなして、明智の日々の動きを逐一、伝えて寄越しておったのよ」

「なんと……さすれば、明智殿ご謀叛のことは……」

「さよう。わしが中国表へ出陣する頃には、大方は気づいておった」

一瞬、凄《すさ》まじい目を見せた。

「でありますれば、なぜ信長公にご注進なさらなかったので？」

「されば、申したであろう。人の世は成るべくして成るとな。ご坊はいかが思うや知れぬが、あの信長公のなされようでは、たとえ光秀が立たずとも、いずれは誰かが謀叛の刃を向ける仕儀と相成ったであろう。それが世の定めと申すものではあるまいか。わしはそれに逆らわざりしのみよ。帆に風を孕《はら》めば船は走る。風がやめば停まる。波が立てば沈む。流れに逆ろうては、船は進まぬものぞ。仏の道とは異なり、生臭きものではあるがな」

天海はあぜんとした。遠い昔に商人宿で巡り会った時から、この男の商人らしいはしこさや抜け目なさには気づいていたが、それをそのまま武士の社会に持ち込んで、綺羅星《きらほし》のごとく数多《あまた》いる戦国武将を尻目に、独り、日輪のごとく輝くに至った、はるかなる道程を思いやった。

「どうじゃ、ご坊、わしについて大坂に来ぬか」

秀吉は表情を和らげて、言った。

「ありがたきお言葉なれど、拙僧はいま、武蔵国に一宇を預かる身でございます」

天海は畏《かしこ》まって固辞した。秀吉について世を歩む気には、到底なれそうになかった。

「さようか、武蔵か、ならば家康殿と昵懇《じっこん》にするがよい。こたびの戦功により、家康殿には北条の旧領関八州を遣わそうほどに」

　気前のよさそうなことを言っているが、じつはその代償として、駿河、三河など家康の旧領五カ国を没収しているのだから、秀吉の商人根性はどこまでも抜け目がない。

　とはいえ、このような領地替えこそ、支配地域を拡大する上で、亡き信長が先鞭《せんべん》をつけた家臣統治の方法であった。領地を持たぬ身から出発し、まして商業民として育った秀吉にとっては、何の痛痒《つうよう》もない、むしろ好ましい制度なのだが、代々三河を地盤としてきた家康にとっては辛い仕打ちでないはずはない。坂本や丹波を途中から領したあの光秀でさえ、それを奪われるのに耐えきれなかったのだから。

　しかし、家康がこの仕置きを甘んじて受けたことに、天海は世の変化を思った。秀吉が強大になったというだけでなく、信長の思い描いていた新しい時代が、人々に受け入れられつつあるということなのだろう。それは信じられないほど多くの命を代償にした変化ではあったが。

　その後、家康が開いた徳川幕府で、大名の改易《かいえき》が当たり前のように行なわれたことは、われわれのよく知るところである。

　秀吉の言葉どおり、北条が降伏した後、家康は江戸にあった城を改築、以後、徳川氏十五代の居城となった。天海が家康に会ったのはその年の十月である。

　その間、天海は会津《あいづ》の主家であった芦名家のために、種々、奔走している。芦名家は伊達《だて》政宗に侵略され、当主の義広は常陸《ひたち》の佐竹家に逃れた。天海は義広を、秀吉の家臣石田三成に斡旋《あっせん》、このことから義広（後に盛重と改名）は小田原攻めに参加することになり、その功によって常陸国江戸崎《えどさき》領四万五千石を与えられた。

八年ぶりに見る家康は関東の太守にふさわしい風格を備えていた。大坂堺で「明智光秀謀叛」の報を聞き、騒然となったあの日の家康とは、別人のようだ。しかし、天海を前にした家康は、格式にとらわれぬ闊達《かったつ》な笑顔で言った。

「ご坊は覚えておいでかな。ほれ、いつの日にか、有度山に東叡山を築くと申したではないか」

「おお、そのことでございますれば、片時も忘れはいたしませぬ。なれど、家康公が駿府をお離れになり、江戸にお移りになられては、有度山の意味が失われました」

「されば、この江戸に東叡山を築くがよかろう。叡山が京都の鬼門《きもん》、艮《うしとら》（北東）の方角にあるのに倣えば、江戸城の艮に上野《うえの》と申す山地がある。そこにご坊の宰領によって、霊地を築かれよ。いますぐにとは申さぬが、わしはこの地が、いたく気に入っておる。城の天守に登れば、朝には旭日《きょくじつ》を拝し、夕べには富士のかなたに落日を送ることができる。子々孫々、江戸にあって、末永く世の泰平を得るために、東叡山のあることは必ずや神意に叶うであろう。楽しみにしておりますぞ」

天海は思わず平伏した。家康が「富士のかなたに落日を送る」と言ったことから、なぜか秀吉を連想した。旭日そのもののごとき秀吉が、いつか落日となる、世の無常を思った。

〈完〉

あとがき

二十年ほど前から、天海のことを書きたいと思っていた。それも天海が若い頃、まだ随風《ずいふう》と称していた頃のことが書きたかった。いわゆる「黒衣の宰相」と呼ばれるようになってからの事跡は記録にも残っており、よく知られているところだが、若い時代の天海がどこでどのように生きていたのかは、ほとんど知られていない。せいぜいはっきりしているのは、会津《あいづ》出身で、比叡山《ひえいざん》で修行していたということぐらいである。ところが、天海が生きた時代というのはまさに戦国時代真《ま》っ只中《ただなか》。豊臣秀吉とほぼ同年代で、一説には天海と秀吉が同じ日に生まれたというのもあるくらいだ。またその後の天海も謎に包まれており、「明智光秀《みつひで》＝天海」説などがまことしやかに語られたりもする。考えてみると、会津で生まれた一介のお坊さんが、どうして天下の徳川家康の懐刀として権勢を 恣《ほしいまま》にするようになったのか――などは、きわめて不思議なことで、それだけでも推理作家の好奇心をくすぐるし、創作意欲を掻《か》き立てる。

詳しく調べたことはないが、過去に何人もの作家が天海を小説に仕立てていると思う。しかしその多くが徳川幕府時代の天海であって、若き日の天海を描いたものはごく少ない。いわば手つかずの領域で、それだけに小説のモチーフとしては申し分がないような気がした。小説だから何を書いても構わない――という気安さもあったのだが、いやしくも歴史小説となるとそうそう無責任なわけにもいかない。そのことは、いざ創作にとりかかる段になって、痛切に感じることになる。

それまでの僕は『太閤記』を下敷きに、天海（随風）の登場をそれに重ね合わせればいい――ぐらいに考えていた。若き天海が比叡山で修行していたからには、当然、尾張《おわり》や美濃《みの》、近江《おうみ》を往来していたであろうし、信長や秀吉、光秀との接点もあったにちがいない。そこで出会った英雄たちや世の中の転変を、出家の身である天海がどのように見ていたのか。戦乱の世の語り部としての天海を描ければいい――というのがそもそものこの作品のテーマであった。

世の中には『太閤記』のファンは数えきれないほど存在する。『太閤記』とその周辺、信長や光秀の物語は吉川英治、司馬遼太郎、堺屋太一などの各氏をはじめ、多くの作家によって語り尽くされた感があり、それ以前に江戸時代からさまざまな作家がその原型を創作してきた。

いわゆる『太閤記』の大本となるスタイルを確立したのは小瀬甫庵《おぜほあん》という人の書いた『甫庵太閤記』だと言われる。ほかに川角《かわすみ》三郎右衛門の『川角太閤記』や『絵本太閤記』『真書太閤記』などがある。吉川氏など現代作家の『太閤記』もその流れを踏襲したものが多い。僕も吉川氏の『新書太閤記』の熱烈なファンで、戦国期の歴史知識の多くは、そこに由来しているといってもいい。だから今回の「天海」を執筆するに当たっても、頭の中にはその先入観がぎっしり詰まっていて、それを踏み台にすることに、何ら抵抗を感じていなかったのである。

だが、角川書店の新名新氏とともに史料や資料を収集し研究しているうちに、これがまったくの誤りであることを悟った。まずこれまでの「常識」に鉄槌《てっつい》を下したのが、三重大学教授の藤田達生氏だった。氏のレクチャーを受けた結果、『太閤記』の名場面として人口に膾炙《かいしゃ》されている「事実」が、じつは根も葉もない創作であることが分かった。たとえば「桶狭間《おけはざま》の奇襲」「墨俣《すのまた》一夜城」「長篠《ながしの》合戦の鉄砲の三段撃ち」等々がそれである。じつはこの程度の新知識は少し勉強した人なら誰でも知っていることらしいのだが、不勉強の権化である僕にとってはまったくの「新知識」であった。

また、学問的な意味での歴史的出来事や謎の解釈に関しては、存外なおざりにされてきた部分の多いことも分かってきた。たとえば、柴田勝家を総司令官とする北陸遠征軍の中から、ひとり羽柴《はしば》秀吉が戦線離脱して長浜へ帰ってしまう——という有名な事実がある。当然、信長の怒りをかって処罰されそうなものだが、これが何のお咎《とが》めもないどころか、直後に中国方面軍司令官に任命される。きわめて不可解な話なのだが、この謎について、これまでほとんど触れられたことがない。

さらに、将軍義昭《よしあき》の度重なる「謀叛《むほん》」に対して、信長が京都から追放するにとどめ、殺さなかったのはなぜなのか。そして「本能寺の変」の真の原因や、変の後、秀吉がいかにして「中国大返し」を成功させたかといったことについても、最近の研究に基づいて歴史の闇を透かして見ると、いろいろなことが分かってくる。

本書『地の日天の海』は日本経済新聞に連載されたものを、単行本に上梓《じようし》するにあたって大幅に稿を改めた。連載中には気づかなかったこと、あるいは知らなかったことを含め、より完成度の高い作品に仕上げるために、前記、藤田氏の指導と新名氏の協力を得て、全力を傾注したつもりである。最新の研究資料による新知識を加味したという点では、先輩諸氏の類書にひけを取らないと、ひそかに自負するものだ。

ともあれ、この作品の眼目は当然のことながら「天海」が縦横に活躍して、『太閤記』の時代をいかに生きたかを語ることにある。天海と光秀、秀吉、信長の出会いが運命的に錯綜《さくそう》して、本能寺の変のクライマックスへと突き進んでゆく歴史の奔流は、書いていて楽しく、しばしば興奮に突き動かされた。いま稿を綴《と》じるにあたって、あらためて藤田達生、新名新両氏に感謝する次第である。

二〇〇八年初夏

内田康夫

参考文献（主なもののみ）

須藤光暉『大僧正天海』冨山房（一九一六年）
小瀬甫庵／桑田忠親校訂『太閤記　上下』岩波文庫（一九四三、一九四四年）
桑田忠親『信長の手紙』文藝春秋新社（一九六〇年）
太田牛一／奥野高広・岩沢愿彦校注『信長公記』角川文庫（一九六九年）
桑田忠親『太閤の手紙』文春文庫（一九八五年）
高柳光寿『明智光秀』吉川弘文館人物叢書（一九八六年）
奥野高広『足利義昭』吉川弘文館人物叢書（一九九〇年）
志村有弘『日本合戦騒動叢書9　川角太閤記』勉誠社（一九九六年）
秋山　駿『信長』新潮文庫（一九九九年）
ルイス・フロイス／松田毅一・川崎桃太訳『完訳フロイス日本史　全12巻』中公文庫（二〇〇〇年）
鈴木眞哉『謎とき日本合戦史――日本人はどう戦ってきたか』講談社現代新書（二〇〇一年）
藤田達生『謎とき本能寺の変』講談社現代新書（二〇〇三年）
圭室文雄編『日本の名僧15　政界の導者――天海・崇伝』吉川弘文館（二〇〇四年）
小島道裕『信長とは何か』講談社選書メチエ（二〇〇六年）
藤田達生『秀吉神話をくつがえす』講談社現代新書（二〇〇七年）

本書は平成二十二年十一月に刊行されたカドカワ・エンタテインメントを文庫化したものです。

地《ち》の日《ひ》 天《てん》の海《うみ》 下

内《うち》田《だ》康《やす》夫《お》

平成23年 12月25日　初版発行
令和７年　４月10日　９版発行

発行者●山下直久

発行●株式会社KADOKAWA
〒102-8177　東京都千代田区富士見2-13-3
電話　0570-002-301（ナビダイヤル）

角川文庫 17167

印刷所●株式会社KADOKAWA
製本所●株式会社KADOKAWA

表紙画●和田三造

●お問い合わせ
https://www.kadokawa.co.jp/（「お問い合わせ」へお進みください）
※内容によっては、お答えできない場合があります。
※サポートは日本国内のみとさせていただきます。
※Japanese text only

ISBN978-4-04-100072-4　C0193

◆◇◇

角川文庫発刊に際して

角川源義

第二次世界大戦の敗北は、軍事力の敗北であった以上に、私たちの若い文化力の敗退であった。私たちの文化が戦争に対して如何に無力であり、単なるあだ花に過ぎなかったかを、私たちは身を以て体験し痛感した。西洋近代文化の摂取にとって、明治以後八十年の歳月は決して短かすぎたとは言えない。にもかかわらず、近代文化の伝統を確立し、自由な批判と柔軟な良識に富む文化層として自らを形成することに私たちは失敗して来た。そしてこれは、各層への文化の普及滲透を任務とする出版人の責任でもあった。

一九四五年以来、私たちは再び振出しに戻り、第一歩から踏み出すことを余儀なくされた。これは大きな不幸ではあるが、反面、これまでの混沌・未熟・歪曲の中にあった我が国の文化に秩序と確たる基礎を齎らすためには絶好の機会でもある。角川書店は、このような祖国の文化的危機にあたり、微力をも顧みず再建の礎石たるべき抱負と決意とをもって出発したが、ここに創立以来の念願を果すべく角川文庫を発刊する。これまで刊行されたあらゆる全集叢書文庫類の長所と短所とを検討し、古今東西の不朽の典籍を、良心的編集のもとに、廉価に、そして書架にふさわしい美本として、多くのひとびとに提供しようとする。しかし私たちは徒らに百科全書的な知識のジレッタントを作ることを目的とせず、あくまで祖国の文化に秩序と再建への道を示し、この文庫を角川書店の栄ある事業として、今後永久に継続発展せしめ、学芸と教養との殿堂として大成せんことを期したい。多くの読書子の愛情ある忠言と支持とによって、この希望と抱負とを完遂せしめられんことを願う。

一九四九年五月三日

「浅見光彦 友の会」のご案内

「浅見光彦 友の会」は浅見光彦や内田作品の世界を次世代に繋げていくため、また会員相互の交流を図り、日本文学への理解と教養を深めるべく発足しました。会員の方には毎年、会員証や記念品、年４回の会報をお届けするほか、さまざまな特典をご用意しております。

● 入会方法

葉書かメールに、①郵便番号、②住所、③氏名、④必要枚数（入会資料はお一人一枚必要です）をお書きの上、下記へお送りください。折り返し「浅見光彦 友の会」の入会資料を郵送いたします。

葉書 〒389-0111 長野県北佐久郡軽井沢町長倉504-1
内田康夫財団事務局　「入会資料Ｋ」係

メール info@asami-mitsuhiko.or.jp（件名）「入会資料Ｋ」係

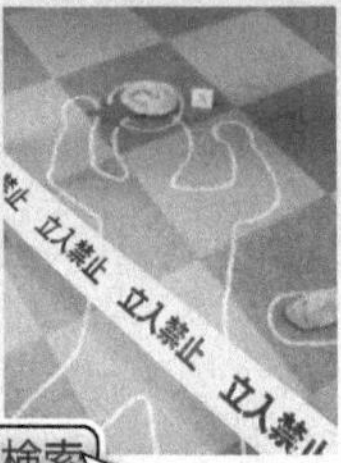

「浅見光彦記念館」 検索

一般財団法人 内田康夫財団